文學研究叢書・辭章修辭叢刊

章法論叢

第十四輯

中華民國章法學會
國立臺灣海洋大學海洋文創設計產業學系
主編

序

　　二〇〇六年舉辦了「第一屆辭章章法學學術研討會」，並出版《章法論叢‧第一輯》。走過十五個年頭，今年（2022）於國立臺灣海洋大學文創設計產業學系，舉辦了「第十四屆辭章章法學暨文創設計學術研討會」，圓滿完成。並以會議論文為基礎，加上公開徵稿，經過匿名雙審制度審查，共通過八篇論文，出版了《章法論叢‧第十四輯》。

　　本輯所收論文中，有鑽研章法學與章法教學領域者，如楊雅貴〈王安石墓誌銘章法結構探析——以書寫「典範人物」之思辨表達與現代意義切入〉、仇小屏〈論布局之反復〉、陳佳君〈章法學在語文表達組篇教學之實踐〉。也有以辭章學為基礎，探究華語文能力測驗者，如謝奇懿、陳怡攸、陳思妤、吳瑋庭〈臺灣華語文能力測驗入門基礎級題型特點及命題難點探析——以閱讀能力測驗圖文結合題型為對象〉。亦有以嶄新角度，深入經典與經典研究者，如羅凡晸〈《莊子》〈齊物論〉「調調」、「刁刁」釋義及其「疊」的修辭藝術〉、張晏瑞〈張壽林《詩經》學研究：以張氏所撰《續修四庫全書總目提要》《詩經》類提要為中心〉。還有回應當代重要的海洋議題者，如顏智英〈基隆漁民討海智慧的現代書寫——以八斗子為中心的討論〉、廖聖芳〈李東陽詩的海洋書寫〉。

　　十多年來，喜愛章法學與辭章學的學界同好，藉此園地切磋琢磨，除了滿滿的收穫外，還有深深的情誼。儘管世事紛繁：氣候變遷、疫情肆虐、戰火熊熊……，但是，探究之心從未止歇，研究的腳

步從未停下，而心中的感恩與珍惜，實非筆墨所能形容。感謝眾多師友的扶持，感謝國立臺灣海洋大學文創設計產業學系顏智英主任的促成，感謝萬卷樓梁錦興總經理鼎力支持，以及彭秀惠小姐、張晏瑞先生周詳策劃，還有林以邠小姐承擔庶務。本論叢中所呈現的研究成果，皆為眾位作者心血之凝聚，敬祈　指正。

中華民國章法學會理事長仇小屏謹序

二〇二二年五月二十七日

目次

王安石墓誌銘章法結構探析
——以書寫「典範人物」之思辨表達與現代意義切入*

楊雅貴

國立臺灣師範大學國文學系博士候選人

摘要

　　王安石《臨川先生文集》除了應制及書疏、奏狀、表、劄子等奏疏類文章之外，屬墓誌銘創作數量最多，其〈主簿蕭君墓誌銘〉有云：「銘者，所以名前人而燕孝子之心也」，「名前人」即彰顯墓主美德之名，是故，從文體寫作來說，王安石墓誌銘亦可謂具有形塑「典範人物」之書寫性質。清代蔡上翔《王荊公年譜考略》指出王安石墓誌銘之「誌文謹嚴尤異於他人」，且稱其〈金溪吳君墓誌銘〉、〈曾公夫人吳氏墓誌銘〉之銘詞為「創體」；梁啟超《王安石評傳》讚賞王安石碑誌文「結構無一同者」、「無體不備，無美不搜」，可見得王安石墓誌銘之文體特色與章法結構，有其特出之處。是故，本論文首先考察王安石墓誌銘之文體觀與「典範人物概念」，接

---

* 本文初稿宣讀於第十四屆辭章章法學暨文創設計學術研討會（2022年1月8日），感謝主持人顏智英先生及討論人仇小屏先生惠賜意見。感謝兩位匿名審查人在「形塑人物『可為典範』之處」、篇章結構之取材與評論特色等等面向之提點，敬申謝忱。

著從「期待視野」的角度，探究其思辨表達，再透過其章法結構類型舉隅，尋繹王安石墓誌銘在「典範人物」讀寫結構類型之現代意義。

關鍵詞：王安石、墓誌銘、期待視野、章法結構、現代意義

一 前言

　　王安石（1021-1086），字介甫，晚號半山，北宋撫州臨川（今江西臨川）人，慶曆三年（1042）中進士，之後為淮南判官、鄞縣知縣等地方官，留心民生疾苦，並多次上書建議興利除弊，嘉祐三年（1058）入朝為三司度支判官，熙寧二年（1069）為參知政事，從此積極推行新法，熙寧三年（1070）十二月任同中書門下平章事，屢次罷相，屢次起用，後退居江寧（今江蘇南京），元祐元年（1086）卒，年六十六。

　　就文學表現而言，其《臨川先生文集》[1]一書以文體分類分卷，除了內制、外制以及表、狀、書、札等應制、政治性質等文章之外，[2]就以墓誌銘之卷次與數量最多：自卷九十一至一百，以「墓誌」為標目，共計有一〇五篇文章，其中一〇三篇題名為「墓誌銘」，二篇題名為「墓碣」，[3]就王安石文類（詩詞以外）創作數量而言，墓誌銘約占十分之一。從墓主身分而言，則涵括官僚、仕紳、親戚、友朋、平民等，不論親疏，皆可誌銘。

1　本論文關於王安石墓誌銘篇目、文本、卷次，主要依據〔宋〕王安石撰、聶安福等整理：《臨川先生文集》（上海：復旦大學出版社，2016年〔2017年重印〕），此以《四部叢刊初編》《臨川先生文集》（景明嘉靖三十九年刻本）為底本；並參考曾棗莊、劉琳主編：《全宋文》（上海辭書出版社、安徽教育出版社，2006年），第六十五冊，卷1412-1420。關於篇目寫作時間、寫作背景與箋注，則參考〔宋〕王安石著、李之亮箋注：《王荊公文集箋注》（成都：巴蜀書社，2005年）以及〔宋〕詹大和等撰、裴汝誠點校：《王安石年譜三種》（北京：中華書局，1994年〔2006年重印〕）。

2　本論文以古文為考察範圍，古詩、律詩等不列入討論。

3　除此之外，卷八十七至八十九，以「神道碑」為標目，共計有十二篇，其中一篇題名為「墓碑」；卷九十，以「行狀　墓表」為標目，共計有三篇行狀，以及八篇墓表。

就其墓誌銘創作時間而言，最早為慶曆元年（1041）未第時所作之〈仙源縣太君夏侯氏墓碣〉[4]及慶曆中（約1044）簽書淮南節度判官所作之〈主客郎中知興元王公墓誌銘〉[5]，最晚為元豐八年（1085）退居金陵所作之〈吳錄事墓誌〉[6]，可知王安石直至晚年，仍持續有墓誌銘之書寫。[7]

王安石創作數量之多、創作時間之久，他是如何運材布局？是否能不落俗套？著實令筆者好奇。

清代蔡上翔《王荊公年譜考略》指出了王安石「墓誌銘」獨特之處：

> 以文體言之，……誌文謹嚴尤異於他人。介甫誌吳蕃墓，其名字姓氏家世甥舅，誌中一切無有，悉於銘辭載之，祇三十餘字，包括無遺，此創體也。又誌曾子固母夫人墓，以其沒甚早，不及見其存時，故所誌甚略，而於銘詞曰：宋且百年，江之南有名世者先焉，是為夫人之子，葬夫人於此。此亦創體也，亦祇二十餘字。則專道其子之賢，而其母愈得藉是以不朽。夫為文而至於簡，簡而至於識愈高、力愈大而筆尤奇，自七百年來，誰復有能繼介甫者？[8]

4　〔宋〕王安石撰、聶安福等整理：《臨川先生文集》，卷九十九，頁1698-1699。

5　〔宋〕王安石撰、聶安福等整理：《臨川先生文集》，卷九十九，頁1650-1652。

6　〔宋〕王安石撰、聶安福等整理：《臨川先生文集》，卷九十八，頁1692。

7　按：創作時間未詳者，僅〈建陽陳夫人墓誌銘〉（〔宋〕王安石撰、聶安福等整理：《臨川先生文集》，卷九十九，頁1704）一首。

8　〔清〕蔡上翔著：《王荊公年譜考略》，出自〔宋〕詹大和等撰、裴汝誠點校：《王安石年譜三種》（北京：中華書局，1994年〔2006重印〕），卷21，頁540。按：蔡上翔對王安石兩篇墓志之「創體」評語，乃是源於王士禎《香祖筆記》及茅坤《唐宋八大家文鈔・臨川文鈔》在針對王安石〈王平甫墓〉一文譏刺王安石人格，蔡上翔乃就文論文，從文體創作角度，為王安石辨駁。參見同書，卷21，頁538-541。又

　　蔡上翔所指「誌吳蕃墓」即〈金溪吳君墓誌銘〉[9]、「誌曾子固母夫人墓」即〈曾公夫人吳氏墓誌銘〉[10]，蔡氏認為前文銘詞記載了名字姓氏家世甥舅等誌文所未列之資料，後文之銘詞所贊對象，為墓主之子（曾鞏）之賢，藉以襯托出墓主（曾母）之賢；是故，蔡上翔以為兩文銘詞的寫法，是王安石墓誌文的「創體」。

　　筆者以為，若以章法結構分析細究兩文，則〈金溪吳君墓誌銘〉銘詞是運用了「論（銘詞）中有敘（誌文）」章法，〈曾公夫人吳氏墓誌銘〉銘詞採用了「以賓（子）形主（母）」章法；是故，蔡氏所謂創體，即是從王安石墓誌銘章法結構的獨抒機杼之處立說。

　　筆者進一步查閱近年來關於王安石墓誌銘[11]之研究文獻，發現多以王安石「碑誌文」為研究範疇，除了墓誌銘，多涵蓋墓碣、墓碑、神道碑、墓表等，或一併納入祭文，而專就墓誌銘之章法結構或是現代意義等專題，似未有充足論述，仍有補白之研究空間。[12]

　　按：茅坤評〈王平甫墓〉：「荊公誌弟平甫墓，絕不露兄云云，蓋兩不相能而深忌之故耳。」王士禎《香祖筆記》評〈王平甫墓〉：「王介甫狠戾之性，見於其詩文，可望而知，如〈明妃曲〉等不一。其作〈平甫墓誌〉，通首無兄弟字，亦無一天性之語，敘述漏略，僅四百餘字。雖曰文體謹嚴，而人品心術可知。《唐宋八家文選》取之，可笑。」參見高海夫主編：《唐宋八大家文鈔校注集評・臨川文鈔十五》（西安：三秦出版社，1998年），頁3547。

9　〔宋〕王安石撰、聶安福等整理：《臨川先生文集》，卷九十八，頁1689-1690。

10　〔宋〕王安石撰、聶安福等整理：《臨川先生文集》，卷一百，頁1715-1716。

11　按：本文研究聚焦在墓誌銘，故不用「碑誌文」之統括稱呼。

12　以王安石碑誌銘為研究主題者，如陳德財：《王安石墓誌銘研究》（新竹：玄奘大學碩士論文，2005年），其研究範疇除了墓誌銘之外，包含神道碑、行狀、墓表、祭文，共計一六七篇；對墓誌銘的形式研究，是以內容所敘之履歷、家世、親屬、葬地、功業、品德學問、乞銘者……等書寫要素的變化進行分析整理，而非從章法結構切入。參見頁88、頁84-88。以王安石碑誌銘為研究範疇，又如洪本健：〈王安石碑誌文簡論〉一文，從創作態度、結構、風格、文字句式等角度，分析王安石碑誌文的藝術特色。參見洪本健：〈王安石碑誌文簡論〉，《社會科學家》1990年第2期，頁13-17；又：李想《王安石碑誌祭文研究》，則探究王安石碑誌祭文因書寫對象所

　　從現代意義的角度來看，墓誌銘的書寫，因時代背景與喪葬文化，實已非常用書寫文體，然若從「典範人物」的人格價值與意義以及讀寫結構來看，那麼，墓誌銘實有極大研究空間。

　　故本文擬以王安石《臨川先生文集》卷九十一至一百，以「墓誌」為標目之一○三篇「墓誌銘」為主要考察範疇，並參考其墓碣、墓碑、神道碑、墓表之作。[13] 首先，從王安石辨體意識談起，分析王安石之墓誌銘文體觀，以及「典範人物」概念；再者，從接受美學切入，探究王安石對墓誌銘的期待視野；其次，嘗試列舉四種王安石「典範人物」書寫之章法結構類型為例，透過章法結構分析，闡發王安石「墓誌銘」之讀寫現代意義。

二　王安石墓誌銘之文體觀

　　一般說來，辭章是結合「形象思維」與「邏輯思維」而形成的。[14]

形成的創作心態與風貌特徵，並分析其藝術持色及情感思想。參見李想：《王安石碑志祭文研究》（南寧：廣西大學碩士論文，2013年），頁1-68；以韓愈與王安石之碑志文比較為主題者，如李隆海：《韓愈碑志文與王安石碑志文之比較研究》（武漢：華中師範大學碩士論文，2016年），頁1-79。按：此書〈緒論〉之外，本文有四章，從歷代的選錄及集本之總要概述、內容之比較、文體之比較、評價（包括流傳）之比較等四方面切入，在內容比較一章，比較韓愈與王安石之在「誌」文有「寫作理念不同：傳統儒學與新學之不同」、「人物形象不同：單一化與多樣化」；在「銘」文有「引用典籍之比較：重旨意與重經義」、「內容之比較：情感流露與社會教化」、「韻律之比較：變革性與多樣性」；在文體之比較一章，從創作手法分析韓王相關篇目之正體、變體異同。參見氏著，頁28-52、頁53-60。另外，有研究王安石女性墓誌中的女性形象者，如鄭玲：〈王安石的女性觀——以女性墓誌中的女性形象為論述中心〉，《黃山學院學報》第19卷第4期（2017年8月），頁35-38。

13 按：以墓誌銘性質、功能而言，實與墓碣、墓碑、神道碑、墓表有別，《臨川先生文集》有二篇題名「墓碣」、一篇題名「墓碑」、十一篇題名「神道碑」、八篇題名「墓表」，參見注3。

14 吳應天：「人們的思維既有形象性，也有邏輯性，所以既可寫成形象體系，也可寫

陳滿銘從「讀寫互動原理」說明，辭章的主要內涵實與形象思維、邏輯思維或綜合思維有著密切的關係，其中有偏於字句範圍的，主要為詞彙、修辭、文（語）法與意象（個別）；有偏於章與篇的，主要為意象（整體）與章法；有偏於篇的，主要為主旨、文體與風格。因此辭章的篇章，是主要以意象（個別到整體、狹義到廣義）與章法為其內涵，而以主旨與風格來「一以貫之」的。[15]是故，欲探究王安石墓誌銘的章法結構特色以及思辨表達之讀寫策略，就要理解王安石墓誌銘之文體觀。

首先從王安石墓誌銘的寫作目的與功能作考察。

王安石於至和元年（1053）任群牧判官時作〈贛縣主簿蕭君墓誌銘〉[16]，墓主為贛縣主簿蕭化基，王安石先敘述墓主生平事蹟，而於文末寫道：

> 先人於御史（按：指墓主之兄蕭定基）以弟交；君（按：指墓主）予丈人行也。二父（按：王安石視墓主及其兄二人為父執）皆有子知名南方，交於予，以故請銘。銘者，所以名前人而燕孝子之心也，於是為銘。銘曰：……[17]

成邏輯體系。……如果辨證地看問題，那就知道形象體系中寓有邏輯性，邏輯體系中也包含著形象性，兩者不僅互相聯繫、互相滲透，而且還互相結合、互相轉化。原因在於形象性和邏輯性具有對立統一關係。正由於這個緣故，由於簡明扼要的邏輯系統很容易為人們所理解，而生動具體的形象體系更容易使人感動，所以許多文學作品往往是形象性和邏輯性結合的複合文。」見《文章結構學》（北京：中國人民大學出版社，1989年），頁345。

15 參見陳滿銘：〈論讀寫互動原理——歸本於語文能力與意象（思維）系統作探討〉，《意象學廣論》（臺北：萬卷樓圖書公司，2006年），頁293。

16 〔宋〕王安石撰、聶安福等整理：《臨川先生文集》，卷九十六，頁1655-1656。

17 〔宋〕王安石撰、聶安福等整理：《臨川先生文集》，卷九十六，頁1656。

王安石說明自己與墓主兩代之關係，提及先父與墓主之兄蕭定基有著兄弟般交情，且自己與蕭定基、蕭化基之子亦有交遊，是以允其子輩之請銘。

王安石清楚表達出其墓誌銘書寫目的與功能：首先明確交代出王安石與墓主及其家屬之間的關係，並說明請銘者為墓主之子，如此，從作者與墓主家族之社會人際關係的親近，可提高墓誌銘之信實度；再者，王安石指出墓誌銘主題思想：「銘者，所以名前人而燕孝子之心也」，即寫作目的在「彰顯墓主」，寫作功能在藉由「彰顯墓主」使孝子獲得安慰。

王安石藉由寫出自己與請銘者的關係，以增強墓誌銘之「信實」功能，又如作於治平二年（1065）退居金陵時之〈朝奉郎守殿中丞前知興元府成固縣楊君墓志銘〉[18]，墓主為楊公適，與王安石有姻親關係，故云：

> 君諱某，字公適，幼詳敏知，好文學，故我叔祖興元府君嫁之以其子。……夫人王氏，即興元府君尚書主客郎中諱某之女……諸子孫以二年十一月四日葬君江都東興鄉之北原。以某嘗得侍君，而君知之於少時者也，故屬以銘。銘曰：……[19]

王安石表示墓主是自己叔祖的女婿，也說明自己少時即與之親近。王安石重視寫入自己與墓主或請銘者的關係，也包括王安石之門生或晚輩，如同樣作於治平二年（1065）之〈國子博士致仕李君墓誌銘〉[20]，王安石與墓主李問實無交遊，故全文在歷敘墓主生平佳行之後，於文

---

18 〔宋〕王安石撰、聶安福等整理：《臨川先生文集》，卷九十七，頁1677-1678。
19 〔宋〕王安石撰、聶安福等整理：《臨川先生文集》，卷九十七，頁1678。
20 〔宋〕王安石撰、聶安福等整理：《臨川先生文集》，卷九十七，頁1676-1677。

末云：

> 定（墓主之子）有文行，從余游，故與為銘。銘曰：……[21]

王安石是將自己與墓主之子李定原來是朋友關係寫出。如此，透過寫入自己與墓主相關人脈的交流故事，使墓誌銘更具信實度，亦更添親切感。是故，墓誌銘可說是社會人脈關係與家庭教育功能的體現與延伸。

然而，若墓主或請銘者與王安石生平全無舊誼或人際關聯，那麼，王安石接受請銘與否，有其原則嗎？前文〈贛縣主簿蕭君墓誌銘〉提及：「銘者，所以名前人而燕孝子之心也」是故，王安石從「燕孝子之心」的角度切入，重視請銘者之孝心孝行，作為允其所請之依據，如嘉祐年間（約當一〇六〇年前後）所作〈太常博士楊君夫人金華縣君吳氏墓誌銘（並序）〉[22]，其〈序〉將重心放在請銘者之孝：

> 錢塘楊蟠將合葬其母，縗絰以走晉陵，而問銘於其守臨川王某。王某曰：古者諸侯、大夫有德善功烈，其子孫必為器以銘，而國之人必能為之辭。越國而求銘，予未之聞也。今杭大州，以文稱於時者蓋有，而蟠也釋其殯，千里以取銘於予，蓋所以嚴其親之終，而欲信其善於後世，如此其慎也。予豈敢孤其意，以愛不腆之辭乎？於是為之序曰：……銘曰：……[23]

---

21 〔宋〕王安石撰、轟安福等整理：《臨川先生文集》，卷九十七，頁1677。

22 〔宋〕王安石撰、轟安福等整理：《臨川先生文集》，卷九十九，頁1701-1702。

23 〔宋〕王安石撰、轟安福等整理：《臨川先生文集》，卷九十九，頁1701。按：「於是為之序曰：……銘曰：……」，「序」即敘，王安石直接點出此篇墓誌銘之篇章結構布局為「先敘後論（銘）」。

王安石首先點出請銘者為墓主之子楊蟠，而後盪開文意，從墓誌銘源流切入，指出墓誌銘源自先秦，當時墓主身分為諸侯、大夫階級，且具備「德善功烈」，故其子孫製作銘器，請國人作銘辭以刻，不假外求。接者，收束文意，回到楊蟠求銘，指出楊蟠不從所在州縣求文士作銘，反而不遠千里求銘於王安石，體會楊蟠心意，在「嚴其親之終，而欲信其善於後世」之慎終孝心與取信於後世之意。又如熙寧二年（1069）參知政事任上所作〈揚州進士滿夫人楊氏墓誌銘〉，文末云：

> 蓋夫人之性行可稱者多至如此，而其子又懇懇不已以求余銘，故勉為之銘曰：……[24]

請銘者為進士滿涇，王安石與其人或其家族全無交遊，卻仍以參知政事之身分地位，而應允滿涇之求銘，純然因其「懇懇不已」之孝心，可見王安石墓誌銘之作，實不可用一般應酬或功利之作品來看待。

是故，王安石作銘，常依據自己與墓主或請銘者的親疏關係，帶入自己交遊或請銘者之孝行孝心故事，使文章流露或濃或淡的人情味，而無敷衍生硬之感，進而達到「取信於後世」的目的。

三 王安石墓誌銘之「典範人物」概念

墓誌銘內容，若要取信於後世，與墓主事蹟之取材、稱美揚名之評論，息息相關。王安石〈中述〉云：

> 孔子豈不樂道人之善哉？辨是與非無所苟也。所求於人者薄，

---

24 〔宋〕王安石撰、聶安福等整理：《臨川先生文集》，卷九十九，頁1699。

> 所以取人者厚。蓋辨是與非者無所苟，所以明聖人之道。……
> 故薄於責人，而非匿其過，不苟於論人，而非求其全，聖人之
> 道本乎中而已。《春秋》之旨，豈易於是哉？[25]

這是說明論人在「樂道人之善」前提下，要能明辨是非、寬以待人，
如孔子作《春秋》，雖有一字之褒貶，然微言大義，皆本於中庸之
道。又，王安石〈答韶州張殿丞書〉云：

> 唯能言之君子，有大公至正之道，名實足以信後世者，耳目所
> 遇，一以言載之，則遂以不朽於無窮耳。[26]

說明為前人作傳者，須是公正信實之人，方能使筆下人物，傳世不
朽。因此，如果說，王安石墓誌銘的寫作，是秉持中庸、公正態度，
以作為「取信於後世」之立基，應當是不為過。

王安石以為「銘者，所以名前人而燕孝子之心也」，那麼，就
「名前人」來說，「前人」所需具備可「名」之內涵為何？而足可稱
美、立名後世的「典範人物」，須具備哪些條件呢？

王安石於嘉祐二年（1057）知常州時作〈仙居縣太君魏氏墓誌
銘〉[27]，墓主魏氏其先江寧人，歸葬江陰，請銘者為墓主之子沈遘，
文章開頭以序言方式，感嘆學士大夫多不能守節，以肯定女墓主之賢
德守節：

---

25 〔宋〕王安石撰、聶安福等整理：《臨川先生文集》，卷六十七，頁1222。
26 〔宋〕王安石撰、聶安福等整理：《臨川先生文集》，卷七十三，頁1304。
27 〔宋〕王安石撰、聶安福等整理：《臨川先生文集》，卷九十九，頁1709-1710。
　　按：請銘者為墓主之子沈遘，遘為太常博士、通判建州軍州事，王安石知常州，與
　　沈遘為同鄉、且朝廷同僚，尤感於其母之德，故而作銘。

臨川王某曰：俗之壞久矣！自學士大夫多不能終其節，況女子乎！當是時，仙居縣太君魏氏抱數歲之孤，專屋而閒居，躬為桑麻，以取衣食。窮苦困厄久矣，而無變志，卒就其子，以能有家，受封于朝，而為里賢母。嗚呼，其可銘也！於其葬，為序而銘焉。序曰：……銘曰：……[28]

王安石直言「其可銘也」，稱美墓主守節終身，躬耕自給，教養孤兒成家立業，足可誌銘。這是直接點明，墓主達到了足可「稱名」之標準。又如嘉祐六年（1061）知制誥，作〈故贈左屯衛大將軍李公神道碑銘（并序）〉，墓主李興隨軍力抗契丹而戰死，年四十六，王安石云：

公幼而願恭，長而敏武，涉書喜謀，將有以為，而卒不克，蓋知者傷焉。唯忠壯不屈，以詒祿于其後世，而團練君（按：墓主之子李樞，追容其父母）實能力承以大厥家。噫，其可銘也哉[29]

王安石以「其可銘也哉」，肯定墓主具恭敏、武德、「忠壯不屈」，其子才德能齊家、光耀門楣，肯定墓主與墓主之子皆有才德，故足可誌銘。

王安石好友王令（逢原）卒於嘉祐四年（1059），王安石為之作

28　〔宋〕王安石撰、聶安福等整理：《臨川先生文集》，卷九十九，頁1709。按：「為序而銘焉。序曰：……銘曰：……」，「序」即敘，王安石直接點出此篇墓誌銘之篇章結構布局為「先敘後論（銘）」。同前文所舉〈太常博士楊君夫人金華縣君吳氏墓誌銘（並序）〉相同結構手法，參見注23。

29　〔宋〕王安石撰、聶安福等整理：《臨川先生文集》，卷八十九，頁1545。

〈王逢原墓誌銘〉[30]，於嘉祐五年（1060）〈與崔伯易書〉云：

> 逢原遽如此，痛念之無窮，特為之作銘⋯⋯此於平生為銘，最
> 為無愧。惜也，如此人而年止如此！⋯⋯[31]

王安石以為所作〈王逢原墓誌銘〉，乃平生最無愧於心之作；可見此
文對王令之生平敘事與評論，乃符合了王安石「銘者，所以名前人而
燕孝子之心也」、可取信於後人、持論公正之文體觀。因此，從王安
石對王逢原之論定，有助於我們對其「典範人物」之內涵與準則，有
更深入了解。其〈王逢原墓誌銘〉云：

> 蓋無常產而有常心者，古之所謂士也。士誠有常心以操聖人之
> 說而力行之，則道雖不明乎天下，必明於己；道雖不行於天
> 下，必行於妻子。內有以明於己，外有以行於妻子，則其言行
> 必不孤立於天下矣。此孔子、孟子、伯夷、柳下惠、揚雄之徒
> 所以有功於世也。⋯⋯余友字逢原，諱令，姓王氏，廣陵人
> 也。⋯⋯以為可以任世之重而有功於天下者，⋯⋯銘曰：壽胡
> 不多？天實爾嗇。⋯⋯嗚呼天民，將在於茲。[32]

王安石從「蓋無常產而有常心者，古之所謂士也」切入，典出《孟
子》〈梁惠王上〉[33]，進而稱揚王令是有常心且力行之古士，肯定其能

30　〔宋〕王安石撰、聶安福等整理：《臨川先生文集》，卷九十七，頁1667-1668。

31　〔宋〕王安石撰、聶安福等整理：《臨川先生文集》，卷七十四，頁1328。

32　〔宋〕王安石撰、聶安福等整理：《臨川先生文集》，卷九十七，頁1667-1668。

33　《孟子》〈梁惠王上〉：「無恆產而有恆心者，惟士為能。若民，則無恆產，因無恆
　　心。苟無恆心，放辟邪侈，無不為已。」〔宋〕朱熹撰：《四書章句集注》《孟子集
　　注》〈梁惠王章句上〉（北京：中華書局，2016（2017）），卷二，頁211。

以常心面對物質生活匱乏的人格，[34]並盛讚其文章、節行之言行，足可與孔子、孟子、伯夷、柳下惠、揚雄相比擬，修身齊家，為妻典範，具經世濟民之襟懷與才能，將能有功於天下；故銘文以「德」、「天民」[35]稱揚之。

王安石於治平三年（1066）居金陵時，作〈題王逢原講孟子後〉[36]：「若逢原，所謂見其進未見其止也。」這是典出《論語》〈子罕〉：「子謂顏淵，曰：『惜乎！吾見其進也，未見其止也。』」[37]以顏淵比況王逢原精進不已的精神。

由此可知，王安石之典範人物，是符合儒家修己治人、用舍行藏、精進日新之「仁德」觀。

值得一提的是，墓誌銘的文化意象，與儒家重視傳統喪葬的土葬儀式，實密不可分。王安石於治平中（1065前後）居金陵時，曾作〈閔習〉[38]一文，批評當時火葬之習俗，而慨嘆「吾是以見先王之道

---

34 按：王安石常在文章引用「常心」作為讚美。如王安石〈王伯恭轉官制〉：「士之為義，蓋有常心，何必利焉，然後知勸？」〔宋〕王安石撰、聶安福等整理：《臨川先生文集》，卷五十，頁941。

35 按：銘文之「天民」與前文之「行於天下」相呼應。王安石以孟子「天民」讚美王逢原，肯定其為明天理之賢者。典出《孟子》〈盡心上〉：「孟子曰：『有事君人者，事是君則為容悅者也。有安社稷臣者，以安社稷為悅者也。有天民者，達可行於天下而後行之者也。有大人者，正己而物正者也。』」參見〔宋〕朱熹：《四書章句集注》《孟子集注》〈盡心上〉，卷十三，頁361。又按：王安石〈答王深甫書〉，針對孟子此章，深入解析，指出：「有匹夫求達其志於天下，以養全其類，是能順天者，敢取其號亦曰天民，安有能順天而不知命者乎？」天民為順天知命者。參見王安石：《臨川文集》〈答王深甫書〉，卷七十二。

36 王安石〈題王逢原講孟子後〉：「逢原在常、江陰時，學者有問以《孟子》，而逢原為之論說，……若逢原，所謂見其進未見其止也。其卒時年二十八，嗚呼，惜哉！……」〔宋〕王安石撰、聶安福等整理：《臨川先生文集》，卷七十一，頁1272。按：王安石每以「惜也」、「惜哉」痛傷王逢原之不卒年。

37 參見〔宋〕朱熹撰：《四書章句集注》《論語集注》〈子罕第九〉，卷五，頁114。

38 〈閔習〉：「父母死，則燔而捐之水中，其不可，明也；禁使葬之，其無不可，亦明

難行也」是故，王安石的墓誌銘寫作，可說是其儒家情懷的表現。

四 王安石墓誌銘之期待視野與思辨表達

讀者「期待視野」（horizon of expectations）為德國康茨坦斯大學教授姚斯（Hans Robert Jauss）在一九六七年發表「接受美學」（Receptional Aesthetic）概念之後提出的，這是來自於讀者對體裁的前理解、來自於已熟悉的作品的形式和主題。換言之，作品會喚起讀者之前的閱讀記憶，使讀者形成某種特別的感情態度，並在作品一開頭就引起對中間和結尾的期待。新的文本為讀者喚起了來自早先對某些文本的期待視野和熟悉法則，但同時也被這一閱讀過程所修正、改造，也可能僅僅只是複製相同的情感。既定的期待視野與新作品之間的審美距離，對接受美學具有重要的意義。[39]因此，墓誌銘之請銘者，對墓誌銘的期待視野，將影響其閱讀審美經驗。

王安石創作百篇以上的墓誌銘，自然也對墓誌銘有熟悉的閱讀經驗與既成的期待視野。那麼，當王安石自己也是請銘者時，對於他人所完成之墓誌銘，是否能符合其期待視野呢？

王安石父親王益曾為江寧通判，於仁宗寶元二年（1039）卒於官，葬於江寧（今南京江寧區）牛首山（包括今南京將軍山）。慶曆八年（1048）王安石知鄞縣時，王安石得旨歸葬，[40]於是作〈先大夫

也。……蓋其習之久也，則至於戕賊父母而無以為不可，顧曰禁之不可也。嗚呼！吾是以見先王之道難行也。……先王之道，不皆若禁使葬之之易行也。嗚呼！吾是以見先王之道難行也……」〔宋〕王安石撰、聶安福等整理：《臨川先生文集》，卷六十九，頁1252。

39 參見楊冬：《文學理論：從柏拉圖到德里達》（北京：北京大學出版社，2009年），頁374。

40 參見曾鞏：〈尚書都官員外郎王公墓誌銘〉：「安石今為大理評事，知鄞縣，慶曆七

述〉[41]，敘述了先父家世背景與「忠義孝友」事跡，並於文末云：

> 將以某月日葬某處，子某等謹撰次公事如右，以求有道而文者
> 銘焉，以取信於後世。[42]

王安石表示希望為其父撰寫墓誌銘之作者，須具備「有道而文」條件，且藉由其文章，能使其父親之德，能「取信於後世」，而此篇〈先大夫述〉之作，就是提供給作銘者的參考依據。王安石同時也道出墓誌銘文體在「取信於後世」的取材來源與對作銘者的要求：由請銘者提供墓主生平事蹟之行述、由「有道而文者」作銘。因此，從王安石百餘篇墓誌銘之成果，實可見出當時求銘者對王安石之人格與文才的肯定。再者，王安石在敘記墓主事蹟之文字，往往有詳略多寡之差異，除了寫作手法等因素，或許也與自己與墓主的親疏與熟悉程度、以及家屬所提供的墓主行述材料多寡，有著密切相關性。

王安石後來請文德兼備的曾鞏（1019-1083）為其父王益作墓誌銘，王曾兩人既是好友，且王曾兩家亦為姻親世交，故由曾鞏作銘，可說是絕佳人選了。曾鞏也依王安石之託，完成了〈尚書都官員外郎王公墓誌銘〉[43]。

然而，王安石收到曾鞏所作王父墓誌銘之後，寫信給好友孫侔（字正之），尋求補救方案，王安石〈與孫侔書〉云：

年十一月上書乞告葬公，明年某月某日詔曰『可』，遂以某月某日與其昆弟奉公之喪，葬江寧府之某縣某處。」〔宋〕曾鞏撰、陳杏珍、晁繼周點校：《曾鞏集》（北京：中華書局，2004年重印），卷四十四，頁599。

41 〔宋〕王安石撰、聶安福等整理：《臨川先生文集》，卷七十一，頁1268-1270。

42 〔宋〕王安石撰、聶安福等整理：《臨川先生文集》，卷七十一，頁1270。

43 〔宋〕曾鞏撰、陳杏珍、晁繼周點校：《曾鞏集》，卷四十四，頁598-600。

先人銘固嘗用子固文，但事有缺略，向時忘與議定。又有一
事，須至別作，然不可以書傳。某於子固，亦可以忘形跡矣，
而正之云然，則某不敢易矣。雖然，告正之作一碣，立於墓
門，使先人之名德不泯，幸矣……銘事子固不以此罪我兩人
者，以事有當然者。且吾兩人與子固豈當相求於形跡間耶？然
能不失形跡，亦大善，唯碣宜速見示也。……[44]

王安石顯然對曾文不甚滿意，對孫侔表示，曾鞏之文「事有缺略」，
表示原因在於自己向曾鞏請銘時，「向時忘與議定」，缺乏更多溝通、
確認所致；坦言補救方式，是希望孫侔能為作墓碣，補充說明。由此
可見，這是王安石期待視野的失落，在兼顧友情又合乎禮制之下，另
以墓碣補述之，亦可見出墓誌銘與墓碣具有相輔相成的功能。

　　筆者考察曾鞏為王益所撰之〈尚書都官員外郎王公墓誌銘〉[45]，
其所撰王益生平事跡，與王安石〈先大夫述〉內容大致符合，只是取
材細節與剪裁略有差異，然仍足以顯揚王益之德行與政事才能；值得
注意的是，曾鞏還補上王安石沒提供的材料：於文末加上鄉里長老與
曾鞏父親對王益的稱揚，足可見出曾鞏用心之處；[46]然而，王安石仍

---

44 〔宋〕王安石撰、轟安福等整理：《臨川先生文集》，卷七十七，頁1372-1373。

45 〔宋〕曾鞏撰、陳杏珍、晁繼周點校：《曾鞏集》，卷四十四，頁598-600。

46 宋仁宗慶曆六年（1046）夏，曾鞏寫信請歐陽修為其先祖父曾致堯作墓碑銘，歐陽
修於是作〈尚書戶部郎中贈右諫議大夫曾公神道碑銘〉，慶曆七年（1047），曾鞏作
〈寄歐陽舍人書〉致謝。內容提到墓誌銘之意涵與作者的條件：「夫銘誌之著於
世，義近於史，而亦有與史異者。蓋史之於善惡，無所不書；而銘者，蓋古之人有
功德、材行、志義之美者，懼後世之不知，則必銘而見之……此其所以與史異
也。……後之作銘者，常觀其人。苟託之非人，則書之非公與是，則不足以行世而
傳後。……則孰為其人而能盡公與是歟？非畜道德而能文章者，無以為也。」可知
曾鞏作王益墓誌銘，當秉持公正態度，寫其「功德、材行、志義之美」。參見〔
宋〕曾鞏：〈寄歐陽舍人書〉，《南豐文鈔》，卷3。

因「事有缺略」而感到「使先人之名德不泯」之不足，故而致書孫侔再求作墓碣，這或許是孝子之心使然，無可厚非，然亦可見墓誌銘因寫作者與請銘者的期待視野差異，而產生不同的審美經驗。

因此，從期待視野來看，墓誌銘書寫的難度在於，一則要能適當剪裁既有事材並給予適當評價，再則要盡可能了解請銘者的期待視野；其次要能有接受請銘者回饋意見或修訂建議的胸襟，又需要具有敏捷文才與創意，能在有限時間完成文章，又不落俗套。

其實，王安石所作墓誌銘，也曾因不符請銘者期待，而被要求修改。至和二年（1054），王安石任群牧判官時，應錢公輔（字君倚，1023-1074）之請，為錢公輔母親撰寫了〈永安縣太君蔣氏墓誌銘〉[47]，文成之後，從王安石〈答錢公輔學士書〉可知，原來錢公輔致書王安石，提出幾項修改意見，顯示了錢公輔作為讀者之期待視野的失落。王安石面對錢公輔提出的修訂要求，則是直接回信說明自己當初的寫作考量，並表示不予修訂。其〈答錢公輔學士書〉云：

> ……不圖乃猶未副所欲，欲有所增損。鄙文自有意義，不可改也。宜以見還，而求能如足下意者為之耳。家廟以今法準之，恐足下未得立也。……如得甲科為通判，通判之署有池臺竹林之勝，此何足以為太夫人之榮，而必欲書之乎？貴為天子，富有天下，苟不能行道，適足以為父母之羞，況一甲科通判！……故銘以謂閭巷之士，以為太夫人榮，明天下有識者不以置悲歡榮辱於其心也。太夫人能異於閭巷之士，而與天下有識同，此其所以為賢而宜銘者也。至於諸孫，亦不足列。孰有五子而無七孫者乎？七孫業之有可道，固不宜略；若皆兒童，

---

47 〔宋〕王安石撰、聶安福等整理：《臨川先生文集》，卷九十九，頁1703。

賢不肖未可知，列之於義何當也？諸不具道，計足下當與有識
者講之。……[48]

王安石開頭即表示不認同錢公輔的修訂要求，強調文非苟作，更要求
退還所作墓誌銘，請錢公輔另謀能如他意之作者。此時距慶曆八年
（1048）曾鞏應王安石之請，為王父作銘，已歷經六、七年時間，王
安石當能同理錢公輔對先母的心意，然王安石卻回覆錢公輔所欲王
「增損」之事，予以一一反駁：一是家廟設立，因五子目前官職品級
太低，乃不合體制；二是公輔以皇祐元年甲科進士通判越州，其通判
官署品級低，無甚特別，未足以寫入墓誌銘以榮耀其母親；三是通判
雖小官，但勸勉其行道，無須在乎外在物質性的榮顯；四是墓誌銘寫
到「閭巷之士以為太夫人榮」，旨在強調其母之賢與天下有識者同，
能不以置悲歡榮辱改其志；五是不寫入七孫，其原因在七孫年幼，無
功業可敘。總此，王安石自述其為銘之立意思考與取材原則，秉持著
客觀持平、不諂腴的態度，既肯定墓主之賢，也對子孫有所鼓勵。

　　以王安石的答書可知，王安石拒絕修訂，並表示如果錢公輔不接
受，就退回文章，另請高明。今王安石文集所錄〈永安縣太君蔣氏墓
誌銘〉，是否為未經修定的原作？事實上，此文有「以克有（家）
廟」、「孫七」文字，顯然是經過修訂的，茲錄全文如下：

　　毗陵錢公倈、公謹、公輔、公儀、公佐，以皇祐六年三月戊子
　　葬其母永安縣太君蔣氏。方是時，太君年七十矣，公謹為鄭州
　　新鄭尉，公輔為太常丞、集賢校理。五子者卜明年之三月壬
　　午，祔于皇考府君屯田員外郎、贈兵部員外郎諱冶之墓，而具
　　書使圖所以昭後世者。敘曰：

48　〔宋〕王安石撰、聶安福等整理：《臨川先生文集》，卷七十四，頁1327-1328。

蔣氏常之宜興人，世以財傑其鄉，而其族人有以進士至大官者。太君年二十一歸於錢氏，與兵部君致其孝。兵部君沒，太君進諸子於學，惡衣惡食，御之不慍，均親嫡庶，有鳲鳩之德，終不以貧故使諸子者趨於利以適己。既其子官於朝，豐顯矣，里巷之士以為太君榮，而家人卒亦不見其喜焉。自其嫁至於老，中饋之事親之惟謹。自其老至於沒，紉縫之勞猶不廢。子婦嘗諫止之，曰：「吾為婦，此固其職也。」子婦化服，循其法。嗚呼！不流於時俗，而樂盡其行己之道，窮通榮辱之接乎身，而不失其常心，今學士大夫之所難，而以女子能之，是尤難也。女六人，皆有歸。孫七，皆幼云。銘曰：
《詩》始〈關雎〉，士莫不知，孰能其家，內外無違？聞豈在多，善成於好，於惟夫人，孰輔而告？婦功之修，母道之行，宜休而勸，不耄以明。紹良配淑，式穀爾後，勖哉其興，以克有廟。[49]

王安石簡述五子請銘緣由，接著敘中有論，將敘事重心放在墓主安貧慈愛、教子有成、不流於時俗等婦德方面，並引《詩經》〈鳲鳩〉稱美其慈愛子女之心，而與銘文引「《詩》始〈關雎〉」稱頌婦德，兩相呼應。

　　此文既合乎王安石「銘者，所以名前人而燕孝子之心也」之文體觀，又能寫出墓主美德事跡，行文敘論交替，結構謹嚴中有變化，並引用《詩經》為贊，端正有致，實為佳構。

　　王安石此文，似乎有著參酌錢公輔「增損」意見之痕跡。首先，文中言「公輔為太常丞、集賢校理」，而錢公輔任太常寺博士、集賢

49　〔宋〕王安石撰、聶安福等整理：《臨川先生文集》，卷九十九，頁1703。

校理，當已是嘉祐三年（1058）之後的事，與至和二年（1054）作銘時間不合；再者，銘文末兩句：「勖哉其興，以克有廟」，這是期許子孫勉勵進取，將來官職品級夠高，則家廟可期，這與〈答錢公輔學士書〉所說：「家廟以今法準之，恐足下未得立也」矛盾，王安石原文應是未提及家廟；其次，文中有「孫七，皆幼」，這也與〈答錢公輔學士書〉所說：「七孫……列之，於義何當也？」兩相矛盾。[50]其次，錢、王兩人在墓誌銘修訂之後，關係仍佳：嘉祐八年（1063）王安石知制誥時，有〈舉錢公輔自代狀〉[51]，向仁宗舉薦錢公輔代理己職，盛讚其才德，且自嘆不如。是故，王安石或許當時的確拒絕了錢公輔的增損意見，而錢公輔也接收王安石的解釋，但若干年後，王安石當有採納錢公輔意見而略作修改之可能性，顯示王安石身為創作者，其期待視野具有調整彈性。

另外，考察王安石在此文之後，也曾為高齡女性墓主作墓誌銘，如治平四年（1067）知江寧府所作〈仁壽縣太君徐氏墓誌銘〉云：「孫十九人……曾孫男女十四人，外孫四十七人……享年七十七」[52]，又如熙寧二年（1069）任參知政事所作〈揚州進士滿夫人楊氏墓誌銘〉云：「年六十有一，……孫男女八人」[53]可見，王安石在墓誌銘寫作對於原先「諸孫，亦不足列……若皆兒童，賢不肖未可知，列之於義何

---

50 按：王安石文集有增損兩種版本，如沈欽韓注引《清波別志》：「《臨川荊公集》誌公輔母蔣氏末云：『孫七皆幼。』豈從公輔所請，或後來增入耶？揮頃於故家，得故所刊《荊公集》，無『孫七皆幼』四字。」

51 〈舉錢公輔自代狀〉：「伏觀尚書兵部員外郎、知制誥錢公輔，忠信篤實，富於文學。職事所及，不為苟且。以臣鄙薄，實為不如。置之禁林，必有補助。今舉自代。」〔宋〕王安石撰、聶安福等整理：《臨川先生文集》，卷四十，頁788。

52 〔宋〕王安石撰、聶安福等整理：《臨川先生文集》，卷九十九，頁1719。

53 〔宋〕王安石撰、聶安福等整理：《臨川先生文集》，卷九十九，頁1699。

當也？」[54]期待視野之改變，而在日後創作表達有所調整。

　　是故，墓誌銘文體在讀寫期待視野方面，相較其他文類，多了寫作前的溝通、完稿後的確認，以及讀者（請銘者）現時性回饋的特殊性，而這樣的讀者交流與回饋，對寫作者期待視野的擴展與啟發，有著或多或少的影響力。

　　姚斯指出：一部文學作品在其出現的歷史時刻，其最初讀者滿足、超越、反對或失望的方式，顯然為確定其審美價值提供了一個標準。期待視野與作品之間的距離，先前審美經驗的熟悉性與接受新作品所需的「視野改變」之間的距離，決定了一部文學作品的藝術特性。[55]墓誌銘文體之讀寫性質，能在讀者與作者的期待視野中，有著「現時性」之動態特質，讀者會影響作者的期待視野，作者及其所完成的作品也會影響讀者的期待視野。以作者而言，在之後的墓誌銘寫作，也會因期待視野的改變，而有所調整。

五　王安石墓誌銘之篇章結構舉隅與其現代意義

　　基於前兩節對王安石墓誌銘文體觀與期待視野的探析，可知墓誌銘在創作方面的自由度，是有所受限的，職此，創作者該從何處發揮個人創作風格與技巧？就篇章結構而言，〔日〕兒島獻吉郎云：「文章底布置結構，成於作者底心匠，而段落底多少與章節底長短，固是作者自由的權度。」[56]陳滿銘云：「『章法』，簡單地說，乃『篇章條

---

54 〔宋〕王安石撰、聶安福等整理：〈答錢公輔學士書〉，《臨川先生文集》，卷七十四，頁1327。

55 楊冬：《從柏拉圖到德里達》（北京：北京大學出版社，2009年），頁374-375。

56 〔日〕兒島獻吉郎著、孫俍工譯：《中國文學通論》（臺北：臺灣商務印書館，2004年），頁113。

理』」、「章法可著力的，就是『佈局』」。[57]是故，從王安石墓誌銘的篇章結構切入，可進一步了解其章法布局、思辨脈絡。

　　墓誌銘的篇章結構，就名稱可知，主要包含「誌」、「銘」兩種文體性質。關於「誌」、「銘」文體特色，〔梁〕劉勰《文心雕龍》〈箴銘〉：「銘者，名也，觀器必也正名，審用貴乎慎德」、《文心雕龍》〈誄碑〉：「夫屬碑之體，資乎史才，其序則傳，其文則銘。……夫碑實銘器，銘實碑文，因器立名，事先於誄。」故「銘者，名也」，有立名、正名、慎德之意，名與德是相關的，並重視文采聲韻之美；碑文重視敘事記人之史才。而「碑實銘器，銘實碑文」，碑銘雖所刻器物有別，然從內容與性質、功能觀之，實異質同構，無所區別文字。可見，劉勰對碑銘文體的創作意識，能不受散韻句法框架所限。

　　〔唐〕歐陽詹指出墓誌銘之意涵：「墓有誌，誌有銘。誌，記也；銘，名也。名之記墓，庶高岸為穀，幽壤或呈，情當掩者，有所歸認。」[58]歐陽詹的「銘，名也」是有標誌墓所在之功能。

　　王安石墓誌銘以「銘者，所以名前人而燕孝子之心也」為主題核心，相較劉勰、歐陽詹而言，王安石在「銘」的識別、立名功能基礎上，加上「燕孝子之心」，凸顯家族教育功能，使得墓誌銘不僅可安慰、期勉孝子，更對後世子孫起了「典範」作用，增加文體的未來性意涵。

　　因此，王安石墓誌銘的墓主，或立功或立言或立德於過去，將立名於現在與未來，其典範行為與精神，尤其成為家族子孫的未來人生標竿，是家族世世代代的典範人物。

---

57 陳滿銘：《章法結構原理與教學》（臺北：萬卷樓圖書公司，2007年），頁281、287。
58 〔唐〕歐陽詹：〈大唐故輔國大將軍兼左驍衛將軍御史中丞馬公墓誌銘〉，《全唐文》），卷598。

　　語文篇章取向的讀寫互動效益，有助於語文學習的體用結合。[59]
從「形塑人物『可為典範』之處」的書寫角度來看，王安石墓誌銘的
篇章結構布局，對閱讀寫作素養能力的提升，是具現代意義的。以下
即就王安石墓誌銘幾種特別的篇章結構類型，舉例說明之。

（一）〈金溪吳君墓誌銘〉：採用夾敘夾論結構，並將小人物「立名」於「銘」

　　傳統墓誌銘以「誌」敘生平事跡，以「銘」論說稱揚墓主。篇結
構為「先敘後論」。王安石篇章結構不受傳統「誌」、「銘」文體框架
限，也不受散韻句法圍限。如〈金溪吳君墓誌銘〉就是「以銘代
誌」，用來補足誌文所缺資訊。對於尚未能有功業「立名」於世的小
人物而言，王安石就從「立名」加強：

> 君和易罕言，外如其中，言未嘗及人過失。至論前世善惡，其
> 國家存亡治亂成敗所繇，甚可聽也。嘗所讀書甚眾，尤好古而
> 學其辭，其辭又能盡其議論。年四十三，四以進士試於有司，
> 而卒困於無所就。其葬也，以皇祐六年某月日，葬撫州之金溪
> 縣歸德鄉石廩之原，在其舍南五里。當是時，君母夫人既老，
> 而子世隆、世範皆尚幼，三女子，其一卒，其二未嫁云。（1）
> 嗚呼！以君之有，與夫世之貴富而名聞天下者計焉，其獨歉彼
> 耶？然而不得祿以行其意，以祭以養，以遺其子孫以卒，此其
> 士友之所以悲也。夫學者將以盡其性，盡性而命可知也。知命
> 矣，於君之不得意，其又何悲耶？（2）銘曰：

---

59 參見陳佳君：〈篇章教學實踐設計與效益・語文篇章取向教學之效益〉，《視域、方
　　法、實踐：辭章學系統的語文篇章教學研究》（臺北：萬卷樓圖書公司，2020年），
　　頁237-274。

蕃君名，字彥弼；氏吳，其先自姬出，以儒起家世冕黻，（3）
獨成之難幽以折，（4）厥銘維甥訂君實。（5）⁶⁰

此文作於至和元年（1053）任群牧判官時，墓主吳蕃為王安石舅舅。
誌文先敘述吳蕃之博學、好古、能為文辭，然終不第，「卒困於無所
就」的一生。接著寫其死後之子女幼弱狀況：「君母夫人既老，而子
世隆、世範皆尚幼。五女子，其一卒，其二未嫁云。」故而發出關於
「知命」之議論與感慨。

全文前「誌」後「銘」，篇章結構如下：

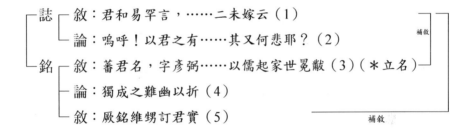

「誌」分兩段，第一段未標示出墓主名字姓氏家世，但寫出墓主
「和易罕言，外如其中，言未嘗及人過失。……其辭又能盡其議論」
之才德學識；第二段「嗚呼……，其又何悲耶？」實際為評論，以
「盡性知命」呼應第一段。所以就篇結構「誌」而言，其章結構採
「先敘後論」。

而篇結構的銘詞，屬於「論」的寫作手法，卻敘述記載了墓主名
字姓氏家世，以及作銘者身分，補述了第一段生平資料之不足，然後
再以「獨成之難幽以折」論之，再敘寫作者為誰。故章結構運用了

60 〔宋〕王安石撰、轟安福等整理：《臨川先生文集》，卷九十八，頁1689-1690。

「敘論敘」章法。就敘寫手法來說，銘文的敘寫，具有補敘誌文的功能，亦兼有「補敘」結構[61]之性質。

蔡上翔認為王安石在「銘詞」才寫出墓主姓氏，屬於創體，若從王安石文體觀：「銘者，所以名前人而燕孝子之心也」來理解其章法結構布局，那麼王安石至「銘詞」才寫出墓主之名，可讓身為小人物的吳蕃之名，能藉此「銘詞」達到「立名」顯揚效果；設若改成在前文「誌」即提到墓主姓名，相較之下，不若在後文「銘詞」來得顯眼；末句補敘「厥銘維甥訂君實」，寫入王安石墓主關係為甥舅，則以王安石之名，加強了此墓誌銘「信實」效果。

王安石墓誌銘中，只有此篇是在「銘詞」才寫出墓主之名，王安石為懷才不遇的舅舅，於「銘詞」「立名」，別出心裁。在現今看來，其讀寫結構，仍令人眼睛為之一亮。

（二）〈曾公夫人吳氏墓誌銘〉：以賓形主，凸顯墓主

王安石墓誌文採用「以賓形主」[62]方式來烘襯墓主的篇目中，所運用的「賓」的對象，多以墓主親人為賓者，其中又常以晚輩為賓者，晚輩對象有子、孫、曾孫、甥、婿等；有些時候，王安石所提及的晚輩，亦即是乞銘者。

墓誌文多是因墓主之子或家人請銘而作，故王安石透過「以子為賓」的手法的篇目也最多。另外，也有「以子、孫為賓」者，墓主也多享高壽，備極哀榮，諸如：皇祐四年（1052）所作〈太常少卿分司南京沈公墓誌銘〉[63]（子、孫）、至和二年（1054）〈戶部郎中贈諫議大

---

61 「補敘」結構，參見仇小屏：《篇章結構類型論（增訂版）》（臺北：萬卷樓圖書公司，2005年），頁431-445。

62 「賓主」結構，參見仇小屏：《篇章結構類型論（增訂版）》，頁321-346以及夏薇薇：《賓主章法析論》（臺北：萬卷樓圖書公司，2002年）。

63 〔宋〕王安石撰、轟安福等整理：《臨川先生文集》，卷九十八，頁1690-1592。

夫曾公墓誌銘〉[64]（子、孫）、嘉祐二年（1057）〈仙居縣太君魏氏墓誌銘〉[65]（子、孫）、嘉祐八年（1063）〈寧國縣太君樂氏墓誌銘〉[66]（子、孫）、治平二年（1065）〈右武衛大將軍黎州刺史世岳故妻安喜縣君李氏墓誌銘〉[67]（孫）等；以曾孫為賓者，則有嘉祐年間（約1057-1063）〈仙遊縣太君羅氏墓誌銘〉[68]一文等。也有以「婿」為賓，寫婿之賢，以襯托墓主之賢，如〈王平甫墓誌〉[69]、〈吳錄事墓誌〉[70]、〈楚國太夫人陳氏墓誌銘〉[71]三文。行文敘事方面，透過賓主相對呼應的取材，有助於凸顯墓主的形象。然若從結構布局巧思來看，則可從〈曾公夫人吳氏墓誌銘〉[72]一文作考察。

　　前言提及，蔡上翔指出〈曾公夫人吳氏墓誌銘〉之銘詞，所贊者並非墓主（曾鞏母親），反倒盛讚墓主之子（曾鞏）之賢，從而烘托出墓主（曾母）之賢。全文如下：

　　　夫人吳氏，太常博士南豐曾君之配，世家臨川。二十四，歸曾氏。三十有五，以病終。子男三：鞏、牟、宰，女一。時博士方為越州節度推官，某年月日，乃啟其殯臨川，葬南豐之某地。（1）前葬，鞏謀於宗之長者，而請於博士曰：「夫人事皇姑萬壽太君，承顏色教令，一主於順。斟酌衣服飲食盡其力，皇姑愛之如己女。於大人得輔佐之宜，於族人上下適其分。今

64　〔宋〕王安石撰、聶安福等整理：《臨川先生文集》，卷九十二，頁1590-1595。
65　〔宋〕王安石撰、聶安福等整理：《臨川先生文集》，卷九十九，頁1709-1710。
66　〔宋〕王安石撰、聶安福等整理：《臨川先生文集》，卷九十九，頁1707-1709。
67　〔宋〕王安石撰、聶安福等整理：《臨川先生文集》，卷九十九，頁1710-1711。
68　〔宋〕王安石撰、聶安福等整理：《臨川先生文集》，卷一百，頁1712-1713。
69　〔宋〕王安石撰、聶安福等整理：《臨川先生文集》，卷九十一，頁1585-1586。
70　〔宋〕王安石撰、聶安福等整理：《臨川先生文集》，卷九十八，頁1692。
71　〔宋〕王安石撰、聶安福等整理：《臨川先生文集》，卷九十九，頁1706-1707。
72　〔宋〕王安石撰、聶安福等整理：《臨川先生文集》，卷一百，頁1715-1716。

其葬，宜得銘，秘之墓中於以永，永延夫人之德，無不可
者。」博士曰「然。」乃來求銘。（2）夫人固早沒，不及見其
存時。雖然，博士先人行也，而又鞏於友莫厚焉，於夫人之葬
而銘也，其何讓？（3）銘曰：
宋且百年，江之南有名世者先焉，是為夫人之子，葬夫人於
此。於戲！（4）[73]

全文前「誌」後「銘」，篇章結構如下：

```
┌─誌┌─先（歸葬）：夫人吳氏……葬南豐之某地（1）（主：曾母）
│   ├─中（求銘）：前葬，鞏謀於宗……求銘（2）（賓：曾鞏）
│   └─後（作銘）：夫人固早沒……葬而銘也，其何讓？（3）
└─銘：宋且百年，江之……於此。於戲！（4）（賓：曾鞏）
```

王安石此文作於嘉祐五年（1060）[74]，墓主為曾鞏母親，誌文開頭即
介紹曾母之姓氏、家世、子女、生平以及卒年、葬所等基本資料，筆
墨簡潔，用字精鍊；繼而敘述曾鞏與父親的對話，用曾鞏之語寫出曾
母：「夫人事皇姑萬壽太君……於族人上下適其分」之孝慈美德；文
末道出王安石對曾母的陌生，兩人實未曾謀面（「不及見其存時」），
然因曾父為王安石父執輩，且王又與曾鞏友好，故而為之作銘。銘文
以「江之南有名世者先焉」讚美曾鞏，藉曾鞏之賢以稱美曾母之德。
　　王安石取材引用曾鞏之言來稱美曾母，如此化解了寫作者對墓主
事蹟之認識匱乏，又因為曾王深厚情誼，故而稱美曾鞏之賢，不僅信

---

73 〔宋〕王安石撰、聶安福等整理：《臨川先生文集》，卷一百，頁1715-1716。
74 此文繫年依據裴汝誠校點、李偉國覆校之「中華石刻數據庫·宋代墓志銘」，校記
　　云：此志未明書時間，文中有「宋且百年」之語，今暫據以繫於嘉祐五年。

而有徵，而且親切自然。這樣「以子顯母」手法，運用了「以賓形主」章法，可說是請銘者與作銘者的雙贏，「銘詞」寫孝子之賢，達到了王安石墓誌文「銘者，所以名前人而燕孝子之心也」之「燕孝子之心」的立意與效果。

（三）〈王平甫墓誌〉：通篇為誌文，結尾短評以扣墓主之德

〈王平甫墓誌〉作於元豐三年（1080）退居金陵時，王平甫為王安石之弟，全文如下：

> 君臨川王氏，諱安國，字平甫。贈太師、中書令諱明之曾孫，贈太師、中書令兼尚書令諱用之之孫，贈太師、中書令兼尚書令康國公諱益之子。（1）自卯角未嘗從人受學，操筆為戲，文皆成理。年十二，出其所為銘、詩、賦、論數十篇，觀者驚焉。自是遂以文學為一時賢士大夫譽歎。蓋於書無所不該，於詞無所不工，然數舉進士不售。舉茂材異等，有司考其所獻〈序言〉第一，又以母喪不試。君孝友，養母盡力。喪三年，常在墓側，出血和墨，書佛經甚眾。州上其行義，不報。（2）今上即位，近臣共薦君材行卓越，宜特見招選，為繕書其〈序言〉以獻，大臣亦多稱之。手詔褒異，召試，賜進士及第，除武昌軍節度推官，教授西京國子。未幾，校書崇文院，特改著作佐郎、秘閣校理。（3）士皆以謂君且顯矣，然卒不偶，官止於大理寺丞，年止於四十七。以熙寧七年八月十七日不起，越元豐三年四月二十七日，葬江寧府鍾山母楚國太夫人墓左百有十六步。有文集六十卷。（4）妻曾氏，子旂、旗，女婿葉濤，

處者四女。濤有學行，知名，旂、旀亦皆嶷嶷有立，（5）君祉
所施，庶在於此。（6）⁷⁵

全文通篇為誌文，以「敘」為主，結尾短評，篇章結構如下：

```
   ┌主┬ 家世：君臨川王氏，諱安國……康國公諱益之子（1）
   │  │        ┌ 文德卓越：自卝角未嘗……州上其行義，不報（2）
   │  └個人 ┼ 朝廷薦任：今上即位，近臣共薦……秘閣校理（3）
   │        └ 不偶早逝：士皆以謂君且顯……有文集六十卷（4）
   └賓┬ 因（敘）：妻曾氏，子旂、旀……旂、旀亦皆嶷嶷有立（5）
      └ 果（論）：君祉所施，庶在於此（6）
```

誌文一開始即從王平甫姓氏直接切入：「君臨川王氏，諱安國，字平
甫」，接著簡述其父祖職官等家世背景之後，寫其少有文才，及至成
年，在文學、詩詞以及孝友方面，皆有優良表現，故而官運始亨通，
歷官節節高昇；然後文意一轉：「士皆以謂君且顯矣，然卒不偶，官
止於大理寺丞，年止於四十七。……」王安石以「卒不偶」、「官止
於」、「年止於」，表達出對平甫英年早逝之遺憾。文末寫道，女婿有
學行而知名、二子德行有所立，終於「君祉所施，庶在於此」二句為
贊；二句贊語，以「君祉所施」，再將婿、子之好，歸功於平甫之教
子有成，也扣住「銘者，所以名前人而燕孝子之心也」旨意。以兩句
之讚揚，產生以小見大的效果，有著回縮全文之力道。

　　在全「敘」篇結構底下，最後一段，家人的部分，再採用「先敘
後論」章結構。末兩句之論定，也得《春秋》微言大義之妙。就全文

75　〔宋〕王安石撰、軎安福等整理：《臨川先生文集》，卷九十一，頁1585-1586。

以敘事為主的寫人文章來看，透過適當有力的評語於文末作總結，可產生凸顯人物亮點的效果。

（四）〈馬漢臣墓誌銘〉：通篇為誌文，以「先抑後揚」敘述墓主生平

〈馬漢臣墓誌銘〉，為慶曆六年（1046）在京師待闕時所作，時王安石二十六歲。茲錄全文如下：

> 合淝人馬仲舒，字漢臣，其先茂陵人。父皋為江東撥發，實其家金陵。漢臣因入學，齒諸生。為人喜酒色，其相語以褻私侈為主。父母不欲之，又隆愛之，不能逆其意以教也。（1）然漢臣亦疏金錢，急人險艱，不自顧計。於眾中尤慕近予，予亦識其可教，以禮法開之，果大寤，遂自挫刻，務以入禮法。從予學作進士，既數月，其辭章粲然，充其科者也。漢臣長予四年，予兄弟視之，漢臣視予則師弟子如也。嘗助予叔父之喪，若子姪然。（2）慶曆六年，漢臣冠五年矣，從予入京師待進士舉，六月病死。死時予亦病，其叔父在京師，因得棺斂歸金陵殯之。某年某月，乃葬于某處。（3）孔子曰：「秀而不實者有矣夫！」漢臣幾是矣。（4）噫！誌其墓云。（5）[76]

全文通篇為誌文，篇章結構如下：

---

76 〔宋〕王安石撰、聶安福等整理：《臨川先生文集》，卷九十六，頁1654-1655。

```
┌ 敘 ┌ 先 ┌ 抑：合淝人馬仲舒……不能逆其意以教也（1）
│     │     └ 揚：然漢臣亦疏金錢……若子姪然（2）
│     └ 後：慶曆六年……乃葬于某處（3）
└ 論 ┌ 理：孔子曰：「秀而不實者有矣夫！」漢臣幾是矣（4）
      └ 情：噫！誌其墓云（5）
```

誌文以「先抑後揚」[77]方式，敘述馬漢臣生平，從漢臣不學喜酒色等不良面切入，並寫其父母之溺愛不教，而後因馬漢臣慕近王安石，而王安石亦「識其可教，以禮法開之」，遂成為馬漢臣人生轉捩點，漢臣自此幡然改悟、進德修業。文末以孔子所言：「秀而不實者有矣夫！」評價漢臣一生，既肯定其才，又嘆惋其未能有所成就而早逝的結局。此文儼然為一篇勵志小傳，既突顯父母教養的重要，更強調出從師問學的重要，實發人深省。

王安石不僅是書寫墓主生平的第三者，更是墓主人生故事的參與者、改寫者，王安石以作者現身說法來寫傳主，使文意更顯親切生動。而文末無銘，抑是著眼於馬漢臣在「入京師待進士舉」前即病死，其「秀而不實」之人生，的確難以「銘詞」稱美之，然就王安石「銘者，所以名前人而燕孝子之心也」文體觀來看，馬漢臣父母不能善盡教養之責，馬漢臣卻能有向善自勵之心，幡然悔過，師從王安石，是故，王安石以「秀而不實」評之，對家族成員與後代，可說有著惕勵與期許作用。

王安石於慶曆五年（1045）任淮南判官時，作〈傷仲永〉[78]一文，採用「先揚後抑」方式，敘述方仲永從「小時了了」，終而至「泯然眾人矣」的故事，對其父母「不使學」，以致枉費其天賦，不勝

---

77 「抑揚」結構，參見仇小屏：《篇章結構類型論（增訂版）》，頁381-393。
78 〔宋〕王安石撰、聶安福等整理：《臨川先生文集》，卷七十一，頁1277-1278。

慨嘆。由此二文，可見青年時期的王安石對教育的重視與深切期許。

「抑揚」結構，可以帶給讀者強烈對比感受，藉由人事境遇的戲劇張力，予人即視感，故在讀寫策略上，對凸顯人物形象極具讀寫效果。

梁啟超《王安石評傳》對王安石碑誌文結構，如此評價：

> 人皆知尊荊公議論之文，而不知記述之文，尤集中之上乘也。集中碑誌之類，殆二百篇，而結構無一同者，或如長江大河，或如層巒疊嶂，或拓芥子為須彌，或籠東海於袖石，無體不備，無美不搜，昌黎而外，一人而已。[79]

論文因篇幅所囿，只能寥舉四類型為例，然仍可見出王安石謀篇布局之卓特與創意，梁啟超之評，實為的論。

六　結語

本文從王安石辨體意識談起，了解王安石墓誌銘文體觀以「銘者，所以名前人而燕孝子之心也」為主題思想，並以取信於後人、持論公正為基本原則。王安石之典範人物，是符合儒家修己治人、用舍行藏、精進日新之仁德觀。

就期待視野與思辨表達而言，王安石墓誌銘寫作「期待視野」寬廣，能適時調整因應，具有彈性，故其寫作不拘一格，思辨表達靈活而有創意。

---

79 梁啟超稱許王安石碑誌文「結構無一同者，或如長江大河，或如層巒疊嶂，或拓芥子為須彌，或籠東海於袖石，無體不備，無美不搜」。參見梁啟超：《王安石評傳》（上海：世界書局，1935年），頁142。

　　王安石認為文章須能「有補於世用」，不能藻飾不實，以「適用」
為文章作文之本。至於對文學價值的看法，〈《先大夫集》序〉云：

　　　君子於學，其志未始不欲張而行之以致君，下膏澤於無窮。唯
　　　其志之大，故或不位於朝。不位於朝，而藝不足以自效。則思
　　　慕古之人而作為文辭，亦不失其所志也。二帝、三王、群聖人
　　　之時，賢俊並用，雖窮處巖穴，亦扳而在高位，其志莫不得
　　　施，而文之傳于後者少矣。後之時，非古之時也，人之不得志
　　　者常多，而以文自傳者紛如也……[80]

王安石從言志傳世的角度，肯定「文」的價值。以王安石墓誌銘來看，
即是其「適用」、「有補於世用」以及「言志傳世」創作觀的體現。

　　從現代意義的角度來看，對「典範人物」的推崇與創作，可說是
具有普世價值的；從「形塑人物『可為典範』之處」的書寫角度來
看，行文布局運用適當篇章結構，則是「得體」關鍵。王安石墓誌銘
基於對「典範人物」之論定準則，以「誌」、「銘」的「敘論」章法為
文體謀篇布局基調，能靈活結合篇章結構類型，達到全文層次謹嚴、
不拘一格之妙。雖因篇幅所限，本文僅從四類章法結構類型為例，不
免有管窺之譏，然就「典範人物」的篇章結構與現代意義而言，足可
見出王安石墓誌銘讀寫研究，實具有舊瓶裝新酒的時代意義。

---

80 〔宋〕王安石撰、聶安福等整理：《臨川先生文集》，卷七十一，頁1271。

參考文獻

〔宋〕王安石撰、聶安福等整理：《臨川先生文集》（王水照主編：
　　　《王安石全集》第五～七冊），上海：復旦大學出版社，
　　　2016年（2017年重印）。

〔宋〕詹大和等撰、裴汝誠點校：《王安石年譜三種》，北京：中華書
　　　局，1994年（2006年重印）。

〔宋〕王安石著、李之亮箋注：《王荊公文集箋注》，成都：巴蜀書
　　　社，2005年。

〔宋〕曾　鞏撰、陳杏珍、晁繼周點校：《曾鞏集》，北京：中華書
　　　局，2004年重印。

〔宋〕朱　熹撰：《四書章句集注》，北京：中華書局，2016（2017））。

〔明〕吳　訥、〔明〕徐師曾、〔明〕陳懋仁著：《文體序說三種》，臺
　　　北：臺大出版中心，2016年。

〔日〕兒島獻吉郎著、孫俍工譯：《中國文學通論》，臺北：臺灣商務
　　　印書館，2004年。

仇小屏：《篇章結構類型論（增訂版）》，臺北：萬卷樓圖書公司，
　　　2005年。

王金山、王青山著：《文學接受研究》，呼和浩特：內蒙古大學出版
　　　社，2005年。

高海夫主編：《唐宋八大家文鈔校注集評》，西安：三秦出版社，1998
　　　年。

李隆海：《韓愈碑志文與王安石碑志文之比較研究》，武漢：華中師範
　　　大學碩士論文，2016年。

洪本健：〈王安石碑志文簡論〉，《社會科學家》，1990年第2期，頁13-
　　　17。

李　想：《王安石碑志祭文研究》，南寧：廣西大學碩士論文，2013
　　　年。

吳應天：《文章結構學》，北京：中國人民大學出版社，1989年。

梁啟超：《王安石評傳》，上海：世界書局，1935年。

陳佳君：《視域、方法、實踐：辭章學系統的語文篇章教學研究》，臺
　　　北：萬卷樓圖書公司，2020年。

陳德財：《王安石墓誌銘研究》，新竹：玄奘大學碩士論文，2005。

陳滿銘：《意象學廣論》，臺北：萬卷樓圖書公司，2006年。

陳滿銘：《章法結構原理與教學》，臺北：萬卷樓圖書公司，2007年。

楊　冬：《文學理論：從柏拉圖到德里達》，北京：北京大學出版社，
　　　2009年。

夏薇薇：《賓主章法析論》，臺北：萬卷樓圖書公司，2002年。

曾棗莊、劉琳主編：《全宋文》，上海：上海辭書出版社、合肥：安徽
　　　教育出版社，2006年。

論布局之反復

仇小屏

國立成功大學中國文學系副教授

摘要

反復是文學中重要的美感，而目前的研究多關注於使用某些詞語、句子或者段落而造成的反復。但是布局也會形成反復，而且因為關乎全篇之節奏，所以相當值得探究。本論文先梳理反復辭格與相關語言現象，次就同作品中的布局反復（含局部與全篇）、不同作品間的布局反復（以「四望風物」的寫作模式，以及科技論文摘要「先底後圖」之布局為例）、不同領域間的布局反復（以文學與電影中之「時間定格」為例），進行探討。因此，發現種種不同的作品間，存在著反復呼應的布局。而布局也就是成型的邏輯。所以，本論文總結出「反復之邏輯是原理」的看法。各種各樣的邏輯不停地重複著、循環著，人生與宇宙因之不停地開展著。

關鍵詞：反復、章法、布局、邏輯、結構

一　前言

反復是文學中重要的美感，而目前的研究多關注於使用某些詞語、句子或者段落而造成的反復。但是布局也會形成反復，而且因為關乎全篇之節奏，所以相當值得探究。

此外，運用章法學進行結構、布局之探究，雖然已經有數十年歷史，但是探究主題多鎖定在某文類、某家作品之結構探析，或是章法學體系之建構。本研究之主題——布局之反復，則尚未被關注過。

所以，基於前述的兩種理由，本論文欲以布局之反復為主題，進行探究。

二　反復辭格與相關語言現象

「反復」往往被視作辭格。因此本節即探討反復辭格，以及與反復有明顯相關的辭格及語法現象。

（一）反復辭格

王希杰《修辭學通論》說道：「反復只是要求相同的語言材料多次重複出現。」[1]此定義指出了反復的兩個重點：「相同的語言材料」、「重複出現」。而「相同的語言材料」可能是詞、詞組、句或是段，[2]「重複出現」的時機可能是連續，也可能是間隔。[3]

1　見王希杰：《修辭學通論》（南京：南京大學出版社，1996年6月），頁443。

2　見向宏業、唐仲揚、成偉鈞主編：《修辭通鑑》（北京：中國青年出版社，1991年6月第一版，1998年5月第二刷），頁617-620。

3　向宏業、唐仲揚、成偉鈞主編：《修辭通鑑》：「反復可分為兩種：一種是連續反復。……另一種是間隔反覆。」，頁616-617。

　　至於反復的目的或效果，向宏業、唐仲揚、成偉鈞主編《修辭通鑑》稱：「反復即為了突出某個意思，強調某種情感，特意重復某一語言部分。」[4]也就是反復是為了更好地表情達意。而王希杰《修辭學通論》則說：「反復的作用，一是改變語義或加強語勢；二是結構段落和篇章，把分散的言語單位組合為一個彼此相聯的整體。」[5]王說與本論文的重點：布局之反復，有著更多的呼應。

（二）相關語言現象

　　反復常與其它辭格結合。王希杰《修辭學通論》即說：「反復⋯⋯因為形式上的自由，就可以同多種修辭格相互結合。例如：反復＋對偶＝反復式對偶；反復＋排比＝反復式排比；反復＋頂針＝反復式頂針；反復＋回環＝反復式回環；反復＋對照＝反復式對照⋯⋯。」[6]王說指出反復有著「形式上的自由」，所以有著很大的與其他辭格結合的可能性。

　　然而，還有一點值得注意。有些辭格本身即是基於反復原理而產生的，譬如「類疊」辭格[7]。類疊辭格雖與反復辭格有重疊處，但是「類字」、「疊字」是反復辭格所沒有包含的。

　　還有，反復不僅在修辭中有意義，在語法學中也是。舉例來說，許多詞類都有重疊形式，動詞、形容詞、量詞一旦重疊之後，往往產

4　見向宏業、唐仲揚、成偉鈞主編：《修辭通鑑》，頁616。

5　見王希杰：《修辭學通論》，頁443。

6　見王希杰：《修辭學通論》，頁444。王希杰《修辭學通論》針對排比與反復，又說：「排比同反復是可以合流的。⋯⋯作為一種兼類現象，可以叫做『排比式反復』或『反復式排比』。」，頁443。

7　黃慶萱《修辭學》（增訂三版）（臺北：三民書局，2002年10月）：「同一個字、詞、語、句，或連接，或隔離，重複地使用著，以加強語氣，使講話行文句有節奏感的修辭法，叫作『類疊』。」，頁531。

生了新的效果或意義[8]。不只如此，詞彙中的合成詞，也有一種構成方式，是「重疊式」。[9]本段所述的重疊都是反復。

綜合前述，反復辭格廣為人知，但是，目前多關注於使用某些詞語、句子或者段落而造成的反復。而且，反復現象其實分布甚廣，不只限於修辭學領域。本論文本文擬以章法學切入，分析文章乃至其他領域文本之布局，並進一步鎖定其中形成反復者，進行探究。希望為反復之探討提供另一視角。

三 同作品中的布局反復

本節所處理的是同一作品中所出現的反復。為了便於指稱，本論文以【】標誌出結構段。

(一)局部之布局反復

關於節段之布局反復，茲舉兩例以為印證。例證一：魯迅〈這樣的戰士〉：

　　要有這樣的一種戰士——【一】

8　董憲臣：《現代漢語語法述要》（臺北：蘭臺出版社，2016年12月）：「多數動詞可以重疊，重疊後表示動量或時量的減少，有時帶有嘗試的意味。」，頁34。形容詞有「重疊式」，頁37。上海師範大學中文系漢語教研室：《語法初階》（臺北：書林出版有限公司，1997年3月）：「由數詞『一』組成的數量詞能重疊運用，重疊的形式有兩種：一為『一AA』，一為『一A一A』。這兩種重疊格式有時表示『每一』……有時表示『逐一』……有時表示『多』。」，頁32。

9　北京大學中文系現代漢語教研室：《現代漢語（重排本）》（北京：商務印書館，1993年7月第一版，2004年3月第七刷）指出：重疊式分成兩種：「語素重疊所構成的詞的意義同單個語素的意義一樣……兩個語素分別重疊合起來組成一個詞，如果不重疊合起來……就不是詞。」，頁198。

已不是矇昧如非洲土人而揹著雪亮的毛瑟槍的；也並不疲憊如中國綠營兵而卻佩著盒子炮。他毫無乞靈於牛皮和廢鐵的甲冑；【二】他只有自己，但拿著蠻人所用的，脫手一擲的投槍。【三】

他走進無物之陣，所遇見的都對他一式點頭。他知道這點頭就是敵人的武器，是殺人不見血的武器，許多戰士都在此滅亡，正如炮彈一般，使猛士無所用其力。

那些頭上有各種旗幟，繡出各樣好名稱：慈善家，學者，文士，長者，青年，雅人，君子……頭下有各樣外套，繡出各式好花樣：學問，道德，國粹，民意，邏輯，公義，東方文明……【四】

但他舉起了投槍。【五】

他們都同聲立了誓來講說，他們的心都在胸膛的中央，和別的偏心的人類兩樣。他們都在胸前放著護心鏡，就為自己也深信心在胸膛中央的事作證。【六】

但他舉起了投槍。【七】

他微笑，偏側一擲，卻正中了他們的心窩。

一切都頹然倒地；——然而只有一件外套，其中無物。無物之物已經脫走，得了勝利，因為他這時成了戕害慈善家等類的罪人。【八】

但他舉起了投槍。【九】

他在無物之陣中大踏步走，再見一式的點頭，各種的旗幟，各樣的外套……【十】

但他舉起了投槍。【十一】

他終於在無物之陣中老衰，壽終。他終於不是戰士，但無物之物則是勝者。

　　　　在這樣的境地裏，誰也不聞戰叫：太平。

　　　　太平……【十二】

　　　　但他舉起了投槍！【十三】

其結構分析表如下：

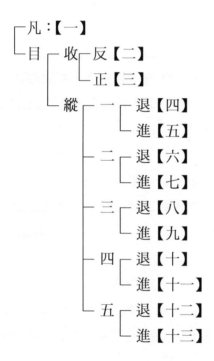

本文重復出現五次「但他舉起了投槍」，是本文相當明顯的特色。而舉起投槍之戰士，在開篇第一句就出現了：「要有這樣的一種戰士」（【一】），「這樣的一種戰士」是本文核心，是「凡」，統攝著其下的敘述。

　　作者首先將「矇昧的非洲土人」和「疲憊的中國綠營兵」（【二】），與「這樣的戰士」（【三】）進行反、正對比，指明「（戰

士）毫無乞靈於牛皮和廢鐵的甲胄」，而戰士所憑藉者只有「自己」
（精神面），還有「投槍」（物質面）。

其後的篇幅中，發展了五組兩兩呼應而形成的段落，而此五組段
落組織起來，形成時間上由先而後的五個層次。而這五個層次，可再
大分為二：「戰士生前」（一～四層）、「戰士死後」（第五層）。

在戰士生前，他碰到「一式點頭」、「各樣好名稱」，然而「他知
道這點頭就是敵人的武器，是殺人不見血的武器」（【四】）。但是，
「他舉起了投槍」（【五】），此為第一層。接著，「他們」都「立誓」，
且「放著護心鏡」，且「自己也深信」（【六】）。然而，戰士第二次
「舉起了投槍」（【七】）。此為第二層。事情持續發展，雖然戰士之投
槍「正中了他們的心窩」，卻是徒然，且「無物之物已經脫走」，戰士
且「成了戕害慈善家等類的罪人」（【八】）。儘管如此，戰士再一次
「舉起了投槍」（【九】）。此為第三層。事態尚未休止，「一式的點
頭，各種的旗幟，各樣的外套」再次出現（【十】）。可是，戰士仍然
「舉起了投槍」（【十一】）。此為第四層。最後，戰士終於「老衰，壽
終」，無物之物已是勝者，因為「不聞戰叫」，所以一切「太平」（【十
二】）。但是，戰士還是「舉起了投槍」（【十三】）。此為第五層。

在佔了大多篇幅的這五個層次中，作者往往對於「戰士」與戰士
之「敵人」（幫助軍閥的文人學士）[10] 兩面刻畫。後者字數較多，其偽
善、麻木、空洞入木三分。而對於「戰士」往往只有寥寥數筆：「走
進無物之陣」、「他知道……」、「微笑」、「在無物之陣中大踏步走」、

---

10 謝德銑指出了本文的寫作背景：「魯迅在《〈野草〉英文譯本序》裡說：『《這樣的戰
　　士》是有感於文人學士們幫助軍閥而作。』在這篇散文詩裡，他懷著嫉惡如仇的心
　　情，刻劃了一個清醒的、堅韌不拔的戰士的形象。」見可可詩詞網，網址：https://
　　www.kekeshici.com/shicizhoubian/mingrenzuopin/luxun/37758.html，檢索日期：2021
　　年12月20日。

「在無物之陣中衰老」，其覺知明澈、凜然無畏之姿躍然紙上。而「戰士」與「敵人」之不能相容，「戰士」之寡、「敵人」之眾，「戰士」之無所掩飾、「敵人」之巧言能飾……，似乎都指向了「戰士」將無所措其手足。然而，「但」作為轉折連詞，在此產生了重大的作用。反復五次的「但他舉起了投槍」，[11]收束了前面的「戰士」與「敵人」之對峙，化為奮力一擊。文勢也由「退」轉為「進」，氣勢淋漓。

綜合前面所述：作者苦心刻畫此戰士，運用了相當多的對比元素。首先，作者用「非洲土人」和「中國綠營兵」來對比戰士，指出了此戰士非蒙昧非疲憊，孤身一人手擲投槍。作者運用了「先反後正」的布局（【二～三】）。

接著，轉至本文重心，此戰士所要戰鬥的對象，人多勢眾、空洞無物、虛巧能飾，與戰士之洞察與強韌，又形成了更強烈的對比。為了要逐層深入地表現此種對比，並藉此刻劃出戰士死後仍然不竭的志氣，作者運用了五次的「先退後進」布局，而且還輔以相當有效的手段：重復出現五次「但他舉起了投槍」，因而更是醋暢淋漓。所以，在此要特別指出：關於反復手法的運用，應該不僅止於句子的隔段反覆而已，還需看到「先退後進」布局的五次反復，形成了波瀾迭起的文勢（【四～十三】）。

而一次的「先反後正」（【二～三】）、五次的「先退後進」（【四～十三】），又兩兩呼應成「先收後縱」的文勢。亦即，戰士「拿著投槍」，為蓄勢，為「收」。而之後重復五次的「舉起投槍」，為放射，為「縱」。前面的蓄勢，讓其後的「縱」之態勢更為鮮明。

而此「先收後縱」之相映相射、騰挪縱橫，都是為了表現出首

---

11 本文此手法向來引人注目。向宏業、唐仲揚、成偉鈞主編《修辭通鑑》將此文置於「隔段反覆」，並分析道：「『但他舉起了投槍』一句五次反復，表現了『這樣的戰士』頭腦清醒、鬥志堅定、永不妥協、始終如一的戰鬥精神。」，頁620。

句：「要有這樣的一種戰士」。因此「收」（【二～三】）與「縱」（【四～十三】）分別為兩個「目」，此二「目」所領起的種種結構段，宛如萬水歸源般呼應著前面總攝的「凡」（【一】）。行文至此，總覽「要有這樣的一種戰士」與其後奔騰的發展，作者心中源源滾滾的強大心流，可說是盡在此中。

然而，還要特別一提的是：篇首第一句「要有這樣的一種戰士」之「要」為為能願動詞[12]，其中所顯示的是此為作者的主觀意願，並非實際發生，可說是全文皆在「虛處」盤旋。更有甚者，文章發展到最後（【十二～十三】），戰士已死而仍然「舉起了投槍」。生與死相照，生為「實」、死為「虛」，因此這最後一節為「虛中虛」。走筆至此，不禁唷嘆作者之用心。面對一切虛無仍奮力一擲，壯烈驚人；然而此奮力一擲乃是虛設，又生出了無限悲愴。

例證二：潘柏霖〈那只不過是很簡單的算術問題〉：

其實都是很簡單的算術問題【一】
如果我花很多時間練身體【二】
我就沒有時間
來鍛鍊自己
和世界和你之間的關係【三】

如果我花很多時間
來憎恨這個世界【四】
我就永遠不會知道這裡

---

12 董憲臣《現代漢語語法述要》：「能願動詞，又稱『情態動詞』或『助動詞』，表示客觀的可能性、必要性或主觀意願。」，頁34。「要」可以表「可能」、「必要」，也可以表「意願」。筆者認為此處理解為表主觀意願，最為切合。

還有多少沒有被地圖標記出的藏寶秘境【五】
如果我花很多時間
來尋覓寶藏【六】
我就沒時間回家休息【七】

如果你愛一個爛人，愛得太用力【八】
你就會很難再給以後的人
一樣的熱情【九】
如果你給的愛太少【十】
你就很難遇到值得你愛的東西【十一】

如果我一直花時間
去討厭自己【十二】
我就沒有足夠的時間
可以愛你【十三】

可是如果我用掉太多時間來愛你【十四】
我就找不到
一個恰當的時空
來喜歡自己【十五】

其結構分析表如下：

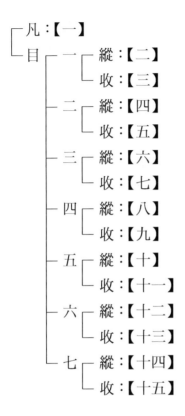

本詩以「其實都是很簡單的算術問題」開篇（【一】），接著運用「如果⋯⋯就⋯⋯」的句型，形成了七組「先縱後收」的複句[13]（【二～十五】）。這規律的形式形成了明確的、使人一定不會忽略的反復。而這七組反復的複句中，又各有其相異之處，即一些詞彙／詞組的變換：主語「我／你」；在謂語中出現多次的關鍵詞：「花時間／沒有時間」、「愛」、「你」、「討厭／喜歡自己」；在謂語中出現一兩次的詞彙：「練身體」、「憎恨世界」、「寶藏」、「恰當的時空」。這些變換與七

---

13 亦可視作「讓步複句」。上海師範大學中文系漢語教研室《語法初階》：「讓步複句。分句之間包含了退一步著想的意思，這就是讓步複句。常用關聯詞語有『即使』、『就算』、『就是』、『縱然』、『哪怕』和『也』、『還』等。」，頁130。

組「如果……就……」的句型搭配起來，造成了多種的排列組合。而這些排列組合的相互關係：平列乎？凡目乎？正反乎？賓主乎？回環乎？……有不能盡數的可能。而且，還有一種可能：朦朦朧朧、模模糊糊一路賞讀的可能。而以上的這些可能，端賴各種讀者在各種心情各種境況中各自完成。非常非常地個人化。

因此，本文不另分析此七組複句之邏輯關係，而僅以數字標目。然而，僅管如此，還是有一些值得特別一提的地方。

首先，第一組複句（【二～三】）與其他六組（【四～十五】）比較起來，應該不是處於平列的位置。因為收句：「我就沒有時間／來鍛鍊自己／和世界和你之間的關係」，將「我」和「時間」和「自己／世界／你」三者之間的互動，一開篇就先勾勒了輪廓。而且，前面還有一個縱句：「如果我花很多時間練身體」，「練身體」可說是當代的自戀意象，[14]與其後的收句搭配起來，「我花時間練身體」和「我沒有時間鍛鍊自己和世界和你之間的關係」實在有著微妙的意味。而這微妙的意味，蔓延全詩。因此，第一組複句實具有籠罩、統攝的功能。

其次，置於最後一組複句（【十四～十五】）前的「可是」提供了很重要的訊息。在這麼多形式上並列的詩節之後，出現一個轉折連詞「可是」，表示這是全詩重要的轉折點。也就是第七組的詩節的重要性，跟前幅是不一樣的。那麼，為什麼重要呢？讓人不禁有問：「喜歡自己」（特別是在「討厭自己」之後）和首組的「練身體」，是呼應

---

14 以往最為典型的自戀意象當推「水仙花」。然而，因為現代人越來越注重自我認同、自我形象，結合盛行的健身文化，讓「練身體」成為當代具有代表性的自戀意象。「大眾媒體在塑造健身文化方面起著重要作用，因為它們傳達的是理想的身體形象。……婦女的苗條瘦弱，男子的苗條肌肉發達的觀念已成為社會的刻板印象，產生了社會文化上的壓力，並影響人們從事健身，以追求大眾媒體所宣導的理想身體形象。」「健康文化」詞條，全球百科，網址：https://vibaike.com/118462/，瀏覽日期：2022年5月9日。

呢還是差別呢？是兩相調和呢還是扞格呢？是回環呢還是不回環呢？除此之外，還有一層暗示：從第六組複句「如果我一直花時間／去討厭自己／我就沒有足夠的時間／可以愛你」延伸出來的，如果不是「可是」，而是順推，那麼是否應該是「我要花足夠的時間去愛你」？（而且，也因為如此，是否「我就可以不用花時間討厭自己」，甚至，有沒有可能，喜歡上自己呢？）然而，作者拗折一筆，用「可是」錯開了

最後，整個七組複句（【二～十五】），都用「如果」領起，也就是都在虛處盤旋。七次的先縱後收，反反覆覆吞吞吐吐，再加上重重的「如果……」、「如果……」，趑趑趄趄游移不定。而回到一開始的「其實都是很簡單的算術問題」，這行籠罩所有的猶豫反復，簡直正言若反。（因此，首行為統攝之「凡」，其後皆為條分之「目」）。簡單否？算術乎？只能說想得太多、做得太少，要得很多、又怕受傷，想要做自己、卻很在乎人，這些都直指——玻璃心／愛無能[15]／玻璃心之愛無能。

題目又反將了一軍：〈那只不過是很簡單的算術問題〉。

（二）全篇之布局反復

全篇都以反復之布局來構成，在口傳文學中是相當常見的，因此其下即舉《詩經》中的一則詩篇為例。除此之外，又以一闋詞為例

---

15 此詞取自米夏埃爾‧納斯特（Michael Nast）著；高瑩君譯：《愛無能的世代：追求獨特完美的自我，卻無能維持關係的一代》（臺北：天下雜誌公司，2017年8月）。本書介紹：「我們既矛盾，也迷惘／渴望愛，卻不知如何愛著一個人／明明在愛情裡，但卻又像是過著單身的生活／我們追求自我實現，卻陷入對「完美」的追求／懷抱夢想，卻常常不得不向現實妥協／想被看見、被理解，卻不願在社群網路上展現完整真實的自己／不一定想要承諾後的束縛，卻又想要承諾後能有的安全感與踏實」。網址：https://www.books.com.tw/products/0010762851?sloc=main。瀏覽日期：2022年5月9日。

證，說明此情形不僅限於口傳文學。

例證一：《詩經・殷其靁》：

> 殷其靁，在南山之陽。何斯違斯？
> 莫敢或遑。振振君子，歸哉歸哉！
> 殷其靁，在南山之側。何斯違斯？
> 莫敢遑息。振振君子，歸哉歸哉！
> 殷其靁，在南山之下。何斯違斯？
> 莫或遑處。振振君子，歸哉歸哉！

其結構分析表如下：

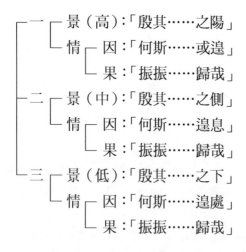

全詩三章，每章六句。每章以雷聲為興，每章打雷的地點皆不相同（「在南山之陽／側／下」），而君子「莫敢或遑／遑息／遑處」，最後發出「歸哉」之歎。

　　首先，「山之陽」即「山巔」[16]；「山之側」即山腰；「山之下」指山腳下。首章言雷聲先在「在山頂」作響，繼而在「山腰」，終在「山腳下」。而這樣空間上的由高至低的變化，造成了什麼效果呢？清人牛運震認為：「山側山下，雷聲自遠而近，興意更緊。」[17]「由陽而側而下落，將漸近者，然反逼更有力。」[18]胡承珙《毛詩後箋》云：「細繹經文，三章皆言『在』而屢易其地，正如以雷之無定在，興君子之不遑寧居。」[19]

　　因而詩在起興之後發出了「何斯違斯」的感歎，而「遑」、「息」、「居」也表現了丈夫致力於公事的態度。「遑」，《毛傳》與《詩集傳》均釋為「暇也」，即閒暇之意。「或遑」即「有遑」，與「遑息」均表示休息。而「處」指安坐，引申為安居，「遑處」即不敢安居。「遑」、「息」、「居處」尚且不敢，而敢言歸嗎？語意上愈來愈慎重。而且就此引發其後的祈願：「振振君子，歸哉歸哉」，乃是思念而望其歸。

　　本詩三節的布局是一樣的。都是先以雷聲起興，然後由此引發對事件、情感的描寫，因此第一層均形成「先景後情」的結構。而不敢休息之事件，引起了期盼歸來的呼喚，此為第二層「先因後果」的結構。此三章以完全相同的布局，營造出越來越迫切感受。此回環反復的布局，以往多稱為「重章疊句」，多以字詞更換的角度來看待，

16　「南山之陽」，毛《傳》：「山南日陽」多家注家以此義，亦有另一解為「山之巔」。見許廷桂：〈《詩・召南・殷其靁》別解〉，《重慶師範學院學報》第3期（1981年12月），頁62-67。《說文》：「陽，高、明也。」依此本義應為山的高與明亮處，故「山之陽」即「山巔」。本資料為成大中文研究所研究生何佳羚提供。

17　〔清〕牛運震：《詩志》，頁14下。本資料為成大中文研究所研究生何佳羚提供。

18　〔清〕儲欣《詩經》點評本，以崇禎十四年毛氏汲古閣所刻《詩集傳》為底本加朱筆手批圈點，見《詩經彙評》（南京：鳳凰出版社，2016年），頁50。本資料為成大中文研究所研究生何佳羚提供。

19　〔清〕胡承珙：《毛詩後箋》，頁99。本資料為成大中文研究所研究生何佳羚提供。

或認為此為層遞格之運用。然而，只是如此看待，尚無法曲盡其妙。若能從「布局」角度來加以賞析，相信是更可以顯發出章節之間的呼應。

本詩疊章複沓，唯變換南山之方位和不敢休息的狀態。朱自清《經典常談・詩經第四》說道：「歌謠的節奏最主要的靠重疊或叫復沓；本來歌謠以表情為主，只要翻來覆去將情表達到了家就成，用不著費話。反復可以說是歌謠的生命，節奏也便建立在這上頭。」[20]此言甚是。而《詩經》中類似詩篇甚多，茲不一一舉例。

例證二：李珣〈漁歌子〉：

> 荻花秋，瀟湘夜，橘洲佳景如屏畫。
> 碧煙中，明月下，小艇垂綸初罷。
> 水為鄉，蓬作舍，魚羹稻飯常餐也。
> 酒盈杯，書滿架，名利不將心掛。

其結構分析表如下：

```
  ┌水┬底：「荻花……屏畫」
  │  └圖：「碧煙……初罷」
  └陸┬底：「水為……餐也」
     └圖：「酒盈……心掛」
```

這首詞主要描寫隱逸生活。上片開頭三句寫景，同時點明季節、時間、地點，美景如畫。此為「底」（背景）。接著「碧煙中」三句，將鏡頭漸次拉近，聚焦在碧煙中、月光下，主人翁剛剛垂釣完畢，划著

20 見朱自清：《經典常談・詩經第四》（臺北：開今文化事業公司，1994年5月），頁55。

小艇在水上盪漾。此為「圖」（焦點）。好一幅瀟湘秋月，小艇垂綸欲歸圖。

　　下片開頭三句描寫隱在民間，雲水為家，以及魚羹稻飯的簡樸飲食。此是以日常生活「底」（背景）。接著描寫其中樂陶陶的一刻——飲酒讀書，淡泊名利。此為「圖」（焦點）。日常生活的清淡簡樸，襯托出此刻的陶然自樂。

　　此詞上、下片分寫水、陸，皆運用了「先底後圖」的結構。這反復的布局讓上下兩片形成了微妙的呼應，無形中傳達出：此為隱逸生活的兩個切面，互相映顯、互相補足，讓本詞更為餘韻悠悠。

四　不同作品間的布局反復

　　本節處理不同作品間的布局反覆。分就「四望風物」的寫作模式，以及科技論文摘要的「先底後圖」之布局，進行討論。

（一）四望風物之布局

　　「四望風物」是一種傳統的觀看方式，也是一種傳統的敘寫方式。張法《中西美學與文化精神》說道：「觀，是在先秦時就已普遍使用的認識事物的方式。」「在觀照方式上，中國採取仰觀俯察，遠近往還的散點遊目。」[21]而觀之所在，往往是亭台樓閣，搭配上亭台樓閣四面皆空、四面對景的特色，也就有了四面遊目、四望風物的觀覽方式[22]。而此點反映在寫作上，分就四個方位敘寫眺望所見，就成

21　皆見張法：《中西美學與文化精神》（臺北：淑馨出版社，1998年10月），頁321。與之相較，「西方運用的是選一最佳範圍，典型地顯示對象的焦點透視。」，頁321。

22　張法：《中西美學與文化精神》：「亭、臺是四面皆空的……四面對景正是為了讓人慢慢移動，慢慢觀看。……都帶有四面遊目的趣味。」，頁322。

了一種模式。其下茲舉兩例以為印證。

例證一：岑參〈與高適薛據登慈恩寺浮圖〉（節選）：

連山若波濤，奔湊如朝東。青槐夾馳道，宮館何玲瓏。
秋色從西來，蒼然滿關中。五陵北原上，萬古青濛濛。

其結構分析表如下：

```
┌─東：「連山若波濤」二句
├─南：「青槐夾馳道」二句
├─西：「秋色從西來」二句
└─北：「五陵北原上」二句
```

此四組八句，顧亭鑑纂輯《學詩指南》在「連山若波濤」二句下有註云：「東寓春景」，而「青槐夾馳道」二句是：「南寓夏景」，「秋色從西來」二句是：「西寓秋景」，「五陵北原上」二句則是：「北寓冬景」，所以「此八句言四方之景」[23]。

此四望除了方位之外，還疊加了四季，「遊目中多感官的感受是在具體的有範圍的時空中進行的。但中國的詩人畫家總想在有範圍的時空裡體悟反映出宇宙的意味。」[24]空間與時間的結合，讓作者與讀者雖於此時此地，卻能延伸並包蘊無垠的時空。

例證二：蘇軾〈超然臺記〉（節選）：

---

23 此皆見〔清〕顧亭鑑纂輯：《學詩指南》（臺北：廣文書局，1970年1月初版，1973年4月再版），頁109。
24 見張法：《中西美學與文化精神》，頁323-324。

　　南望馬耳、常山，出沒隱見，若近若遠，庶幾有隱君子乎！而
　　其東則盧山，秦人盧敖之所從遁也。西望穆陵，隱然如城郭，
　　師尚父、齊桓公之遺烈，猶有存者。北俯濰水，慨然太息，思
　　淮陰之功，而弔其不終。

其結構分析表如下：

```
┬ 南：「南望……子乎」
├ 東：「而其東……遁也」
├ 西：「西望……存者」
└ 北：「北俯……不終」
```

此節文句也是四望風物。林雲銘《古文析義》在「南望……子乎」之
下註云：「臺南可觀」，在「而其東……遁也」之下註云：「臺東可
觀」，在「西望……存者」之下註云：「臺西可觀」，在「北俯……不
終」之下註云：「臺北可觀」。並且總收道：「因城為臺未必能遠望。
若此止就臺上四面而想像其故跡，以明凡物皆有可觀之說。文亦錯落
可喜。」[25]
　　與前相同又不同的是：作者進行南、東、西、北的四望，所結合
的並非四季，而是四典。並且，此四典並非隨機引用，其中帶出許多
古人，或仕或隱，或成或敗，總歸於空留勝跡，供人憑弔，隱隱襯出
自己「超然物外」的襟懷。[26]張法《中西美學與文化精神》中所言

25　此皆見林雲銘：《古文析義》（臺北：廣文書局，1985年10月六版，1989年1月七
　　版），頁317-318。
26　參考蘇軾：〈超然臺記〉之「研析」，《新譯古文觀止》（臺北：三民書局，1971年3
　　月初版，2017年1月五版），頁832。

之：「偏於儒家的詩人……內心還作歷史的遊目，他們的宇宙意識包含著歷史的盛衰在內。」[27]可說是最好的註腳。

關於前引兩例登樓／臺而「四望風物」之寫作模式，林雲銘《古文析義》在蘇軾〈超然臺記〉之後的總評，簡單地理其源流：「其登臺四望一段，從習鑿齒與桓秘書脫化，而出與凌虛臺同一機軸，點染生趣。至盧襄西征記，邯鄲再步，則數見不鮮矣。」[28]而且，此種寫作方式之所以成為「模式」，有深刻的原因。此點還須從臺之崇高談起，張法《中西美學與文化精神》說道：「崇高，在中國最初就是指臺。《說文解字》曰：『高，崇也，象臺觀高之形。』」[29]，「臺最初的崇高在於它是祭司的專用物，帶有與神與天交往的神性，當其演變為帝王之臺，也因帝王們受命於天在萬民之上而具有一種偉大性。」[30]而後來亭臺樓閣之建構不限於祭司與帝王，一般人民亦可以登高遠眺，所以，「登樓登臺成為一般人的審美習慣，登樓登臺也成為中國人觸發宇宙人生的一種普遍方式。」[31]因此，藉由登樓／臺而上升到天道，然後才能回頭來，從根本上把握了人生的本質。而這樣的登覽遊目與心理活動結合起來，就成了登樓／臺而「四望風物」的寫作模式，此寫作模式在許許多多的作品中一再反復著。

（二）科技論文摘要「先底後圖」之布局

本小節所分析的是《CHEMISTRY》期刊中，兩篇科技論文摘要的篇章寫作邏輯。

例證一：陳君怡、呂世源〈鈦的陽極處理與應用〉摘要（頁225）：

---

27 見張法：《中西美學與文化精神》，頁323-324。
28 此皆見林雲銘：《古文析義》，頁318。
29 見張法：《中西美學與文化精神》，頁141。
30 見張法：《中西美學與文化精神》，頁142。
31 見張法：《中西美學與文化精神》，頁142。

二氧化鈦因為具有良好的化學穩定性，並且具有可以吸收紫外光作為光觸媒的特性，所以可以應用在許多不同的領域。【一】由於利用陽極處理法製備二氧化鈦具有許多優點，如製成相對較簡易便利、能夠節省成本；或是製備出的二氧化鈦具有大面積規則性、具有奈米孔洞結構，所以近年來受到相當多的學者矚目並逐漸嶄露頭角。【二】本文從簡介鈦的陽極處理的製程參數，即電解液的選用，開始導入主題。藉由調控孔洞尺寸，管壁厚度與長度，可以製備出各種的二氧化鈦奈米管，可以達到應用上的不同需求。【三】再來簡單介紹二氧化鈦的膜面顯色機制，以及陽極氧化鈦的反應機制。【四】在充分了解鈦的陽極處理製程與機制原理後，在文中亦會介紹陽極氧化鈦的改質，與其相關的應用。例如二氧化鈦奈米管可作為氫氣的感測元件，其卓越的電催化性質，可將其組裝成電極，參與水的分解反應或是有機物的分解，亦可應用於甲醇氧化；另外也可用於染料敏化太陽能電池。【五】

其結構分析表如下：

```
         ┌ 本（特性）：「二氧化鈦……不同的領域」·【一】
  底（背景）┤
         └ 末（陽極處理法）：「由於……嶄露頭角」·【二】
         ┌ 本（製程）：「本文……不同需求」………【三】
  圖（內容）┤ 中（反應）：「再來……反應機制」………【四】
         └ 末（應用）：「在充分……太陽能電池」…【五】
```

本篇摘要的寫作邏輯中，需要商榷者有如下數點：首先，此篇覆蓋面最廣的寫作邏輯是「先底後圖」，因此最好在「底」【一～二】和

「圖」【三～五】之間，加上「有鑑於此」作聯結。其次，「底」【一～二】之下的「本」【一】和「末」【二】之間可以加上「而」字來聯結。又次，「本」【三】之中的「開始導入主題。藉由調控」缺乏聯結，可以改成「開始導入主題，其中提到藉由調控」。又次，「中」【四】和「末」【五】之間宜加上「最後……」聯結，「在充分了解鈦的陽極處理製程與機制原理後」可以刪除。

例證二：賴俊吉、傅淑玲、林照雄、梁峰賓、孫仲銘〈穿心蓮內酯的化學分子修飾和其生物活性〉摘要（頁253）：

穿心蓮是廣泛被用來治病的藥用植物，而穿心蓮內酯（andro-grapholide）是其主要的成分之一。【一】穿心蓮內酯被研究出具有抗癌，治療糖尿病的的活性，探討其修飾的合成方法和研究修飾過後化合物結構與活性的關係，甚至於探討活性的作用機轉均是重要的研究方向。【二】本文整理了數篇近年來探討穿心蓮內酯及其衍生物在抑制 α-glucosidase 活性及抗癌作用的文章，【三】值得注意的是，在將穿心蓮內酯分子中的部分官能基加以修飾後，有些衍生物具有比穿心蓮內酯更高的生物活性。【四】

其結構分析表如下：

```
        ┌ 全（穿心蓮）：「穿心蓮……成分之一」‧‧‧‧‧‧‧‧【一】
  ┌ 底（背景）┤
  │     └ 偏（穿心蓮內酯）：「穿心蓮內酯……研究方向」【二】
──┤
  │     ┌ 全（各種特性）：「本文……文章」‧‧‧‧‧‧‧‧‧‧【三】
  └ 圖（內容）┤
        └ 偏（有些衍生物）：「值得注意……生物活性」‧【四】
```

本篇摘要的寫作邏輯中，需要商榷者有如下數點：首先，此篇覆蓋面最廣的寫作邏輯是「先底後圖」，因此最好在「底」【一～二】和「圖」【三～四】之間，加上「有鑑於此」作聯結。其次，「偏」【二】之中「甚至於探討活性的作用機轉均是重要的研究方向。」宜加上逗點，改成「甚至於探討活性的作用機轉，均是重要的研究方向。」以表示「均是重要的研究方向」一句所收束的，還包括了「探討其修飾的合成方法和研究修飾過後化合物結構與活性的關係」。又次，「全」【三】和「偏」【四】之間的「，」宜改成「。」，以表示區隔。

　　這兩篇科技論文摘要都形成了「先底後圖」結構。之所以如此，當是因為「學術行銷」的需求。楊晉龍〈摘要寫作析論〉比較了「專家摘要」和「作者摘要」後，認為「作者摘要」更帶有「撰寫者」（生產者）立場的「學術行銷」的另一種訴求目的[32]，因此，摘要對於表達效果的需求其實是非常強烈的，而「先底後圖」結構恰可適應此種需求。因為在形成「先底後圖」結構的摘要中，其「底」皆為「背景」，「圖」皆為「內容」，而且所謂的「背景」，大體上是此研究對象或切入角度的重要性，可因此解決什麼困難、提供什麼便利等，亦即「研究目的」，而「內容」才是論文真正從事的研究、實驗等，亦即「研究方法、結果、結論」。然而，「底」所費之字數往往比「圖」更多。這個現象說明了一點：「背景」在摘要中非常重要，而它之所以非常重要，那是因為合乎「學術行銷」的需求[33]。[34]

32　參見楊晉龍：〈摘要寫作析論〉，《實用中文寫作學》（臺北：里仁書局，2004年12月），頁284。楊氏並說：行銷就隱含了推銷與創造需求的要求，因此除能夠更明確地表達論著創發性的內容之外，也比較重視如何引發讀者興趣、如何說服讀者接受等的推銷考慮，寫作上因此會特別注意到表現的形式、表現的方法、選用適當文句、表現美感等文學技巧的使用考慮。參見頁284、286。

33　呈現其他結構者另有六篇，此六篇經實際考察之後發現：（二）為「先本後末」結構、（五）為「先因後果」結構，以及（十四）、（十五）皆為「先因後果」結構，

五 不同領域間的布局反復

本節欲探討不同領域間布局之反復，茲以文學與電影之互通為例。簡政珍《電影閱讀美學》指出：「不論電影或小說，敘述時間打破故事發生的順序，將各個事件的現在重組，而變成情節。」[35]雖然，簡政珍於文學中只提到小說，然而，不止小說，牽涉到時間、敘事的文學，大約都有著同樣的原理。

文學／電影如何進行敘述、如何安排時間……，堪稱文學／電影理論中重中之重的課題。因此，文學／電影中一樣有順敘、倒敘[36]、時間穿插等等手法，所以，其手法有互通之處，應該是可以理解的。而此互通往往令閱聽者感受到敘述方式之反復，亦即類似的布局在不同的文本中反復著。

在文學／電影繁複的處理時間的手法中，本論文擬以「聚焦於時

這些都專注於研究本身的說明，而（八）、（十一）皆為「先凡後目」結構，都是依據論文章節依序說明。這六篇摘要對於「重要性」的著墨均極少，也就是說，直接呈現「圖」，「底」的部分就省略了，這種做法雖然有簡明清晰的優點，但是此實驗所能產生的作用或影響卻比較無法突顯，對於「學術行銷」來說，應該是不利的。

34 關於科技論文摘要寫作邏輯之研究，可見拙作：〈論科技論文「摘要」之篇章寫作邏輯〉，《章法論叢・第三輯》（臺北：萬卷樓圖書公司，2009年7月），頁458-499。

35 見簡政珍：《電影閱讀美學》（臺北：書林出版公司，2006年），頁120。樂黛云亦稱：「電影已不再是消極的人類回憶或思考的載體，而是以強大的敘事權威重構著民眾的記憶。」見樂黛云為姚曉濛：《電影美學》（臺北：五南圖書公司，1993年）所寫之序。《電影美學》，頁2。

36 姚曉濛《電影美學》：「電影中的時間順序，大致有以下幾種情況：1. 順時間敘述。這是按時間的順序進行敘述；2. 閃回；3. 閃前。電影中的閃回、閃前都是將時間順序打亂進行敘述。」，頁129。但是姚著也強調：「這和文學中將時間順序打亂進行敘述是不同的。……這種聲畫不對位所成的在時間跨度上的、觀念上的特點是只有電影才能做到的。」，頁129。然而本論文認為：「聲畫不對位」確實是電影的重要技法與特色，但是聲畫也可以對位，而且不管聲畫對不對位，時間順序的打亂都是基礎，此點與文學中的倒敘、逆敘、夾敘等，原理是一樣的。

間片段」的「定格」手法為討論核心，進行一點比較研究。

在文學領域，茲舉林泠〈阡陌〉為例：

你是橫的，我是縱的
你我平分了天體的四個方位

我們從來的地方來，打這兒經過
相遇。我們畢竟相遇
在這兒，四週是注滿了水的田隴

有一隻鷺鷥停落，悄悄小立
而我們寧靜地寒喧，道著再見
以沉默相約，攀過那遠遠的兩個山頭遙望
（——一片純白的羽毛輕輕落下來）

當一片羽毛落下，啊，那時
我們都希望——假如幸福也像一隻白鳥——
它曾悄悄下落。是的，我們希望
縱然它們是長著翅膀……

其結構分析表如下：

```
        ┌ 點：「你是橫的」二行
    ┌ 久 ┤       ┌ 相遇：「我們從來的地方來」三行
    │   └ 染 ┤
┤             └ 分離：「有一隻鷺鷥停落」四行
    └ 暫：「當一片羽毛落下」四行
```

詩題為〈阡陌〉。「阡陌」原本是空間意象，從它的延展性看來，可以
向四方無限的延伸；但是注目於它的集中性的話，那麼縱、橫線必然
會有相交的一點。而且在集中、延伸的過程中，融入了時間的節奏，
所以原本的空間意象，也就成了時間意象了。

因此詩篇一開始「你是橫的，我是縱的／你我平分了天體的四個
方位」，就點題〈阡陌〉，並且極度強調「阡陌」的空間感，營造出遼
夐悠遠的感受。接著第二節就從「阡陌」的集中性來著眼，將縱、橫
線的相交，轉化為「相遇」的過程。然後，第三節中，作者說著「以
沉默相約，攀過那遙遠的兩個山頭遙望」，這是寫相交之後的分離。
昨者先在第一節中「點」出阡陌的空間特性，然後用接著的兩節詩句
來「染」（一寫相交、一寫相離）。而且，因為作者將它擬人化的處理
為「相遇」、「分離」的過程，而完成這個過程是需要時間的，所以就
形成了一段「久」時間。

不過，在這段時間中，曾有停棲的白鳥落下一片純白的羽毛，這
是多麼值得紀念的一刻啊！因此作者擷取這短暫的一刻作深入的處
理，勾勒出「我們」對於幸福隱約的期盼……。因為這樣的處理，所
以全詩形成「由久而暫」的結構，在「久」時間的烘托下，這短暫的
一刻凝聚了最多的注意，起了「放大瞬時」的效果，這是「由久而
暫」結構最巧妙的地方。[37]

而在電影中，對「凝結的瞬時」的處理，有一手法「Freeze」，
或譯為「定格」[38]、或譯為「凝結」[39]。本論文取前稱。

---

37 見拙作〈論「由久而暫」時間結構的現象與美感——以新詩為考察對象〉，《成大中
 文學報》第十一期（2003年12月），頁247-263。文中另列舉多例形成「由久而暫」
 時間結構的新詩。

38 「定格：影片中，特技攝影所造成的畫面。即放映中的一畫面突然靜止不動，用以
 吸引觀眾的注意。」見教育部重編國語辭典修訂本。

39 簡政珍：《電影閱讀美學》則稱為「凝節」：「畫面就此打住不動，如一張相片，但

一則「時間之外──定格鏡頭的藝術」（Out of Time: The Movie Freeze Frame）的短片，其中探討「電影中的定格鏡頭」，列舉多部經典影片以及流行商業片逐一分析。看電影時，連貫的運動敘事突然停滯了，這會對敘事造成什麼樣的影響？電影史上第一個定格畫面，出現在夢露主演的電影《彗星美人（All About Eve）》（1950）中，一個運動的場景突然定格，成為了故事中一張照片的轉場鏡頭，通過照片實現了時間和空間的切換。又分別列舉了蓋・里奇等導演的電影，說明定格畫面對於開篇的引入角色、結尾的勝利昇華等作用。還有一些電影將人物定格，並且用照片框取出來，歷史故事裡的「當下」成為照片檔案中的「過去」，提醒觀眾們故事結束了，歷史已然是過往。攝影最吸引人的地方在於，它似乎將時間凝固了。[40]

關於這樣的電影定格，首先要認識到的是：電影中的「定格」，要與前、後的「正常」時間聯繫在一起觀看，才會獲得效果與意義。其次，姚曉濛《電影美學》說：「從停頓上講，譬如定格，它在人們心理上形成的時間概念是文學無法到達的。」[41]然而，本論文認為，前引〈阡陌〉一例，從一個「長」時間，凝聚到一個「暫」時間，其實就有著「定格」的作用。〈阡陌〉在相交與相離中，捕捉的是白羽落下的一刻（亦即最接近幸福的一刻）。

旁白繼續。旁白有時以諷刺性的語調評述這種映象表面和真相的對比，有時從該事件的現場跳開，以過去或未來的另一種面貌和現有的事件相對應。」，頁125。

40 以上分析參見肖瑞昀：〈在電影裡動態影像是一場幻覺《時間之外──定格鏡頭的藝術》〉，Wonder Foto，【視角專欄】，網址：https://www.wonderfoto.com/news/6287359，瀏覽日期：2020年6月4日。

41 見姚曉濛：《電影美學》，頁129。而停頓和省略停頓是電影的時間延續過程的重要內容。姚曉濛：《電影美學》：「所謂電影的時間延續過程（duration），主要指事件發生的實際需要時間和再現該事見的電影放映時間的關係。」，頁129。

　　至於為什麼要選取一個片段的時間，以造成「定格」[42]呢？關於這點，或可從心理學中的「注意」來尋找答案。M.艾森克主編的《心理學——一條整合的途徑》中說道：「注意是指有選擇地加工某些刺激而忽略其他刺激的傾向。」[43]不管是「由久而暫」的時間結構中，或是鑲嵌在「正常」時間中的片段，「定格」都得到了最多的注意。[44]劉兆吉主編的《文藝心理學綱要》中也提及：「注意愈集中，感知愈細緻，頭腦中的表象也特別鮮明完整。」[45]關於此點，文學／電影理論都注意到了，楊匡漢《詩學心裁》中提出「瞬間輝耀式」的說法[46]，趙山林《詩詞曲藝術》則有「時間定格」之說[47]，而翟德爾（Herbert Zettl）《映像藝術》對電影中的「停格」，則提出如下的看法：「停格呈現逮到的運動，而不是沒有運動的畫面。停格具有高度的單位濃度；一個特定的凍結瞬間摘自全盤的運動，然後一次又一次地重複。」[48]以上諸家說法，都指出了：不論是文學或電影，此「瞬時」都包蘊了高度的意義，也得到了極大的注意。

---

42 金哲、陳燮君：《時間學》（臺北；弘智文化事業有限公司，1995年4月），頁70-79中特列有「瞬時論」，並提出「描繪瞬時」、「『放大』瞬時」的看法。

43 見〔美〕M.艾森克主編：《心理學——一條整合的途徑》（上海：華東師範大學出版社，2000年12月），頁242。

44 曾霄容：《時空論》（臺北：青文出版社，1972年3月）說道：「若測一長時間後，則覺得短者更為短。」，頁417。

45 見劉兆吉主編：《文藝心理學綱要》（重慶：西南師範大學出版發行，1992年），頁35。

46 見楊匡漢：《詩學心裁》（西安：陝西人民教育出版社，1995年7月），頁221。

47 趙山林：《詩詞曲藝術》（杭州：浙江教育出版社，1998年6月）：「我們所說的時間定格，指的是詩人在時間流程中，選取最能表現人的情緒或動作所包孕的『來因和去因』的一剎那，從一剎那的靜止狀態中表現出人物的思想活動。」，頁155。

48 見翟德爾（Herbert Zettl）著，廖祥雄譯：《映像藝術》（臺北：志文出版社，1994年6月），頁367。

六 綜合討論

本論文鎖定布局之反復進行研究，注意到以下數點：

（一）反復之布局往往搭配反復之文句

文學作品的布局在反復時，常常藉助於重複的詞語、句子或者段落。此點誠如向宏業、唐仲揚、成偉鈞主編《修辭通鑑》所言：「反復……使層次結構變得更為明顯。」[49]這點在詩歌中特別明顯[50]。

之所以如此，當是因為反復會造成顯而易見的、強烈的呼應，對於組織篇章來說，十分有利。而且，因為毫無變化的反復易流於板滯，所以詞面往往也會有所變化，也因而帶動了詩意的發展。更進一步說，這種變化因為有著「重複」為比較的基礎，所以「不同」的部份更容易被顯現出來，更可凸顯出每個相同的布局是如何聯繫起來的。

（二）反復之布局的意義

本論文以「同作品」、「不同作品」、「不同領域」間的反復進行討論。

「同作品」中的反復又分作局部與全篇。此部分探討反復布局之現象與作用。而不論是局部或全篇之反復布局，都具有以下兩種意義：一是補「反復」辭格之不足，二是開拓章法學理論的另一個視點。

而「不同作品」間的反復，則希望能證明一個觀點：寫作是可能有模式的，而且不能僅以負面眼光來加以看待。相反地，寫作模式具有很強的意義、很高的價值。因為此寫作方式之所會成為模式，往往

---

49 見向宏業、唐仲揚、成偉鈞主編：《修辭通鑑》，頁617。

50 向宏業、唐仲揚、成偉鈞主編：《修辭通鑑》：「運用反復最多的是詩歌。詩歌中的反復又叫『復沓』。它具有特殊的表現力……起一唱三歎的作用。」，頁617。

有其深刻的內在／外在原因，也有強大的效果與美感。

　　至於「不同領域」間的反復，雖然僅舉在文學／電影中「聚焦於時間片段」的「定格」手法來討論，但是一開始就說明了，文學／電影兩者都一樣有處理時間的需要，因此也都發展出順敘、倒敘、時間穿插等等手法。因此，本論文所做的只是小小的一點嘗試，希望以後能有機會針對此課題持續鑽研。

（三）反復之布局實是反復之邏輯

　　章法學所處理的是篇章組織之邏輯。以章法學切入文學作品，可以見出作品的組織邏輯。所以反復之布局實即反復之邏輯。然而，本論文中所例舉之作品只是「點」而已，然而從「點」可以想及「面」、想及「整體」。也就是說，種種布局／邏輯是一再地在各個作品中反復著。

　　不只如此，語法學中的複句[51]、詞彙學中的詞語結構，乃至於各領域的各種模式，也都是如此，都是不斷反復的邏輯／布局。譬如敘事學中所探討的英雄的成長敘事[52]、某些一再出現的情節……等等，與此有著不謀而合的呼應。

　　想及此，不禁覺得一切的開展可能都離不開邏輯。不同的開展有賴於不同的邏輯。或者說，不同的開展發展出不同的邏輯。

（四）反復是原理

　　不管反復的是詞句還是布局，還是其他領域的其他事物，反復都是數見不鮮的。

---

51 語法中常用幾個固定的連接詞，標誌出常見的敘述模式。因此，可說是複句是兩三個句子間常見的邏輯模式的概括。

52 甚至現在在娛樂業、動漫業等，也有所謂的「養成系」，與此可以互通。

在第二節中，本論文指出反復不僅見於修辭學中的多種辭格，也見於語法學和詞彙學。而本論文則致力證明章法布局中亦有著反復的現象。由此可見出反復之生命力與生成力。或者，更可以說反復是一種原理，所以會顯現在各種各樣的現象上。如果將觀察的領域拓展至音樂、建築……等等，相信這點會更有說服力。

向宏業、唐仲揚、成偉鈞主編《修辭通鑑》在闡述反復辭格時，說道：「客觀事物常常反復出現，反復變化，並反映到人們的頭腦裡。」[53]這些規律地重複的事物包括呼吸、日夜、四季、萬物生死、人事聚散、帝國興衰……，事實上並不僅止於客觀事物。所以，應可說反復是原理，所以出現在各個領域、貫穿了各個領域。而且，一再的反復就成了循環。這其中充滿了宇宙人生的奧秘。

（五）反復之邏輯是原理

結合前面的兩點，或可如此說道：反復之邏輯是原理。我們感知到宇宙人生中不斷重複之邏輯，我們與宇宙互動、開展人生，也不斷地重溫這些邏輯，甚至開展出新的邏輯。

七　結語

本論文探究布局之反復，致力於發現單篇作品、各個作品、不同領域的作品間，有著反復呼應的布局。而布局也就是成型的邏輯。因此本論文總結出「反復之邏輯是原理」的看法。各種各樣的邏輯不停地重複著、循環著，人生與宇宙因之不停地開展著。

53　見向宏業、唐仲揚、成偉鈞主編：《修辭通鑑》，頁616。

參考文獻

一　專著

〔宋〕蘇　軾：〈超然臺記〉之「研析」，《新譯古文觀止》，臺北：三
　　　民書局，1971年3月初版，2017年1月五版。

〔清〕牛運震撰，郭全芝校點：《詩志》，合肥：黃山書社出版發行、
　　　新華書店經銷，2014年。

〔清〕胡承珙：《毛詩後箋》。

〔清〕儲　欣：《詩經彙評》，南京：鳳凰出版社，2016年。

〔清〕顧亭鑑纂輯：《學詩指南》，臺北：廣文書局，1970年1月初版，
　　　1973年4月再版。

〔德〕米夏埃爾・納斯特（Michael Nast）著；高瑩君譯：《愛無能的
　　　世代：追求獨特完美的自我，卻無能維持關係的一代》，臺
　　　北：天下雜誌公司，2017年8月。

上海師範大學中文系漢語教研室：《語法初階》，臺北：書林出版有限
　　　公司，1997年3月。

王希杰：《修辭學通論》，南京：南京大學出版社，1996年6月。

向宏業、唐仲揚、成偉鈞主編：《修辭通鑑》，北京：中國青年出版
　　　社，1991年6月第一版，1998年5月第二刷。

林雲銘：《古文析義》，臺北：廣文書局，1985年10月六版，1989年1
　　　月七版。

黃慶萱：《修辭學》，臺北：三民書局，2002年10月，增訂三版，頁
　　　531。

董憲臣：《現代漢語語法述要》，臺北：蘭臺出版社，2016年12月。

二　論文

許廷桂：〈《詩・召南・殷其靁》別解〉，《重慶師範學院學報》第3
期，1981年12月。

仇小屏：〈論科技論文「摘要」之篇章寫作邏輯〉，《章法論叢・第三
輯》（臺北：萬卷樓圖書公司，2009年7月），頁458-499。

仇小屏：〈論「由久而暫」時間結構的現象與美感──以新詩為考察
對象〉，《成大中文學報》第十一期（2003年12月），頁247-
263。

三　網路資料

「健康文化」詞條，全球百科，網址：https://vibaike.com/118462/，
瀏覽日期：2022年5月9日。

肖瑞昀：〈在電影裡動態影像是一場幻覺《時間之外──定格鏡頭的藝
術》〉，Wonder Foto，【視角專欄】，網址：https://wonder.am/
2020/06/04/out-of-time/，瀏覽日期：2020年6月4日。

謝德銑：〈魯迅《這樣的戰士》全文、注釋和賞析〉，可可詩詞網，網
址：https://www.kekeshici.com/shicizhoubian/mingrenzuopin/l
uxun/37758.html，瀏覽日期：2021年12月20日。

章法學在語文表達組篇教學
之實踐[*]

陳佳君

國立臺北教育大學語文與創作學系教授

摘要

　　人們在進行訊息編碼與輸出的過程中，需要倚賴語言文字進行良好的傳達。雖然口語表述和書語寫作的表達力都是語文教學的要項，但無論對師資培育學生或教學現場的教師而言，如何找到語文表達教學的入手處，尤其是形成話語內容與架構方面，確為語文教學的難點之一。本文借鑑章法學之理論基礎，聚焦「辭章四元」中的表達元，提出重視形象思維與邏輯思維，能助以強化說／寫之取材與組篇能力；同時亦提供篇章組織取向的學習單為教學工具，並透過一系列題目分析、教學設計、學生作品與教學省思，印證以段落安排為鷹架，能在一定程度上協助教師有步驟的引導學生，以完成有內容、有條理的講述或文章。

關鍵詞：章法學、語文表達、篇章組織、段落安排、語文教學

---

* 本文為二〇二〇年度國立臺北教育大學教師專題研究計畫之部分研究成果，並於二〇二一年通過審查，發表於「第三屆語文教學與文學創作研討會」，復經與會方家學者研討及本書編委會兩位匿名審查委員審查後修訂，於此併致謝忱。

一 前言

　　語言文字是人們賴以溝通交流的重要媒介，運用語言文字進行思維的編碼與傳遞，以達成有效、甚至高效的訊息輸出（output），即是語文表達力的展現，它包含良好的口語表述和書語寫作能力，這也是十二年國教課綱中所揭示之新世紀公民應備的語文素養。然而，在教學現場裡，卻時常在「辭章四元」中的語文表達元，發生教與學的困境，尤其是內容材料的構思、邏輯脈絡的布局與整體篇章的照應等方面。章法學正是一門研究辭章聯節成段與組段成篇之條理，以及構思歷程之梳理和話語材料之安排等方法的學問，因而得以在教學實踐與教學研究上，發揮一定的效益[1]。綜上之述，本研究旨在協助師培生及第一線在職教師於教學現場欲培養兒童口語及書語之表達時，提供具有章法學理依據的教學策略，以嘗試解決學生在面對講說或寫作的學習任務時，關於構思取材和組織成篇方面的學習難點。

　　本研究於執行期間邀集了經驗豐富的國語文國教輔導團教師和修習小學語文領域教育學程之師資培育學生共同參與。在研究的設計與執行方面，先由本案研究者帶領研討辭章學、章法學等相關的理論基礎，並提供以組篇策略為鷹架的說／寫教材[2]，再由師培生及在職教師分別進行題目分析、教學設計與實際的班級教學活動[3]，之後針對佈

1　參考陳佳君：〈小學篇章結構取向之閱讀教學的效益與實踐〉，《章法論叢・第九輯》（臺北：萬卷樓圖書公司，2016年再版），頁403-405、431-432。

2　本教學實踐研究的工具之一是研發組篇策略學習單，以供參與本案之師培生及在職教師使用。學習單設計原型由臺東小學在職教師群提供。命題方向主要以核心素養導向扣合兒童的生活情境來佈題。在學習單的設計原則方面，上半部為「構思引導語」，下半部則為「分段提示語」。

3　在教學目標的部分，主要是指導兒童能參考學習單上半部的構思，完成下半部分段提問的內容，再據此練習口語講說或寫成一篇完整文章。

題設計及理念、學生學習成果、教學觀察與省思等方面，落實教與學之雙向探究，最後提出分析報告，以供師資培育和教師進修之參考。

二　以篇章組織搭橋語文表達力之研究背景

　　本研究之問題意識主要來自研究者在擔任語文領域師培課程與指導新舊制實習的經驗中，發現兩項教學疑難。其一，在學之師培生及實習生多半很容易只將語文教學的重心放在字詞句的認讀、習寫與修飾等方面，而忽略了從整體觀照的組篇層面；其二，第一線的在職教師時常在研習或進修時，提出寫作和口語表述課程的教學難點，尤其是如何架構文章和演說內容。然而，人們的溝通交流需要倚賴語言文字進行良好的表達，而培養說話與寫作的基本能力，也是語文教學的重要環節。在十二年國教課程綱要「語文領域──國語文核心素養具體內涵」中，也主張小教階段的兒童，要能在日常生活中學習理解與運用國語文，以達成溝通表達的目標[4]。因此，對於如何指導語文的溝通表達、為兒童搭好鷹架以學習首尾完整的表述，應該要能獲得相應的教研支援。

　　除了上述亟待解決的教學難點外，開啟本研究案之契機則是緣於研究者曾前往偏鄉小學交流輔導，該校老師們提到，學校為加強小朋友們的口語表達，每週四早自習時，會讓全校每一位小朋友輪流上臺練習演說，所以老師們需要找到有效的教學方法讓學生準備演說，同時又可以練習寫作。不過，也有中年級的老師表示，「結構」的概念對兒童來說很抽象，並不容易掌握。這是由於篇章的組織（texture）是文本內容內在深層的條理，並不是外顯的。前此在一場國語文領域

4　參見教育部「十二年國民基本教育課程綱要」國語文領域核心素養具體內涵，網址：https://cirn.moe.edu.tw/WebContent/index.aspx?sid=11&mid=5724。

師培教授社群會議裡，則有教授提出：寫作教學的問題多半出於兒童對於搜尋材料和安排段落、組織成篇感到困難[5]。由此可見，學生要能順暢有效的表述，對於「說／寫出什麼內容」、「怎麼架構想說／寫的內容」是需要教師引導的，前者考驗著取材能力，後者則牽涉結構能力。

　　若再進一步觀察教育部九年一貫課程綱要國語文分段能力指標，以及十二年國民基本教育課程綱要在國語文學習領域之「學習重點」，實皆突顯出無論是在「鑑識元」的聽、讀，或「表達元」的說、寫，理解謀篇布局的方式和講求章法條理的要求，皆是十分重要的語文素養[6]。以本研究所聚焦的表達元之語文組織力而言，至少就有以下幾項：「3-1-1-1　能清楚明白的口述一件事情。」、「3-3-3-3　能有條理有系統的說話。」、「6-2-4-1　能概略知道寫作的步驟，如：從蒐集材料到審題、立意、選材及安排段落、組織成篇。」、「6-3-2-3　能練習從審題、立意、選材、安排段落及組織等步驟，習寫作文。」等[7]；以及「2-II-3　把握說話的重點與順序。」、「2-III-5　把握說話內容的主題、重要細節與結構邏輯。」、「6-II-3　學習審題、立意、選材、組織等寫作步驟。」、「6-III-3　掌握寫作步驟，寫出表達清楚、段落分明、符合主題的作品。」等[8]。

5　參見國語文領域師培教授社群會議記錄，臺北：國立臺北教育大學，會議日期：2019年9月5日。

6　在新加坡教育部所規劃的《小學華文課程標準》中，同樣強調能理解、能交流、能口述、能有條理等指標。參見陳佳君：〈運用篇章結構輔助「以讀帶說」教學——一則新加坡小學的華文課例分析〉，《國文天地》第31卷第12期（2016年5月），頁89-90。

7　見教育部「國民中小學九年一貫課程綱要」語文學習領域國語文分段能力指標，網址：http://teach.eje.edu.tw/9CC2/9cc_97.php?login_type=1。

8　見教育部「十二年國民基本教育課程綱要」國語文領域學習表現與學習內容，網址：https://cirn.moe.edu.tw/WebContent/index.aspx?sid=11&mid=5737。

　　從上引各個學習階段的能力指標中可以發現：在說話能力方面，口語表達應該要講求條理、清楚陳述；在寫作能力方面，必須具備如何選材、安排段落、組織成篇的素養。事實上，此即清代方苞所主張的「義法論」[9]。取材適切，能使演說或寫作「言有物」；結構井然，則能促成演說或寫作的「言有序」。據此亦可證明，結合篇章的段落安排與內容構思來指導語文的表達能力，是必要的培養與合理的方法[10]。

　　綜上所述，本研究之目的是為了解決教學現場在說寫教學於取材與組篇上的困難。本研究不僅注重篇章理論之爬梳，也要走進教學現場；在語文知識節點上，則是同時關注在訊息輸出（output）路徑的說與寫。故而本教學實踐之研究設計有以下兩項重點：一、協助學習者進行口語表述或寫作之構思（含立意與取材）；二、幫助學習者建立基礎的段落安排與篇章結構之概念。研究者與教師群在會議的研討中，皆期望能讓小朋友經過篇章組織取向的引導和練習後，無論在演說擬稿或是實際寫作時，能針對題目尋找材料，同時能運用一些基本的結構方式來組織內容。

9　方苞〈又書貨殖列傳後〉：「《春秋》之制義法，自太史公發之，而後之深於文者亦具焉。義即《易》之所謂『言有物』也，法即《易》之所謂『言有序』也。義以為經，而法緯之，然後為成體之文。」見氏著：《方望溪全集》（臺北：世界書局，1965年），卷二，頁29。

10　透過章法原理設計連貫式語文表達教學有助於提升學習者聽說能力的條理化，而運用填空式講說活動單亦能有效幫助兒童在練習口語表達時，避免看著題目卻毫無章法地跳舉素材的混亂，也由於手中已有內容與架構順當的講稿，在學習心理上有份踏實感，促使學生多半能勇於上臺試說。參考陳佳君：〈運用篇章結構輔助「以讀帶說」教學──一則新加坡小學的華文課例分析〉，《國文天地》第31卷第12期，頁89-94。

三　辭章表達元與章法學的理論基礎

在辭章四六結構理論中顯示出，複雜的辭章活動主要牽涉到四元——宇宙元、話語元、鑒識元、表達元，及其內外部各種直接與間接的維度關係[11]。語文教學能指導學生學習訊息如何來自生活和特定語境（宇宙元）、如何轉化為「話語」[12]，以及如何依據話語元理解文本構成的多元部件，欣賞語言文字的美感和效果，認識世界與環境的景況，這些維度關係會形成以訊息輸入為主的鑒識元活動；另一方面而言，當人們與外部世界互動，而生發所見所感，同時，在日常生活中，也存在與他人溝通交流的必要，此時，表達元即會聯繫著宇宙元，並以話語元為媒介，以鑒識元為載體，發揮著訊息輸出過程的重要作用。因此，辭章學家多主張，辭章學是研究「說、寫與聽、讀雙向互動以有效、高效地交流思想、感情的話語藝術」的理論體系和方法論[13]，能幫助學生提高聽、說、讀、寫的語文四技。以本研究的考察重心而言，即鎖定表達元的角度，以章法學的觀點為方法，期能透過段落安排的任務取向，幫助小學學習階段的學生習得組篇策略，並藉以將口語表述或寫作的語文能力開展得更好。

所謂組篇（text-forming）的語文能力所處理的是將句子聯結成節段、將段落組織成篇的過程，這種能力主要是靠邏輯思維的運作，並兼及形象思維和綜合思維而成。在《邏輯學》一書中，相關研究者即言簡意賅的指出：「邏輯」就是思維的規律或規則[14]，而章法學的方法論原則，就是在幫助表達者將思緒透過語言文字，以合乎邏輯條理的

11　參見鄭頤壽：《辭章學發凡》（福州：海峽文藝出版社，2005年），頁3-201。
12　此處的「話語」偏向於語言學家所指稱的「discourse」（語篇），意為在內容上有完整話題，在結構上互相銜接的篇章。
13　參見鄭娟榕、林大礎：《中國當代辭章學史稿》，頁140。
14　參見楚明錕主編：《邏輯學》（開封：河南大學出版社，2002年），頁1。

規律將思維的內容予以符號化。若要達到語篇銜接、運材與布局的基本要求，甚或美感效果的展現，就必須講究語料的組織關係。

劉玉學在《寫作學教程》裡，特別在第三章講述寫作結構的原則與安排，並強調：「結構就是文章或作品的內部組織和構造。」[15]值得進一步探索的是，這樣的觀點也注意到篇章的法度是藏在文本內部的條理。王希杰曾進一步說明這樣的篇章現象和它背後產生的原因，他指出：在一般情況下，說話人不能告訴聽話人，我將如何說話；寫作者也不會在文章中一一交代他如何寫、他的章法是什麼。這就決定了文章的章法是潛性的，也正因為章法結構是潛性的，才需要章法學家來研究[16]。這樣的辭章現象也意味著，在語文教學現場需要教師協助學生從聽／讀活動理清文本脈絡，或是從說／寫活動建構表述思路，由此才能了解節段篇章的聯貫與銜接、段落與段落之間的層次關係，並使文章的核心情理顯化。

本研究既以篇章組織之策略在語文表達上的作用為探究主題，則需進一步強調，對於適切的安置語料，使辭章具有條理，是口說和書寫時的基本要求，能夠指導學習者根據話語主題，將材料安排得有序順當，亦是語文教學者的重要任務。對此，辭章方家張志公教授就曾提出：文章的「層次和步驟是跟著思路來的」。在語用效果上，張教授闡釋道：若能按照思路妥善安排內容材料，層次就會分明，步驟就不會紊亂，更能幫助讀者體會透澈；在教學方法上，張教授則提出了段落劃分法，他主張：「按照安排材料的層次和步驟來劃分段落，是最穩妥、最常用的辦法。」可見，安排段落以連綴成篇的組篇策略，正符應著辭章學中，運用「段落的形式來幫忙，把作者的思路表現出

---

15 見劉玉學主編：《寫作學教程》（北京：中國政法大學出版社，1999年），頁46。

16 見王希杰、仇小屏、陳佳君：〈章法學對話〉，收於陳佳君：《篇章縱橫向結構論別裁》（臺北：萬卷樓圖書公司，2010年），頁174。

來」的方法[17]。

　　一般而言，語文表達力可以藉由口說或寫作展現，而辭章學的研究對象同樣包含口語（spoken language）和書語（written language）。人們在日常交談或自我對話時，會透過語音為載體，構成口語體；若對之進行加工，形之於文字，則成為實用體或藝術體的書面語[18]。雖然相關研究指出，口語和書語主要是透過不同的大腦認知系統進行訊息處理，而兩者也因為一屬「耳受」，一屬「目受」，在語言文字能夠產生語用效果的媒介上，存有感官知覺上的差異，但就表達的路徑而言，口語和書語一樣需要經歷將思維的內容予以形象化與條理化的過程。據此，教師即可針對以簡潔準確為重點的說話教學，或是能講究辭章藝法的寫作教學等不同的訓練取向，透過謀篇布局的概念與段落安排的方法，來加以適當運用本研究所呈現的課例。以下即從設計到實踐，針對「教材設計與分析」及「教學應用與省思」進行論述。

四　以組篇策略進行說寫教學的教材設計與應用

　　首先，在教材設計與分析的部分，本研究於執行期間，為修習小教教程國語文相關課程之師培生，辦理兩場工作坊，目的旨在促進師培生了解如何以段落安排為鷹架，協助學生語文表達（說／寫）之構思，同時習得基礎性篇章結構概念。工作坊之產出則包含針對提供的學習單教材所做的題目分析、教學設計以及示範例文。

　　其次，在教學實踐與省思的部分，本研究計畫曾召集具有國教輔導團身分之在職教師，經相關教學實務會議研討，由本案研究者先講

---

17 參見張志公：《修辭概要》（臺北：書林出版公司，1997年），頁123-130。
18 參見鄭頤壽主編、馬曉虹等十九人合著：《大學辭章學》（福州：福建人民出版社，2004年），頁320。

解基本構篇概念、章法學之學理依據與教學應用之具體實施方式,再由教師選題、進行教學。課後的研討則包含寫作(或口語表述)練習之教學流程與學習單特色(含構思與組篇)[19]、設計理念說明、學生作品及點評、教學觀察與省思等。

以下即依序就低、中、高三個學習階段,以及由具體物事描述而至抽象思考之表達重點,各選以狀物類、特指時間類、自我省思類之題材,針對教材分析與教學實踐進行探討。

(一)狀物類——我最喜歡的玩具

本則說寫命題聚焦於描繪物品以及人與物品之間的關係。在學習單設計,分上下兩部分,上半部以心智圖的形式[20],幫助學生觀察構思,其中以「我最喜歡的玩具是:○○」為中心,先引導學生選定一件喜愛的玩具,接著再輻射出三個思考方向:一、這件玩具的外觀、材質或構造;二、這件玩具的特色、吸引人的原因;三、可以運用這件玩具來玩的遊戲。學習單下半部則著重在篇章組織的安排,並分就四個段落來串連文章內容:一、描述自己最喜歡的一件玩具;二、可以運用它來玩什麼遊戲、怎麼玩;三、為什麼喜歡這個玩具;四、要如何愛惜這件玩具。學習單示例如下:

---

19 本研究於會議中提供參與教師構思引導、分段提示等任務導向之學習單,由教師依年段的能力指標或課內可搭配教學之單元,自選合適的題目與學習單,教師得依實際情況,修改學習單之內容。

20 大致而言,心智圖(mind mapping)適合用來把作者所書寫的內容材料做出摘要,或是記錄表述(口語、寫作)前的聯想性、發散性想法。若欲梳理出文本內容的深層條理或安排段落邏輯關係,則需要運用篇章結構圖(stratified structure),這是因為文本的篇章結構會同時需要關顧內容與組織,而所謂「組織」,又需要講究層次邏輯與次第關係。參見陳佳君:《視域、方法、實踐:辭章學系統的語文篇章教學研究》(臺北:萬卷樓圖書公司,2020年),頁5。

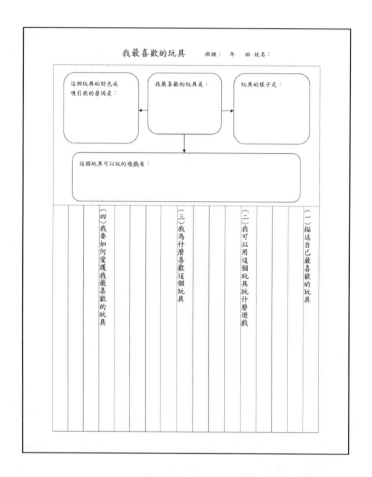

圖一　〈我最喜歡的玩具〉組篇策略學習單

　　實際執行本教學活動的教師設計了三天共五節課的內容，循序漸進的引領低年級兒童完成一篇完整的短文。茲將教學引導過程羅列如下[21]。

　　第一天為「觀察力」訓練，課時兩節。教師透過圖卡，示範如何運用感官和心覺來描述事物，包含視（用眼睛看一看）、聽（用耳朵

---

21 本則語文表達教學由新北市小學在職教師卓老師實施。

聽一聽）、嗅（用鼻子聞一聞）、味（用嘴巴嚐一嚐）、膚（用手摸一摸），以及心裡的感受等；接著讓學生分組一起玩玩具，並觀察玩具的顏色、形狀、大小等，並且記錄在學習單上半部「玩具的樣子」框格中；老師在巡行的過程中，收集學生的觀察實例，示範如何運用一段話，口述出玩具的樣子，再由兒童於組內口頭介紹他的玩具外觀如何，也鼓勵學生可以在介紹語中，增添獲得這件玩具的來由；最後，由學生用完整的語句書寫學習單下半部第一段的內容。

第二天為「聯想力」訓練，課時兩節。先帶領兒童根據學習單上半部，回答這個玩具的特色和吸引自己的原因；接著再運用擬人化的方式，從玩玩具的過程中，想像自己與玩具的關係或是模擬情境，並且和組內的同學們一起玩；最後，由教師依小組實例，示範學習單第二、三段的書寫後，讓小朋友完成這兩段的記錄。

第三天著重於組織寫作材料，完成文章，課時一節。首先，依學習單下半部第四段的提問「我要如何愛護我最喜歡的玩具」，發表具體的方法，再依前四堂課累積的素材，在教師說明段落安排後，完成一篇結構井然的文章。

教師在說明設計理念時提出幾項教學要點。首先，由於本次的教學對象為二年級學生，正處於具體操作期，因此課程即配合學習單，實際的進行玩具觀察和遊戲，以及同儕的對話、分享，使兒童在收集口語或寫作的材料上，更加容易，並且能讓活動過程充滿遊戲的樂趣。其次，實作的學校已施行過觀察力與寫短文之校本課程，因此，教師先從觀察力設計教學流程，而學生在進行第一天的觀察力訓練時，過程也十分流暢。

茲舉兩篇學生在口說練習之後，以文字寫下的作品及教師點評為例。其一：

在我的玩具當中，我最喜歡小兔子，它有十六公分高，很漂
亮。身上有一個大大的蝴蝶結，手上抱著一個愛心小枕頭，眼
睛黑黑的，它是我讀幼稚園的時候，爸爸送我的娃娃。

小時候，小兔子會當我的學生，專心的坐在那裡聽我講課，那
時我不懂要怎麼寫字、算數，它卻是個好學生。有時候，我也
把它當成病人，我當醫生，我的打針技術雖然不高明，它卻從
來不喊一聲疼，是個最配合的好病人。

現在我已經是二年級的學生了，可是我還是很喜歡小兔子，因
為這是爸爸特別挑給我的禮物。

我一定會小心的把小兔子放在床頭邊，讓它陪我安心的睡覺，
也會時時刻刻將它放在我的心中，永遠守護它。

教師認為，此篇作品對玩具的觀察細微，描寫具體，最後一段則是經
與老師討論後，修改了原文答題式的寫法[22]，並增添文末的最後一
句，強調出小主人愛惜玩偶的心意，使得文章讀起來更加溫馨。

第二篇作品寫道：

在我的玩具當中，有一隻小狗，雖然有點舊，但還是很可愛。
它有著黃色的毛，軟趴趴的腳，這是我在三歲時，我們全家人
一起去金山的時候，有人送給我的。從那時候開始，我們就一
起渡過了許多美好的時光。

這隻小狗是我的兒子，我幫它做了一件衣服，我會和它手拉手
隨著音樂一起跳舞，也會把它塞進衣服裡，假裝我是孕婦，把
它生出來。

---

22 修改前的原文是：「我一定會把小兔子愛護好，我愛護的方法是把它放在床頭……」。

我喜歡這隻小狗，因為它很可愛，當我傷心的時候，只要抱著它，我就不會感到難過了。

雖然小狗的頭頂脫線，但它是我最要好的朋友，所以現在玩它的時候，我都會特別注意，不要把它弄髒或是又弄脫線了。

此篇作品的特色在於能成功組合觀察到與聯想到的材料，並寫成一篇通順的短文，此外，小朋友也表達出他和玩偶之間親密互動的關係。

對於本題的教學觀察與省思，教學者表示：由於教學活動進行時，學生們手邊都會有玩具實物，因此在對物品做觀察與記錄的過程中，除了文字記錄，也可以讓孩子們選擇用繪畫的方式，在學習單上畫出玩具的樣子，一方面能增進表達課的樂趣之外，另一方面也能促進圖像與文字的對應。再次，透過小組合作學習的方式，在口語表現方面，呈現出明顯的成效，例如同儕間的相互補充、提問互動、激發聯想等；此外，建議教師在進行第二天聯想力訓練時，勤於巡視行間、從旁觀察小組成員們彼此如何互動同樂、分享玩具，以收集示範教學的真實語料，讓引導方向與學生的實際情況結合，進而引起共鳴，達成更好的教學成效。本題雖然主要是寫物，重在運用五感練習描述的能力，但若能連結到情感層面，將會使文章更吸引人。在相關的研討會議中，本文研究者亦為參與的教師群提供了幾個構思方向供參，例如引導學生敘述獲得這件玩具的來由，並據此說一說它有什麼紀念的意義，也能試著說出收到這件玩具的感謝之意；又如可於敘述玩玩具的過程中，不只說明遊戲的方法，還能進一步的觀察一起玩的人有何互動、帶來什麼樣的氣氛和感受等。最後，執教者也認為，分段式進行口語和寫作教學，對學生和老師而言，教學壓力都減低不少，不僅學生參與度高，在教學引導上，由於在組織篇章時，有思路可循，所以在引導的流程安排上，亦較為順利。

（二）特指時間類——我的假日生活

在感知特定時間的說寫命題方面，實際執行教學活動的教師基於中年級學生正在熟悉順承與總分結構[23]，故而選擇題庫中的「假日生活」來做系列式語文表達教學設計。由於本題是屬特指時間——假日，因此，教學重點在於回顧自己對於「非上學日」的時間規劃，以及練習描述假日之時，一件較為特別的事。首先，學習單上半部先在右欄以表格的形式，請學生回顧一般情況下，自己是如何安排假日時間和活動，這部分也將會連結到下半部的第一、二段；上半部左欄則是透過記敘五要素，請學生選出一件印象深刻、比較有趣或特別的事件來填，並連結到下半部的第三段。其次，學習單下半的段落安排，以四段式引導上述構思內容的串接，依序是：一、假日時，多半會進行哪些活動；二、如何安排做這些事的時間；三、假日曾發生什麼特別有趣的事；四、渡過假日的心情如何[24]。學習單示例如下：

---

23 此指南一版《國語》第八冊第二單元「漫步自然」中的〈陪綠精靈長大〉、〈氣味之旅〉、〈壯闊的亞馬孫河〉、〈蝶之生〉，以及第三單元「生活札記」中的〈小車站旁的五味屋〉、〈清香油紙傘〉、〈橋〉等教材。參見南一版：《國民小學國語》（臺南：南一書局企業公司，2020年三版），第八冊。

24 事實上，本則說寫表達的學習單，在段落安排的組織條理上，是一種「由全而偏」的結構，也就是先就「全」的角度，梳理平常如何安排假日生活的時間與活動，再就「偏」，練習挑出一件特別的假日經驗來寫。全文之篇結構則是「由實而虛」的從事情連結到心覺。

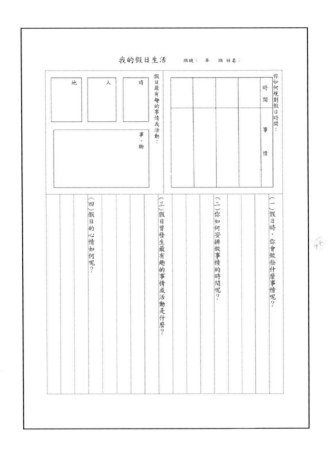

圖二　〈我的假日生活〉組篇策略學習單

　　針對本說寫表達的佈題，教師設計三至四節課，並以強化學生的篇章結構感為主要目標，包含有意識的將觀察到的事物有序表達、寫出條理清晰的敘事短文。其教學流程如下[25]：一、揭示表達主題：教師備有多幅健康的休閒活動圖卡，例如游泳、爬山、滑直排輪、畫畫、照顧植物、彈琴等可愛圖卡，與學生對話互動，做為話題的引

入。二、選出一件假日趣事：引導學生回顧一件上週末發生的趣事，進行簡要的口語回答。三、掌握記敘要素：配合學生習單上半左欄，以詞卡複習記敘五要素，並引導學生依剛才回答的事件，於欄位中填入相關內容。四、排組圖片：以四張與日常休閒活動有關的圖卡，由小組一起操作，排出該活動發展的順序，並黏貼在 A3 大小的底紙上，同時鼓勵在圖卡下方加上一些說明文字。五、上臺發表：說明圖卡排序的方式和理由，並且為小組所排出來的情境內容，擬訂一個適合的標題。六、強化結構概念：教師以圖像化結構卡[26]，與學生討論各組發表的內容偏向於哪一種組織方法。七、說一說：請學生依學到的記敘要素和組織方法，有條有理的發表一件上週末發生的趣事或印象深刻的事。八、記錄：把剛剛發表的內容，以完整的句子簡單記錄到學習單下半的第三段。九、規劃假日時間：請學生在聽過同學們有趣的假日生活後，回想自己在一般情況下，多半怎麼安排假日的時間來做哪些事情。十、寫一寫：依規劃的內容，以完整的句子簡單寫下學習單下半的第一、二段。十一、分享時光：教師提供情緒卡，請學生說一說渡過假日的心情與想法，並以完整的句子記錄學習單下半的第四段。

　　上述教學活動流程的設計理念主要在於以下三點：一、透過學習單，協助學生蒐集表達的素材，以及段落組合的概念。二、整合學生先備經驗，結合國語課文習得之謀篇方法，進一步從口說與書寫中，鞏固段落組織概念。三、應用組篇的任務導向，幫助學生安排段落的先後順序，擬定寫作大綱，進而能完成一篇內容具體、條理通暢的文章。

---

26 例如透過四隻小幼鳥飛向一隻大母鳥的圖像，象徵先分說再總結的組織方式；再如以箭頭串連起四片玻璃，象徵順承式邏輯等。

　　茲舉兩篇學生在四節語文表達課之後，另外謄寫在稿紙上的短文，以見學生具有較高完成度的學習成果。第一篇如下：

> 假日的時候，我會做一些自己喜愛的活動，例如：騎腳踏車、跑步、出去走一走、看表演、看展覽……等其他活動。
> 我最常在假日的時候去看表演和看展覽，其他時間沒有刻意安排，只要功課寫完，就可以從事喜愛的活動。如果下雨的話，就不會出門，我會待在家裡休息，做靜態活動，例如：玩拼圖或是捏黏土。
> 令我印象最深刻的事情，是有一次到新光三越看街頭藝人的表演時，剛好經過全臺灣國中高中組音樂大賽總決賽的現場，這是給熱音社哥哥姊姊們的比賽，有的主唱是原住民，有的雖然不是，但是他們唱的歌都很好聽。
> 我覺得假日讓我很開心，因為可以做一些課業以外的休閒活動，還可以增廣見聞。

這篇小朋友的作品，整體行文流暢，並且掌握了喜歡表演藝術的興趣，使文章寫來能具有焦點。
　　第二篇內容如下：

> 我平常在假日的星期六，會去上美術課，中午下課吃完中餐以後，如果功課沒寫完，我會待在家裡做功課。如果功課寫完了，有時候會去奶奶家玩，有時候爸爸、媽媽會帶我和妹妹去離家不遠的地方玩。
> 星期日一早起來，我會和妹妹去大同運動中心上游泳課，尤其現在天氣炎熱，當我一下水，全身就冰得好痛快！游泳完，肚

子都會特別餓，午飯也會吃得特別快。下午我們會去戶外走一走，呼吸好空氣。

但是這還不是我最愛的假日活動。最近有一件最有趣的事情，是上個星期六，我和妹妹、媽媽一起去參加妹妹幼稚園的戶外教學，那個地方名叫——興福寮花園農場，那天的活動很豐富，有生態導覽、樹葉拓印、繩索遊戲。回想起那天，真的覺得好有趣！

我覺得假日不應該只待在家裡打電動、看電視，應該出去戶外，接近大自然、充實自己，或是在家裡畫畫和練習書法，培養自己的專注力和耐心。

這篇文章把學習單第一、二的段引導合併，改用星期六、星期天分兩段敘寫，清楚的表達出假日這兩天，分別有不同的活動安排。至於文章要銜接到第三段印象最深或最有趣的假日活動時，小作者選擇用轉折句，很能吸引讀者的目光和好奇心。最後提出假日生活應該好好規劃的例子和理由，傳達出自己的體會和想法。

　　至於本題的教學觀察與省思，教學者表示：如果語文教師未能在課文賞析的部分教導孩子觀察與理解文本的條理關係，那麼，「結構」的概念可能對於四年級的學生仍是抽象而難懂的，是故，本次在教學實踐上，即特別在指定的學習單之外，安插口說與結構模式圖像的對應教學。在說寫主題方面，這次是練習回顧自己的假日生活，並且從中特別選一件假日趣事來詳述，由於彼此的假日活動多采多姿，頗能引起學生的學習興趣，無論在聽說互動或是收集材料、寫成文章等步驟中，難度不大且成效良好[27]。關於學習單的運用，則有以下兩

---

27 執行教學實踐的教師特別提出：透過有趣的主題和小組討論與發表的過程中，有效的激發學生的記憶力和聯想力，尤其是原本想不出來的孩子，在聽到同學分享假日

點省思：一、學習單上半右欄的「規劃時間」，教師或可使用數學課的時鐘印章，讓學生根據假日常做的事，在鐘面上畫出時間分隔，並塗上顏色，一來能豐富學習單的樣式與功能，也能幫助學生更具體的思考時間安排；二、為了顧及教學流程設計的順暢度，本次教學任務將學習單原先規劃的習寫順序，做出前後的調整，也就是先引導學生想一件印象深刻的假日趣事，再回顧整體的假日時間安排，學生在最後寫成完整文章的階段中，仍能依照四個段落的安排，來組織篇章。由此可見，學習單是做為教學引導的工具，教師可依實際情況靈活調度或修訂[28]。

（三）自我省思類──當我做錯事的時候

此則說／寫表達之命題為〈當我做錯事的時候〉，由師培生在組篇策略的語文教學工作坊中，進行題目分析與教學設計，所設定之施教對象為高年級學生。由於在成長與學習的歷程中，犯錯是學生必然會發生的狀況，因此能與實際的生活經驗連結，而語文表達的培訓重點則以敘事技巧和自省能力為主。

在學習單的設計方面，上半部為了先進行了解題材的暖身討論，分別在兩側的三個框格中，引導學生回想一次做錯事的事件，以及針對此事件他人給予的建議和自己的省察。下半部安排四個段落，依序

所從事的精彩活動後，想起自己也有類似的經驗，並且能進一步的彼此交流。該班導師也發現，平時表達力較弱的孩子，因為有學習單的思路引導和教學者有步驟的任務賦予及協助，而能在說和寫的部分比較有信心的去發揮。

28 本研究中的教學實踐設計原則，乃立基於提供簡明、井然、有效的指引，以促進具有較高可操作性之指導及易於入手的學習方案。誠如前述，教師除了可根據課室情況及學生的差異化表現，予以靈活安排段落組織的引導外，與談教授亦於會議中提出：「針對同一題目，教師可於練習前的講解時或完成後的檢討時，提供第二種段落組織方式；或是偶爾也可讓學生分組，每組用不同的組織方式來寫作。」如此一來，或可得以擴充和強化學生的篇章邏輯組織能力。

是：一、回想自己在做出不妥的行為當下，有什麼樣的反應，包含情緒、想法、行為表現等；二、如何發現自己做錯事了；三、師長或其他人給你的指正；四、自己對這件事的反省、修正或補救。學習單示例如下：

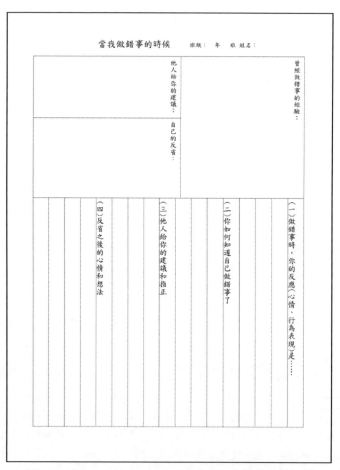

圖三　〈當我做錯事的時候〉組篇策略學習單

由此可見，在段落安排的特點上，此命題設計有意引領學生從「反應」寫起，這樣一來，在練習口說或寫作時，較能收到吸引聽眾

／讀者想要追根究柢的興趣；接著，在第二段再交代怎麼意識到自己做錯事了，這是由於小教階段的兒童，除了明知故犯的狀況，有時也會在人際相處中，未能考慮到行為的對錯或影響，因而透過第二段的安排，讓學生思考整件事是如何察覺出錯誤的；最後再由他人的忠告而回歸自身的反省總結全文。因此，在篇結構上即構成了「『反應』→『發現』→『他人的指正』→『自己的省思』」之線性脈絡，並且存在著「由因（覺察到做錯事）及果（檢討）」、「由賓（他人建議）返主（自我反省）」的思路。在層次邏輯上，則可透過兩層因果結構來統合，其結構樣態可如下表所示[29]：

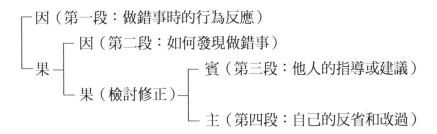

在教學範文示例的部分，茲透過以下由師培生於工作坊完成的文稿為例：

> 那天全家人準備要一起吃晚餐的時候，我一如往常的和弟弟在餐桌上打鬧。玩得正高興時，我的碗突然被自己的手揮到，掉到地板上，「匡噹！」發出了一聲巨響。我雖然嚇了一跳，但又繼續用雙手一直跟弟弟揮打。

---

29 此篇章結構圖表乃在幫助教師掌握佈題的結構特色，尤其是層次邏輯的關係。若評估學生對於高層次篇章結構概念還未能理解，則實際教學時，教師可依學習單上的段落安排進行講解與引導即可。

這時，媽媽可能聽到東西掉落的聲音，從廚房快步走出來，看見地上摔破的碗，就對著我們大吼：「是誰打破碗？」我很害怕的、小小聲的說：「是……我。」媽媽很生氣，我知道自己闖禍了。

媽媽叫我們坐好不要動。我低著頭，看見媽媽蹲下來，小心翼翼的把地上的碎片撿起來，我擔心媽媽的手會受傷，眼淚也掉了下來。媽媽告訴我們：「食物和餐具都是珍貴的東西，餐桌是專心吃飯的地方，不可以打打鬧鬧。」又跟我說：「如果要和弟弟玩，就應該等吃完飯，再去遊戲地墊上面玩。」

我反省自己，身為姊姊，不應該在餐桌上帶頭和弟弟打來打去。我跟媽媽說了一聲：「對不起。」媽媽要我擦擦眼淚，跟她去廚櫃再拿一個碗。因為我做錯事了，這一天的晚餐，好安靜。

本文在取材上選擇因為在餐桌上打鬧而摔破碗的事件[30]。在內容方面，則依段落的指引，先在首段的「反應」中，敘述了不以為意的情況，次段的「發現」，是從媽媽的發怒與質問，明白做錯了事；三段記錄媽媽對姊弟的教導；末段以道歉和重新拿碗作結。本題雖已透過段落次第做為鷹架，唯在實際教學時，還可加以講解段落過渡的方法，例如由首段到次段，可由摔破碗的聲響做為聯繫；由次段到三段，則可透過清理碎片的經過來連結。此外，在陳述事件的過程中，若能呼應首段的「反應」，在各個發展階段中融入心境的變化，會使演講或寫作的內容更具感染力，例如本文第二段答話時的驚嚇、第三段難過得掉眼淚、最後一段形容氣氛凝結的靜默等。

---

30 除了本例之外，於工作坊的研討中，還有以下預備做為教學示範例文的題材：如在學校用完了衛生紙，卻在沒有徵得同學同意的情況下擅拿而引起的風波；又如因為考試不誠實，從緊張害怕到羞愧、再到勇於認錯改過的心路歷程等事件。

五　結語

　　本文主要乃鎖定語文表達元的培養，借鑒辭章章法之學理背景並提供具體的教學操作方案。首先，藉由理論的爬梳，能促使師培生及在職教師了解到，在指導學生提取語文表達的材料、安排段落條理、將內容組織成篇等語文能力時，教師需要具備辭章學思維系統與章法學等相關的學科知識；其次，透過前文三則示例的分析，具體的呈現出組篇策略觀點下的題目研發、教學設計、理念說明、學生作品及點評、教學觀察與省思。

　　整體而言，組篇策略學習單可說是本教學實踐研究的重要工具，學習單的上半部主要是「構思引導語」，例如己彼對照、發散思考、敘事要素等，目的在幫助學生聯想或提取話語材料[31]；下半部則為「分段提示語」，運用合乎兒童學習階段之構篇能力，以及能表達主題與內容的組織方式，例如順承式（含時間與空間）、總分式、因果式、並列式等類型，分列每個段落的內容提示，目的在協助小朋友能把收集到的材料，依序安置在適當的段落中。研究發現，這樣的教材設計確實具有段落安排之任務導向，也具有同時指引學生材料聯想和篇章組織的教學功能。

　　綜上所述，透過本研究之執行與探討可以得知，無論在師培課程或是教學現場，組篇策略對於口說與寫作的教學，尤其是在語文表達元的形象力和邏輯力的涵養上，都能有所助益。期望未來在語文表達教學的取材、組織及其他相關層面，能進一步加深加廣，尤其是穩固理論系統與研發合宜的教學工具等，以更好的協助語文領域教與學的雙端。

31　經實際執行教學的低年級教師反饋，低年級所使用的組篇策略學習單上半部，亦可按題目特性或班級學生的興趣予以留白，讓學生能在課堂引導的過程中，透過畫畫或剪貼來聯想所欲表達的素材。

參考文獻

一 專書

方　苞：《方望溪全集》，臺北：世界書局，1965年再版。

陳佳君：《視域、方法、實踐：辭章學系統的語文篇章教學研究》，臺
　　　　北：萬卷樓圖書公司，2020年。

張志公：《修辭概要》，臺北：書林出版公司，1997年。

楚明鋸主編：《邏輯學》，開封：河南大學出版社，2002年。

劉玉學主編：《寫作學教程》，北京：中國政法大學出版社，1999年修
　　　　訂版。

鄭娟榕、林大礎：《中國當代辭章學史稿》，廈門：廈門大學出版社，
　　　　2017年。

鄭頤壽主編、馬曉虹等十九人合著：《大學辭章學》，福州：福建人民
　　　　出版社，2004年。

鄭頤壽：《辭章學發凡》，福州：海峽文藝出版社，2005年。

二 教科書

南一版：《國民小學國語》第八冊，臺南：南一書局企業公司，2020
　　　　年三版。

三 專書及期刊論文

王希杰、仇小屏、陳佳君：〈章法學對話〉，收於陳佳君：《篇章縱橫
　　　　向結構論別裁》，臺北：萬卷樓圖書公司，2010年，頁155-
　　　　208。

陳佳君：〈小學篇章結構取向之閱讀教學的效益與實踐〉，《章法論叢‧第九輯》，臺北：萬卷樓圖書公司，2016年再版，頁399-432。

陳佳君：〈運用篇章結構輔助「以讀帶說」教學——一則新加坡小學的華文課例分析〉，《國文天地》第31卷第12期，2016年5月，頁89-94。

四　網站資料

教育部「十二年國民基本教育課程綱要」國語文領域核心素養具體內涵，網址：https://cirn.moe.edu.tw/WebContent/index.aspx?sid=11&mid=5724。

教育部「十二年國民基本教育課程綱要」國語文領域學習表現與學習內容，網址：https://cirn.moe.edu.tw/WebContent/index.aspx?sid=11&mid=5737。

教育部「國民中小學九年一貫課程綱要」語文學習領域國語文分段能力指標，網址：http://teach.eje.edu.tw/9CC2/9cc_97.php?login_type=1。

臺灣華語文能力測驗入門基礎級題型特點及命題難點探析
——以閱讀能力測驗圖文結合題型為對象

謝奇懿

國立高雄師範大學華語文教學所副教授

陳怡攸

國立政治大學華語文教學所博士學位學程博士生

陳思妤

淡江大學華語中心教師

吳瑋庭

國立高雄師範大學華語文教學所碩士生

摘要

　　臺灣華語文能力測驗（TOCFL）為臺灣最重要、參與人數最多的華語能力測驗，所有外籍學生來台或申請獎學金皆需通過此測驗之入門基礎級方能取得資格。因此，無論是對在大學學習華語的外籍學位生，或是擔任華語教學課程的老師而言，了解 TOCFL 入門基礎級的試題皆十分重要，而試題的解析，最重要的部分即是題型。題型的特點牽涉到評量的能力面向如何具體呈現，即為把抽象的能力內涵，具體化成為具有指向性的實際評量內容。無論是對學習者或教師而言，了解題型可以看出測驗切入的角

度（也是如何準備及命題的角度），以及可以評量的能力高低及面向。因此，了解題型對教與學雙方皆有其必要。

　　就 TOCFL 入門基礎級而言，選考最多的測驗即為閱讀及聽力測驗。因此，本論文擬以臺灣華語文能力測驗中的入門基礎級閱讀能力測驗為對象，研究閱讀能力測驗的前三種圖文結合題型。經由題型結構的分析，希望能帶給第一級的教師及應試考生更明確的測驗訊息，也幫助外籍華語學習者學習或華語教師教授課程。

關鍵詞：國家華語文能力測驗、入門基礎級、閱讀能力測驗、題型

一　前言

　　臺灣國家華語文能力測驗（臺灣 TOCFL，以下簡稱華測、TOCFL）為臺灣最重要、參與人數最多的華語能力測驗，所有外籍學生來台或申請獎學金皆需通過此測驗之入門基礎級方能取得資格。因此，無論是對在大學學習華語的外籍學位生，或是擔任華語教學課程的老師而言，了解 TOCFL 入門基礎級的試題十分重要，而試題的解析，最重要的部分即是題型。題型的特點牽涉到評量的能力面向如何具體呈現，即為將抽象的能力內涵，具體化成為具有指向性的實際評量內容。無論是就學習者或教師而言，了解題型內涵可以看出測驗切入的角度以及可以評量的能力高低及面向，由此可見題型內在分析之必要。

　　TOCFL 入門基礎級（BAND A）包括了聽、讀、說、寫四個技能分測驗，以選考人數而言，選考最多者為閱讀及聽力測驗，其中閱讀能力測驗包括的題型最多，共五種題型，分別為單句理解、看圖釋義、選詞填空、完成段落及閱讀材料等，其中前三種為圖文結合題型，茲列表並將華測會題型及範例列舉於下以助後文說明及理解：

	題型	說明
入門基礎級	單句理解	為資訊及論點而閱讀（選項為圖片）
	看圖釋義	1. 為資訊及論點而閱讀（題幹為圖片） 2. 導向閱讀
	選詞填空	文法及詞彙內在能力（題幹為圖片）
	完成段落	整體閱讀理解（最適合答案）
	閱讀材料	整體閱讀理解

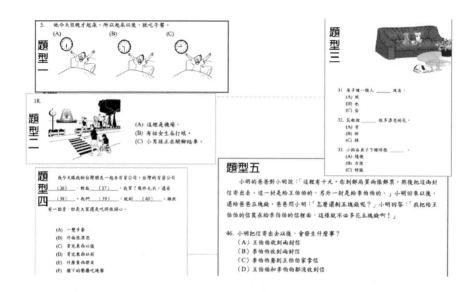

由上述範例可知，前三種題型為圖片及文字兩種媒介結合而成，而後兩種為文字段落。由於圖文結合的題型僅出現在初級華語測驗，且圖文結合題型不同於閱讀測驗中常見的以文字為主的題型，包括了「圖」、「文」兩種不同範疇型態而出現在閱讀材料與選項之中。其中圖文結合的變化涉及了難度、圖片繪製選擇、圖文搭配、圖文配置等層面，更涉及 TOCFL 三種圖文結合題型的異同，因此十分值得探究。由此，本論文即以臺灣華語文能力測驗中的閱讀能力測驗為對象，探討入門基礎級閱讀能力測驗中圖文結合的前三種類型特點及命題難點。題型分析的依據，係採取質性分析及具體實證方法。由於能力測驗以能力指標為依據，並參照測驗理論進行研發，因此，本文擬以能力指標及測驗理論為依據，兼採具體華測模擬題庫研發所得之實證經驗及預試量化證據進行分析。本文之華測模擬題庫係取自淡江大學華語中心，命題，審題方面，由筆者及國立政治大學華語博士學位學程兼淡江大學華語老師陳怡攸、淡江大學華語老師陳思妤共同編製、繪製，該份試題經過預試，獲得難易度統計結果，希望有助本文之探討。

二 華語文能力測驗的實踐基礎
——華語能力指標的向度

　　張凱（2009）指出，華語文能力測驗也是語言能力測驗的一種，因此提出應以 Bachman 的語言測驗觀為實踐基礎。[1]以 Bachman 測驗觀來說，Bachman 認為：語言測試的目的是能推斷受試者在「特定領域」內「使用語言」「完成任務」的能力（引號為筆者所加）。而語言測試的方法包括了幾個面向（categories），包括：環境（testing environment）、測試成規（test rubric）、投入材料（input）、期待反應（expected response）與投入——期待兩者的關係（relationship between input and response）等。[2]

　　就上述 Bachman 的五個面向來說，第一個測驗環境包括了：場地（place）、設備（equipment）、物質環境（physical conditions）、參與者（personnal）和任務時限（time of testing）。第三、四個面向則互為參照：投入材料、預期反應都屬於測驗的具體內容，分別對應編製及預期反應兩個考量層面而已。就具體編製的投入材料而言，投入材料指任務材料的可用格式（format）和語言特徵（nature of language）。格式指投入表示的方法，如渠道（channel of presentation；聽、視或視聽）、模式（mode of presentation；接收）、形式（form of presentation；語言、非語言或兩者都有）、語言（language of presentation；本族語、目標語或兩者都有）、vehicle of presentation、identification of problem 與 degree of speededness 等。語言特徵則包括：長度（length）、文本成分（propositional content；單詞、短語、句子、段落、擴展的語篇）、組織（organizational characteristics）、語意（pragmatic character-

---

1　參見張書，頁1-17。
2　Bachmam, "Figure 5.1 Categories of test method facet", 1990, p.119。

istics）等面向。至於第二個面向測試成規之特性有測試的結構，即測試的組織情況、答題說明、整個測試和分項所給的時間、如何評價評分。筆者認為：上述的物質場景涉及情境，參與者涉及人物，而任務時限則屬於任務規劃的具體內容。而投入材料中的形式，為聽力或閱讀分測驗的依據；至於形式與長度則涉及具體的任務內容，前者包括試題中的形式樣態（如：圖、文、表格……等），也就是題型樣態，後者長度則包括語言知識的能力面向，其知識層面包括了單詞、短語、句子、段落、擴展的語篇等面向。最後的測試成規與期待反應，則屬於試卷中的指示說明、題目順序安排、配分及試務、考試規則之相關規定。

由上述涉及的面向可以看出，除去測驗渠道、測試成規與期待反應，其餘的場景（情境及領域）與任務、形式以及語言知識使用層面等即為具體試題涉及的面向。而題型，即屬於測驗涉及的：「特定領域中的情境具體任務」（以下簡稱情境任務），以及「語言知識使用」兩大區塊之間，表現出來的圖、文、表格等具體型態（形式）。因此，分析題型特點，可以從上述的情境任務、形式、語言知識使用三方面加以著手，觀察具體的試題，從中看出該題型的特點。通常，具體試題包括兩大部分，一是試題的主體，就閱讀測驗而言即為待閱讀的文本／材料部分，另一部分則是提問部分。就第一部分來說，待閱讀的文本／材料包括：情景任務、形式、語言知識三大部分；而就提問來說，則包括認知歷程與知識能力（涵括於情境之中）向度兩大部分。顯而易見的，提問的認知歷程與知識能力向度即為我們熟悉的BLOOM能力指標。而前述測驗理論中分析題型的三個面向：情境任務、形式、語言知識使用，也是能力指標中的基本構成，我們可以從下面對能力指標的剖析得到這樣的理解依據。

以現行國際通行的華語文能力指標而言，主要有：臺灣國家華語

文測驗推動工作委員會（以下簡稱華測會）所制定之華語文能力指標、臺灣國家教育研究院（以下簡稱國教院）的TBCL，歐洲漢語學會的EBCL，以及中國大陸的HSK，而歐盟的CEFR以及美國的ACTFL雖然非為華語所編製，然屬通用型的外語能力指標框架，亦屬可以參照的範圍。

　　以臺灣華語能力指標而言，以國教院的指標為最新，其內容及意涵如圖所示：

國家教育研究院華語文能力指標（第一級）

閱　讀：能　[讀懂]　與　[個人生活相關的簡單字詞與指示]

認知能力（鄭圓玲：理解）
詮釋
舉例
分類
摘要
推論
比較

知識向度	情境任務
漢字	領域（如：CEFR 四大領域）
詞彙（詞綴）	
語法點	情境（主題）
結構（段落）	
主旨	任務（依主題編製）
語體	

上述的「讀懂」為認知歷程，就閱讀方面較為接近理解歷程，關於理解歷程，鄭圓鈴（2004）曾依BLOOM（2001）敘及中文理解歷程主要包括：詮釋、舉例、分類、摘要、推論、比較等。而「個人生活相關的簡單字詞與指示」其中的「個人生活」，則包括了四大領域的「個人」領域，以及國教院在公布華語指標時同時公布的十七種情境

中的「生活」主題。而「簡單字詞」與「指示」都屬於語言學領域，其中的簡單字詞主要屬於漢字、詞彙層面，而「指示」屬於應用語體。由此可見臺灣國教院的華語文能力指標，實體現了此一語言測驗觀的框架。而其他的如歐漢會、HSK指標，亦可由此框架加以解讀，僅在若干面向，詳略有所不同而已。

由上可知，我們可以將能力指標及相關研究匯整如下之閱讀能力試題編寫結構圖：

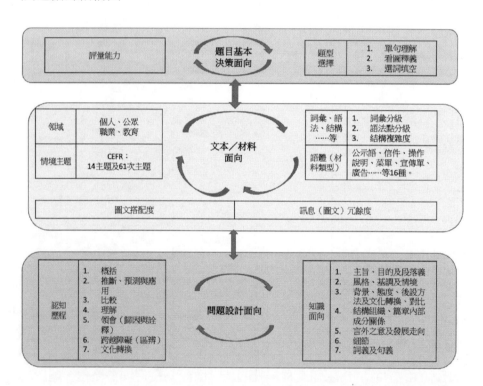

上圖的第一部分為題目的決策面向，就閱讀理解能力測驗編製來說，文本／材料面向為心智活動中理解的對象——也就是語言本體，然而語言本體必須在心智活動中被認知（評估），因此必須透過具體形式呈現，此一形式即為題型。閱讀理解測驗具體編纂的起點，即為題

型的選擇，是題目決策面向。此一面向也就是本文研究的主題，試圖透過具體的題目分析觀察殊象中的共象。上圖的中間部分為測驗試題的本體：也就是文本材料層面。其中左半部分屬領域／情境／任務面向。本面向的領域為CEFR的四大領域，分別包括了個人、公共、職業及教育。情境主題方面，臺灣（TBCL）、美國（ACTFL）、歐盟（CEFR）、歐漢會（EBCL）都有相關的情境主題說明，惟使用的中文術語不同而已，如EBCL指標援引的主題（TOPIC）及次主題，其內容與TBCL的情境／主題並無二致。具體來說，CEFR的主題以初、中、高級加以區分，其中的初級主題有十四種，下轄六十一個次主題。EBCL則有二十五個主題，一百〇八個次主題。ACTFL初級主題有七種，十五個次主題。臺灣方面，臺灣編製TBCL的國教院在公布指標的同時，也同時參考了國內外（包括CEFR）的主題分類，公布了臺灣華語文能力基準詞表一至五級的情境分類，其中包括了十七類情境範疇，並有六十六種情境主題。由此可見，歐漢會的EBCL分類最為細密，臺灣居次；而CEFR做為國際標準，亦為EBCL及臺灣華測會指標的依據。因此，本文在主題分析上採取CEFR之情境主題做為分類依據，茲錄其內容於下（中文為筆者參考國教院翻譯修改而成）：

1. 個人資料：姓名、地址、電話、生日出生地、年齡、性別、感情狀態、國籍、出生地、職業、教育程度、介紹家庭、宗教、個人喜好、宗教、性格、個人外貌。
2. 房屋與家庭、環境：房間、傢俱、地點區域位置、自然環境、物品處理、周邊公共設施。
3. 日常生活：日常居家生活、日常工作生活。
4. 休閒娛樂：放假、興趣嗜好、娛樂、電影院、劇院、靜態休閒、運動、出版物。

5. 旅行：大眾交通工具、私人交通工具、交通、旅遊／旅程、住宿、行李、旅行文件。

6. 與他人關係：社會關係、人際互動。

7. 健康及身體照護：身體部位、個人狀況、衛生、身體狀況、醫藥、醫療保險。

8. 教育：讀書、借書、學校生活、科目、資格考、活動時間、學習困難。

9. 購物：場所種類、食品、衣服流行品、家庭用品、價格。

10.飲食：食物及飲料種類、飲食動作及過程。

11.服務：郵件服務、電話服務、電報服務、金融服務、警察局、醫院及急診、修車及保養廠、加油站。

12.地點。

13.語言：語言能力、理解、表達。

14.天氣：天氣狀況。

上述中間結構的右上部分乃是語言知識面向，以 BAND A 來說，主要與詞彙、語法點難度，以及語體等面向有關。詞彙、語法點難度方面，臺灣國教院及中國大陸 HSK 皆公布相關分級內容，本文之分析採國教院分級為依據。就語體來說，主要涉及的是材料類型方面，此部分臺灣的 TBCL 及歐洲 EBCL、美國 ACTFL 皆在初級能力指標或能力指標之範例（EBCL）中加以說明，分別有以下幾種類型：

1. 臺：公示語、信件、操作說明、菜單、宣傳單、廣告、佈告欄、海報。

2. 歐：登記表、卡片、郵件、簡訊。

3. 美：帳單、天氣圖、收據、時刻表、地圖

考察三大系統，可以看到上述幾種材料各有不同，歐漢會郵件大約等同於臺灣的信件，但其他部分並不相同，可見各系統在媒介上仍然未有共識，本文將三大系統在初級引用的文本材料類型加以彙整，得出以下十六種類型，做為本文分析的依據：

> 公示語、信件、操作說明、菜單、宣傳單、廣告、佈告欄、海報、登記表、卡片、簡訊、帳單、天氣圖、收據、時刻表、地圖。

此外，由於本文探討的對象為華測圖文結合題型，而涉及形式層面中圖文搭配的問題。因此本文在上述結構圖的上半部分、文本材料部分的最下面加上「圖文搭配度」之面向。此一面向主要是考慮到圖文是否互補——符合完形性原則[3]——搭配度，以及圖、文之訊息在提問要求的角度上，是否出現超出提問要求所能理解的「冗餘」訊息。前者主要針對當文本材料部分為圖文結合之情形，若為圖文結合之材料型態，則有必要評估材料內部的圖文訊息是否互補及互補程度，若圖片訊息及文字訊息互補程度小（也就是重複之訊息高），則該文本材料之設計有浪費之嫌，且訊息量相對較少。以 TOCFL 閱讀能力測驗 BAND A 之圖文結合三個題型來看，其第二種題型涉及此一部分。

相對於圖文搭配度，冗餘度則是針對「文本／材料—選項」「圖—文」之訊息差問題。由於 TOCFL 閱讀能力測驗 BAND A 之圖文結合的三個題型都是「圖—文」對比「材料—問題（選項）」的組合，其可能是文本材料是圖，而問題（選項）是文字；或是其可能為

3　謝奇懿：〈溝通語言觀與素養觀下寫作測驗題型之基礎及特點初探——兼論與傳統中文寫作題型之差異〉，《章法論叢‧第十三輯》（臺北：萬卷樓圖書公司，2020年），頁127。

文本材料是文字,而問題(選項)是圖片的組合。由於分屬於材料與
問題(選項)的兩端,因此兩者訊息差的設計,即涉及題目的設計、
難度,而成為不同題型的特點。也就是說,TOCFL BAND A 不同類型
的題型存在著提供的材料(圖/文)超過或等同要求理解訊息成分的
情形,此一情形表現出題型特點的差異以及難度控制,因此本文在文
本/材料層面增加此一分析面向。具體來說,冗餘度的考慮有二:其
一是在圖片作為文本/材料或是選項時,圖片本身的複雜程度(圖片
結構之構成),以及圖片及文本兩者之差距程度。當差距程度越大,
認知所要處理的訊息越複雜。

　　上述結構的下半部分為提問層面,以 TOCFL 閱讀理解能力測驗
BAND A 的圖文結合題型來說,是以選項(如:第一、第二題型),
和題組中的子題(如:第三題型)中具體呈現。如前所述,本部分包
括了認知及知識能力兩面向,而就本文之主題而言,即為閱讀理解能
力。就閱讀理解涉及的能力而言,Smith & Robinson(1977)提出字
面理解、推論理解、評論理解及創造理解四階段。而就閱讀理解涉及
的能力細項(微技能)來看,多則至一百項,少至三項。黃理兵、郭
樹軍曾提出八種閱讀理解的微技能,[4]在詳略之間較符合具體命題實
務的操作需求,茲敘其內容於下(括號內破折號後之文字為筆者所
加):

　　(1)概括材料的中心思考(——主旨、目的、結論)、段落大
　　　　意(包括段落中某些部分的大意)的能力。

　　(2)根據材料進行推斷和預測(包括推斷言外之意、暗示信
　　　　息、預測下文的內容走向、比較/對比文中訊息、推知因
　　　　果關係、應用已知於未知)的能力。

4　黃理兵、郭樹軍:〈HSK閱讀理解試題的語料和命題〉,《世界漢語教學》,2008年。

（3）領悟文章的風格和情感基調的能力。（——涉及語體及情境）

（4）領會作者的觀點、意圖和態度以及思想背景、組織原則的能力。（歸因與詮釋——後設）

（5）理解材料各部分之間的篇章關係（含：觀點、主題、假設、標題之構成，以及時間、空間和邏輯等關係）、概括文章結構的能力。（組織）

（6）跨越文字、詞彙和語法、文化常識上的障礙以及干擾信息，查找所需的信息的能力。（區辨）

（7）了解材料的主要事實和關鍵信息的能力。（細節）

（8）對於字、詞、句的基本意思和語法關係的理解能力。

上述的八點為閱讀涉及的能力，其亦可拆解為認知歷程與知識向度，其中的認知歷程應包括以下六項能力：

（1）概括

（2）推斷、預測與應用

（3）比較

（4）理解

（5）領會（歸因與詮釋）

（6）跨越障礙（區辨）

由於華語文本身具有文化轉換的特點，因此筆者認為在認知方面應加上文化轉換之面向。事實上，在二〇一五年新版 CEFR 即在已有的接收、產生、互動等三大面向上，加上 MEDIATION SCALE（中介溝通），而美國 AP 中文測驗亦強調試題本身應同時具文化性，惟臺

灣的 TOCFL 及中國大陸的 HSK 未見明確的論述或說明。在語言知識
面向度上，則可以歸納為以下幾項：

    （1）主旨、目的、結論及段落義

    （2）風格、情感基調及情境

    （3）背景、作者態度或立場、後設方法及文化轉換、對比

    （4）結構組織、篇章構成及內部成分之時空及邏輯關係

    （5）言外之意、暗示及發展走向

    （6）細節

    （7）詞義及句義

其中第三項的文化轉換、對比為筆者所加，其理由如同認知歷程，係
由於華語學習本身具有的文化轉換特點。本文即以此架構進行分析，
以明臺灣華測閱讀能力測驗各題型之特點及難點。

三　臺灣國家華語文能力測驗的分項題型特點及難點

由前述可知，TOCFL 閱讀能力測驗 BAND A 的三種題型為圖片
及文字兩種媒介結合而成，以下即分別就三種題型分析說明於下：

（一）題型一：單句理解

華測會題型一的樣題如下：

5.　他今天很晚才起床，所以起床以後，就吃午餐。

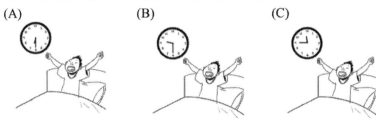

(A)　　　　　　　　(B)　　　　　　　　(C)

1　題型分析

　　由華測會公布的資料可知，本題型之測試能力為：為資訊及論點
而閱讀。由本題型的外在樣貌可知，本題型之題幹由文字部分構成，
其選項則為圖片。文字部分，乃是與其他題型相比，通常是最少的，
包括了多個但有限的（本範例為三個）句子，以表示某一特定事件。
就本文前述之分析面向來看，本題型在各面向之特點如下：

（1）領域、主題與任務

　　本範例之主題為：居家生活；而具體任務則為起床時間。就任務
而言，亦符合了最小情境原則，具有相對簡單、但具體的生活事件描
述。而就對應能力指標的主題範疇而言，為生活類主題，亦為入門基
礎級之能力主題範疇。

（2）語言知識點要求

　　A. 本範例之材料為有限句子，其詞彙符合入門基礎級的詞彙等級
要求，在語法點方面，本範例包括了連接詞「所以」，也在句內及句間
運用了副詞「才」、「就」，基本符合入門基礎級的詞彙、語法點要求。
　　B. 在題幹的文本結構方面，本範例之文本材料雖然運用相對有限
的句子，但句子內部及句子之間存在語意銜接或轉折，並非簡單的語

意結構。由此推論此一題型雖然文字最為有限，但亦存在部分難度，若以簡單句的方式編製可能不符合本題型樣態。

（3）認知歷程（提問點）

在提問的認知歷程方面，本題雖無提問，但要求應試者選擇一符合文字內容之圖片，以圖片反應之提問而言，為外顯的訊息理解，其答案為語意之直接呈現。

A 圖片—文字搭配度

本題型之材料純粹由文字構成，因此無圖文搭配度之考量。

B 圖片—文字冗餘度

（a）圖片複雜度

以圖片複雜度而言，本範例之圖片無與文字意涵無關的干擾成分，因此複雜度低。

（b）圖片—文字差距

就圖片與文字訊息的差距而言，本題的圖片無多餘之理解訊息，且為外顯[5]提問，因此兩者訊息差距低，無冗餘訊息。

綜合來說，本題型在華測閱讀能力測驗的題型可能是最低的，但仍非最簡單的、接近零起點的難度。其文字長度相對有限，但具有語意的變化或轉折，提問外顯，圖片與文字內容結合度高，無論是文字或圖片無沒有多餘、無效的干擾成分。

---

5 藍佩君（2007）以內隱、外顯區分提問問題類型，就本文而言即為知識層面的推論（內隱）與其他項，見藍佩君：〈基礎華語文能力測驗與歐洲語言共同參考架構的對應關係〉，第三屆華文教學國際論壇，臺北：臺灣師範大學，2007年。

2　命題實踐

在命題實踐方面，淡江大學華語中心模擬測驗題庫之例題如下：

（1）原始題目

> **文字題目：**
> 弟弟跑得比姐姐慢。
> **圖片：**
> （A）**姐姐和弟弟跑得一樣快**的圖。
> （B）姐姐跑得比較慢的圖。
> （C）**姐姐跑得比較**快的圖。

本題原始命題問題主要有二：一是圖片不易繪製，一是題目偏易。由此，本題經修改後的樣態如下：

（2）題目修改及預試結果

弟弟跑步，跑得比姐姐快多了。

（A）　　　　　　（B）　　　　　　（C）

「……多了」為入門基礎級相對較難的語法點,且題幹由兩句構成,前後語意關聯,因此是較為良好的試題。本題經預試之結果如下:

題　號	組　別	答對率	未答率	難易度	鑑別度
2	高分組	1	0	0.794	0.411
	低分組	0.588			

由此可知本題之難度較低,但亦具鑑別度,應符合本題型為入門基礎級之要求。

3　命題難點

經淡江大學題庫團隊在題型一的上百題實踐,可歸納兩個面向的命題難點如下:

(1) 材料文句的最低複雜度如何控制,以避免題目偏易。

(2) 選項圖片本身即提問點,提問點的選擇涉及圖片內容是否容易繪製?以及如何設計、繪製同時具有誘答項的圖片問題。

4　命題策略

對應上述兩個命題難點,筆者提出二個相對的策略如下:

第一,考慮到句型難度,應以單句或簡單句結合為原則,不宜有問答形式(運用基本句型)。單句中可考慮加入短語成分,藉以提高難度並控制難度在一定的區間內(應有不只一個具訊息之詞彙)。

第二,圖片之繪製,涉及何種材料較易透過單一圖片展現(同時還要考慮到 BANDA 的語言難度),以及提問點(圖片)的性質問題。關於前者,文本材料的文本內容最好是記敘語體,而不適合使用議論、說明語體。其次,提問點不宜為名詞本身,而最好是名詞的狀

態、性質或動作，否則答案將容易判斷。最後，本題型之圖片做為選項應結構簡單，無冗餘成分。

（二）題型二：看圖釋義

華測會題型二的範例有兩種，茲錄於下，以利後文之說解：

範例一

(A) 這裡是機場。
(B) 有位女生在打球。
(C) 小男孩正在騎腳踏車。

範例二

(A) 全票比半票貴兩百元。
(B) 晚上八點可以看電影。
(C) 中午以前的電影有兩場。

1 題型分析

由華測會公布的資料可知，本題型之測試能力有二，分別為：
（1）為資訊及論點而閱讀，文本材料應按基本需要設計生活中常見的
文本。（2）導向閱讀，著重在真實的簡易材料中抓取訊息，如廣告、
校園簡介、菜單、時間表或公告等，但應避免漢字訊息量過大且難。
前舉之範例第一個屬第一種，第二個屬第二種，茲分別分析說明於下：

（1）「為資訊及論點而閱讀」題型分析

由本題型的外在樣貌可知，本題型之題幹由圖片構成，其選項則
為三個獨立的單句，單句之間不存在明顯的語意前後文關係，僅就圖
片中的成分各自獨立造句。就選項文字而言，本題型為三個獨立單
句，句型較前一題型來說可以應用的句型較多，圖片亦較複雜。就本
文前述之分析面向來看，本題型在各面向之特點如下：

A 領域、主題與任務

本（範例一）題型之領域為公眾領域，其主題為：電影院；而具
體任務則為電影院排買隊購票之一景。就任務而言，具有相對第一種
題型更為完整的具體內容。而就對應能力指標的主題範疇而言，為房
屋環境類之主題，亦為入門基礎級之能力主題。

B 語言知識點之要求

本範例之文字出現在選項，為三個單句，其詞彙符合入門基礎級
之詞彙等級要求。在語法點方面，本範例包括「是」、「在」、「正在」
三個語法句子或語法點，基本符合入門基礎級的詞彙、語法點要求，
而在詞彙、語法的選擇上較第一種題型更為多樣。

C 認知歷程（提問點）

本（範例一）題型在提問點涉及的認知歷程方面，雖無提問，但要求應試者就選項之文句與圖片之內容相對應，選出符合圖片內容之語句。就提問而言，本題共有三個選項，也就是三個提問點，其中兩個為外顯問題，也就是「打球」、「騎車」；另一為內隱問題，也就是「這裡是機場」。由此，在提問點方面，本題之提問較為複雜，需有統整主題的能力。

D 圖片—文字搭配度

本（範例一）題型之材料純粹由文字構成，因此無圖文搭配度之考量。

E 圖片—文字冗餘度

（a）圖片複雜度

以圖片資訊複雜度而言，本（範例一）題型之圖片係以公園之情境結合在公園可以見到的人事物。其中包括：人與事——運動的人們、過馬路的父子、畫家，以及公園的物象：噴水池、時鐘及樹等人事、物兩層，共六個元素組成，而實際與文句直接相關者為其中兩者，因此就圖片資訊複雜度而言，本題之圖片資訊相對複雜。

（b）圖片—文字差距

就圖片與文字訊息的差距而言，本（範例一）題型的圖片有與選項文字不對應的干擾成分，且加上提問包括主題歸納，因此兩者結合度為中等略為偏低的情形。

綜合來說，本（範例一）題型型在華測閱讀能力測驗的題型相對第一種圖文題型較難，因其在圖片資訊上、文字詞彙、語法多樣性上

都較為複雜。尤其是選項為三個單句，其詞彙、語法間相互獨立，因此可選擇性更高。

（2）「導向閱讀」題型分析

由本（範例二）題型的外在樣貌可知，本題型之題幹由圖片與文本構成，其選項亦為三個獨立的單句，單句之間不存在明顯的語意前後文關係，僅就圖片中的成分各自獨立造句。除了領域、主題與任務，語言知識點各依其內容而與前一題型「為資訊及論點而閱讀」略有不同外，本題型最大的不同在於「圖文搭配度」，茲分別說明於下以明其內涵：

A 領域、主題與任務

本（範例二）題型之領域為公眾領域，其主題為：房屋環境，為入門基礎級之能力主題範疇。具體任務方面，本題則為電影院一景。就任務而言，具有相對前一種題型（範例一）更為完整的具體內容。

B 語言知識點之要求

本（範例二）題型之文字出現在選項，為三個單句，其詞彙符合入門基礎級之詞彙等級要求。在語法點方面，本範例包括「比」、「可以」、「有」三個語法句子或語法點，基本符合入門基礎級的詞彙、語法點要求，而在詞彙、語法的選擇上較第一種題型更為多樣。

C 認知歷程（提問點）

在提問點涉及的認知歷程方面，本（範例二）題型雖無提問，但要求應試者就選項之文句與圖片—文字之內容相對應，選出符合圖片—文字內容之語句。就提問而言，本題共有三個選項，也就是三個

提問點，其中三個皆為外顯問題，也就是圍繞著圖片—文字中的電影時刻及票價表出現的三個問題。與前一種題型（範例一）不同的是，本題著重於材料中時刻表中文字細節的確認，雖無內隱的推論，但其以表格文字取化圖片，表格雖多以數字組成，但在材料上較純粹圖片的前一種題型為複雜。

D 圖片—文字搭配度

本（範例二）題型之材料係由圖片及時刻表文字構成，就圖文搭配度而言，乃是以圖片為情境烘托，電影院購票、場次、票價的細節則由時刻表呈現。就搭配度而言，兩者能形成互補，而形成一相對完整之情境。

E 圖片—文字冗餘度

（a）圖片複雜度

以圖片資訊複雜度而言，本（範例二）題型之圖片係以電影院之售票口、時鐘、排隊人潮、時刻表四個元素所構成，但其中純粹圖的部分僅有一層，較前一種題型在圖片結構上為簡單。其比較複雜的是時刻表，係由場次、時刻、及票價所構成，其中的場次及時刻皆有內在序列，而呈現兩個維度。至票價亦含全票半票、價格兩個元素。而從提問來看，相關的部分即為時刻表中的三個面向，共六個元素所構成。若不計本題中與提問無關的圖片情境結構，與提問相關的訊息與前一題型相同，皆為六個元素所構成。因此若就圖片—表格文字的訊息複雜度而言，本題之材料部分雖相對複雜，但難度則未必較難。

（b）圖片—文字差距

就圖片與文字訊息的差距而言，本（範例二）題型的圖片與選項

提問並不相關，而為干擾成分，因此兩者結合度為中等略為偏低的情形。

綜合來說本（範例二）題型與範例一題型相同，相對第一種圖文題型較難，其雖然在材料上納入表格文字而更為複雜，但在具體提問點上如同前一題型，將難度控制至相近的位階。由此亦可見，在實際命題時，即使材料略為複雜困難，但仍可由提問的問題層面加以控制，將難度差異加以微調控制。

2　命題實踐

在命題實踐方面，淡江大學華語中心模擬測驗題庫之例題如下：

（1）原始題目

> **圖片：**
> 教室門口貼了一張學校寫的告示
> 「王老師請假一天，今天下午的中文課不上課。」
> 文字選項：
> （A）明天不上課。
> （B）明天要上課。
> （C）今天要上課。

本題原始命題的問題主要有三：一是圖片之資訊過少，難以編製多樣化選項；其二是選項編製犯了互斥的毛病，三是題目難度偏低。綜合上述三者，本題有命題之明顯瑕疵，歸結其原因，在於圖片訊息不夠豐富，進而導致選項單一及偏易之情形。由此，本題經修改後的樣態如下：

（2）題目修改

學校公告
2020年6月5日
201教室—王老師請假一天
今天下午的中文課不上課

（A）學生們今天要上課。

（B）中文課是下午的課。

（C）王老師昨天請假，沒上課。

此處的圖片訊息包括了日期、地點、事由及影響等四個成分，且在選項的文句上包括三種不同句法，且具推論部分，因此是較為良好的試題。本題經預試之結果如下：

題　號	組　別	答對率	未答率	難易度	鑑別度
25	高分組	0.882	0	0.588	0.588
	低分組	0.294			

由此可知，本題大約是中間難度略偏易，而鑑別度亦佳。

3　命題難點

　　經淡江大學題庫團隊在題型二的命題實踐中，發現本類題型的命題難點主要有二：

　　（1）做為材料的圖片或文字訊息複雜度。在此一題型的命題實踐中，遇到最為常見的困難即為材料本身的訊息面向和豐富程度不足，以致於無法承擔起後續必須編製的三個選項，進而造成三個選項的內容面向經常陷入單調重複的內容。尤其是本類題型的第二種類型，「導向閱讀」中的文字訊息若在面向上及深度上有所不足，三個選項的編製將缺乏變化，進而使難度或鑑別度偏低，原因是選項內容

（詞彙）及形式（語法）過於單一化，將使受試者答題的正確與否陷入全會或全不會的極端中。

（2）其次，三個選項之句型選擇以及句子複雜度問題，這部分直接關係到難度問題。

4 命題策略

對應上述兩個難點，筆者提出相對的策略如下：（1）做為材料的圖片或文字，其內在結構應在同一情境中，具兩至三個面向，且各面向應具備兩個成分，也就是兩面向（類）、六種元素之構成內容。此一兩面向、六元素的結構，一方面可以提供二到三種不同的內容與句型，一方面也可以形成干擾成分（未成為選項之成分），有效提升難度。

（2）選項編製的句型選擇及句子複雜度方面，本題型若能在材料方面具備充足具冗餘度的材料情境，則可就不同面向進行編寫，甚至也可考慮內隱訊息（如：情境為何？）著手，超脫表面訊息層面，以避免選項使用同一句型。其次，句型選擇及句子複雜度宜符合能力要求（運用基本句型），但可運用附加成分控制選項難度，複句型態在本題型中很少出現。

上述討論可以歸納出：本類題型之特點在於以具冗餘度的情境材料（圖片或文字）為核心，開展出三個不同面向的句子（選項）。由於選項部分各自獨立，不需彼此連貫，因此在編製上僅需考慮做為材料的圖片或文字是否夠多元，以利於選項提問的編寫。而做為提問的選項內容，句型宜簡單，不宜出現複雜概念或複句結構。

（三）題型三：選詞填空

華測會題型三的範例如下：

31. 屋子裡一個人 _____ 沒有。
   (A) 就
   (B) 也
   (C) 些

32. 花瓶裡 _____ 很多漂亮的花。
   (A) 有
   (B) 掛
   (C) 換

33. 小狗在桌子下睡得很 _____ 。
   (A) 隨便
   (B) 方便
   (C) 舒服

34. 兩隻貓一起在沙發 _____ 玩兒。
   (A) 上面
   (B) 下面
   (C) 裡面

35. 王先生一家人一個小時後 _____ 回來。
   (A) 再
   (B) 才
   (C) 常

1　題型分析

　　由華測會公布的資料可知，本題型之測試能力為「文法及詞彙內在能力」。由本題型的外在樣貌可知，本題型之題幹由圖片構成，其屬於題組題，包括五個子題，各子題皆以詞彙、語法點為測試項目，但答案仍應以符合圖片內容為依歸，非一般的詞彙、語法分測驗係以詞彙、語法正確與否的測試，而是在已確定的情境下，以最適當情境的答案為測試。基本上，五個子題各自由一個句子所構成，測試焦點為詞彙或語法點，透過相似的語彙或語法點編製三個試題選項。由於具有誘答項，因此在難度上應較前一題型在編製上更為困難。就本文前述之分析面向來看，本題型在各面向之特點如下：

（1）領域、主題與任務

　　本範例之領域屬於個人領域，主題為：居家生活，而具體任務為客廳的擺設和寵物，皆屬於為入門基礎級之範圍。

（2）語言知識點要求

　　本範例之五個子題皆屬詞彙、語法點的測試，其詞彙符合入門基礎級的詞彙等級要求。在語法點方面，本範例的語法句子或語法點，基本符合入門基礎級的詞彙、語法點要求，由於具誘答項，因此在詞彙、語法的選擇上較前兩種題型更為多樣。

（3）認知歷程（提問點）

　　在提問涉及的認知歷程方面，本大題包括五個子題，分別提問三個語法點（兩題副詞，一題動詞謂語句）以及兩題詞彙。語法點及詞彙的選擇皆在入門基礎級的等級範圍內。同時，本題的提問中三題為

外顯問題，兩題為內隱問題。嚴格來說，兩題內隱問題中的一題與題目內容無關，此點似乎顯示即使在複雜的圖片情境中，要編製五個子題亦有材料本身不足的可能。事實上，本類型在具體編寫實踐中為五個題型中最難的兩種題型，主要因即是圖片能產生具相關的子題有所不足。

此外必須注意的是，本題型的題組題特點為：各子題之間雖然不需有連接詞銜接，前後串聯為連續的段落，而可為五個分開的單句，但仍需有篇章結構的整體性。

（4）圖片—文字搭配度

本題型之材料純粹由文字構成，因此無圖文搭配度之考量。

（5）圖片—文字冗餘度

A　圖片複雜度

以圖片資訊複雜度而言，本範例之圖片共有三種：傢具／動物／擺設三種元素，前兩種元素中各自包括兩種不同的細節資訊，客廳傢具有沙發、茶几兩種；動物有玩、睡覺兩種動作；第三種元素則為一種：花。因此就圖片資訊複雜度而言，本題之圖片資訊相對複雜亦相對完整。

B　圖片—文字差距

就圖片與文字訊息的符合度而言，由於本類型圖片經常無法供應所需的子題數，因此就圖片與選項文字的對應來看，無多餘成分，兩者結合度為高，呈現題幹訊息有所不足的情形。

綜合來說，本題型在華測閱讀能力測驗的題型相對前兩種圖文題

型較難，因其子題數較多的緣故。具體來說，本類型試題其詞彙、語法間相互獨立，加上題數較多，因此命題的可選擇性更高。然必須注意是，若以每一題目內部包括的子題來說，各子題的難度主要還是由考點—詞彙、語法點的難度來決定，與圖片本身的冗餘度相關性似乎不高（此點由預試結果得以知曉）。至於題幹的圖片，亦具有五個成分，構圖亦相對複雜。

2 命題實踐

在命題實踐方面，淡江大學華語中心模擬測驗題庫之例題如下：

（1）原始題目

閱讀 第三部分 Part Three (第 31~35 題)

31.＿＿	今天小林＿＿＿＿了新工作，非常高興，說要找我一起喝咖啡。 （A）收到 （B）找到 （C）交到

32._____	小林本來在電腦公司工作，每天都很忙，我覺得他很_____。 （A）著急 （B）麻煩 （C）辛苦

本題組之子題共有五題，為篇幅計，此處僅選取代表性的部分子題加以討論。就原始命題來說，本題組的問題主要有二：其一是圖片之資訊過少，難以編製多樣化的子題。其二在於子題之內容皆與情境無關，所測試者為詞彙、語法的規範正確性。因此本題組有命題之明顯瑕疵，歸結其原因，在於圖片訊息不夠豐富；且未能結合圖片情境命題。

（2）題目修改

31._____	哥哥聊到他去新公司考試時，認真地_____了很多問題，覺得自己表現很好。 （A）回答 （B）討論 （C）報告

　　本類題型在本文的三種題型中屬最為困難的題型，因此經多次修改及討論後，方才在預試後得到較好的結果。以最後修正的題組來說，新題組的圖片訊息包括了用餐及用餐時討論的話題兩個區域，訊息量豐富而有層次，因此是較為良好的試題。在量化方面，經最後修改之題組，五個子題皆表現出較好的鑑別度，茲錄其中之一個子題之預試結果如於下：

題　號	組　別	答對率	未答率	難易度	鑑別度
23	高分組	0l941	0	0.764	0.352
	低分組	0.588			

由此子題結果可知，難度偏易，然仍有鑑別度。

3　命題難點

　　經淡江大學題庫團隊的命題實踐，本題型可歸納出以下命題難點：

　　（1）題幹圖片訊息含量多寡難以決定，需審慎思考如何能承載五個子題之複雜、多樣性，甚至具有時間變化的訊息要求。

　　（2）圖片與子題之間的連繫性難以掌握，如何產生以情境為主的最適合答案之子題，為命題之另一難點，脫離情境之「詞彙、語法點」試題並不符合本題型的特點與要求。

　　（3）題目難度控制不易。

4　命題策略

　　對應上述三個面向的難度，筆者提出四個相應策略，其中的前兩項，為應對第一個難點的思考，茲分別敘述如下：

　　（1）由本題型的試題範例可知，本題型之圖片宜具備三個面向，各面向具有兩至三個，總計是六個以上元素的結構。此一部分與

第二題型雖然同為六個元素，但由於圖片要承載五個子題，因此在面向上至少要有三個面向。如此一來，每個面向至少可以出一題不同內容的子題，在不得已的情形下，運用推論、應用等內隱認知歷程編寫一至兩題與圖片情境無直接相關之試題亦為可行，藉以達到五個子題的要求。

（2）逆向操作法：先有文字（五句），再進行繪圖。選項文本應以記敘語體為主，結合共時與歷時概念，兼及共時的不同面向，以及歷時賦予的時間、事件變化。

（3）如何產生以情境為主的最適合答案之子題，為命題之另一難點，對此，主要須避免誘答項的編製是不規範語言的想法。筆者建議，可以採用兩種方式：第一種方法是從詞表或語法點表中選擇符合規範、但不符合圖片情境的其他詞彙或語法點做為誘答項；通常，選項具有同類型性功能的同時，即可能成誘答項。另一種方法是運用情境替代法，將已編製好、符合情境任務的子題，置換為其他情境，由此決定誘答項。

（4）題目難度方面，主要是情境的要求下，透過提問點的詞彙及語法點的難度加以控制。

四　量化證據

由上述可知，臺灣華測閱讀能力測驗入門基礎級中圖文結合題型的三種題型，其題型編製依遵循溝通語言能力，在主題情境下，動用了圖片、文字、兩者結合度及語言知識點的測試。不同題型的考題難度及編製注意要項皆有所不同。由上述質性分析可知，圖文結合的三種題型大致上表現出由易而難，由簡單而複雜、由單題而題組的情形。二○二一年淡江大學閱讀模擬測驗 BAND A 的統計結果，可以

為本文題型質性分析之結果提供量化的佐證，以下是二〇二一年淡江大學閱讀模擬測驗 BAND A 前三種題型的難易度統計結果：

題型一		題型二		題型三	
題號	難度（數值）	題號	難度（數值）	題號	難度（數值）
1	0.918604651	16	0.802325581	31	0.651162791
2	0.76744186	17	0.674418605	32	0.697674419
3	0.872093023	18	0.686046512	33	0.604651163
4	0.802325581	19	0.88372093	34	0.453488372
5	0.76744186	20	0.76744186	35	0.662790698
6	0.860465116	21	0.662790698		
7	0.802325581	22	0.720930233		
8	0.558139535	23	0.790697674		
9	0.837209302	24	0.697674419		
10	0.790697674	25	0.76744186		
11	0.755813953	26	0.523255814		
12	0.837209302	27	0.569767442		
13	0.779069767	28	0.651162791		
14	0.790697674	29	0.593023256		
15	0.674418605	30	0.593023256		
平均	0.7875	平均	0.6922	平均	0.6139

由上述可見，題型一至題型三之難度分別是0.78、0.69、0.61，也就是由易而難的情形，此一情形可以為本文之前半部分——質性分析之量化佐證證據。

五　結論

　　由上述可知，本文係以語言能力測驗理論及相關能力指標為基礎，分別從文本／材料面向之領域、主題、任務、語言本體知識、語體及圖文搭配度、冗餘度，以及提問面向中的認知歷程、知識向度出發，分析研究臺灣國家華語文測驗閱讀能力測驗 BAND A 三種圖文結合題型的特點及命題難點，發現三種圖文結合題型係呈現由簡單而複雜、由易而難的情形。在分析三種題型特點的同時，本文也透過具體實踐，從三種不同題型之命題難點提出具體實踐後的策略，從中思考應對之道。最後，本文從命題實踐所得之題目加以選取組卷，並進行預試，由預試所得的量化證據得出，臺灣國家華語文測驗閱讀能力測驗BAND A 三種圖文結合題型與質性分析相同，呈現了由易而難情形。此一量化與質性雙重證據的分析與挖掘，希望可以對未來華語教師了解及編製華語能力測驗有所助益。

參考文獻

張　凱：《語言測試理論及漢語測試研究》，北京：北京商務印書館，
　　　　年2009。

藍佩君：〈基礎華語文能力測驗與歐洲語言共同參考架構的對應關
　　　　係〉，第三屆華文教學國際論壇，臺北：臺灣師範大學，
　　　　2007年。

鄭圓鈴：《高職國語文標準化成就測驗的編製》，新北市：心理出版
　　　　社，2004年。

謝奇懿：〈溝通語言觀與素養觀下寫作測驗題型之基礎及特點初
　　　　探——兼論與傳統中文寫作題型之差異〉，《章法論叢 · 第十
　　　　三輯》，臺北：萬卷樓圖書公司，2020年。

黃理兵、郭樹軍：〈HSK 閱讀理解試題的語料和命題〉，《世界漢語教
　　　　學》，2008年。

Anderson, L. W., Krathwohl, D. R., & Bloom, B. S. *A taxonomy for learn-
　　　　ing, teaching and assessing: A revision of Bloom's taxonomy of
　　　　educational Objectives*. New York: Longman, 2001.

Association of Chinese Language Teaching European Benchmarks for the
　　　　Chinese Language (EBCL) (Version1.1). München: IUDICIUM
　　　　Verlag GmbH., 2015.

American Council on the Teaching of Foreign Languages. ACTFL
　　　　Proficiency Guidelines 2012. Virginia: American Council on the
　　　　Teaching of Foreign Languages., 2012.

Bachman, Lyle F, *Fundamental considerations in language testing*, Oxford
　　　　University Press, 1990

Council of Europe. *Common European Framework of Reference for Languages: Learning, Teaching*, Assessment (CEFR). Strasbourg: Council of Europe Publishing., 2020.

《莊子》〈齊物論〉「調調」、「刁刁」釋義及其「疊」的修辭藝術[*]

羅凡晸

國立臺灣師範大學國文學系副教授

摘要

　　《莊子》〈齊物論〉有一段描寫「風」的形象:「夫大塊噫氣,其名為風。……而獨不見之調調之刁刁乎?」對於「調調」、「刁刁」二語,唐代陸德明《莊子音義》引向秀注云:「調調刁刁,皆動搖貌。」今人陳鼓應《莊子今注今譯》承襲此說,並進一步引用清代胡文英《莊子獨見》之說:「『調調』是樹枝大動。『刁刁』是樹葉微動。」最後提到「刁刁」二字,趙諫議本、世德堂本作「刀刀」。

　　根據以上的解釋與說明,令筆者產生困惑的是:「調調」為何會有「樹枝大動」的意義?經過一番探究之後,筆者贊同清代段玉裁之說,以為「調調」即「藋藋」,為樹木植物果實纍纍而下垂之貌。至於「刁刁」,從字形的演變來看,筆者贊同劉寒青在〈從「刀斗」到「刁斗」——「刀」、「刁」分化的歷時考論〉一文中的意見,以為先有「刀」字,後有「刁」字,據此《莊子》原應寫作「刀刀」,可將趙諫議本、世德堂本視為旁證。至於「調調/藋藋」、「刀刀/刁刁」之所以出現「樹枝大動」、「樹葉微

---

[*]　本文題目原訂為〈「疊」的修辭藝術淺析:從《莊子》〈齊物論〉「而獨不見之調調之刁刁乎」談起〉,此據審查委員之建議更名,特此銘謝。

動」的語義，或與「調調／卤卤」、「刀刀／ㄎㄋ」的單字形體的字形外貌有一定程度的關聯性。「卤」為植物果實下垂之形，而果實下垂之形除了「卤」形之外，植物果實下垂之形也有類「刀」之形，如豆科植物的果實下垂之形，或如阿勃勒條狀的果實下垂之形等，這些下垂的果實之形如以「刀」形作為外形的比況有其合理性。

分析完「調調／卤卤」、「刀刀／ㄎㄋ」二語，再回到「而獨不見之調調之ㄎㄋ乎」的語法脈絡，筆者贊同王景琳、徐匋在〈《莊子・齊物論》中的「人籟」與「地籟」〉一文中對於「翏翏」、「調調／卤卤」、「刀刀／ㄎㄋ」的聲韻分析，以為此三者都有可能是形容風之疊詞，在這個聲音的條件中，「調調／卤卤」、「刀刀／ㄎㄋ」二者還同時具備聲必兼義的現象，因此才會有「動搖貌」的形容描述，也才有樹枝大動、樹葉微動的物象形容之詞的出現。最後再回歸到全文脈絡中，筆者進行文章結構梳理，以「疊」作為《莊子》此處所呈現之修辭藝術的提綱與挈領。

關鍵詞：調調／卤卤、刀刀／ㄎㄋ、而獨不見之調調之刀刀、地籟、風

一　前言

　　〈齊物論〉是《莊子》內七篇中的第二篇，文章一開始透過南郭子綦與顏成子游兩人對話，探討三籟（人籟、地籟、天籟）問題。其中包含著一段「風」的形象摹寫：

> 　　夫大塊噫氣，其名為風。是唯无作，作則萬竅怒呺。而獨不聞之翏翏乎？山陵之畏佳，大木百圍之竅穴，似鼻，似口，似耳，似枅，似圈，似臼，似洼者，似污者；激者，謞者，叱者，吸者，叫者，譹者，宎者，咬者，前者唱于而隨者唱喁。泠風則小和，飄風則大和，厲風濟則眾竅為虛。而獨不見之調調，之（刁刁）〔刀刀〕乎？[1]

這段話裡，莊子以鋪敘方式摹寫自然界中「風」的多樣變化，連用了「似鼻、似口、似耳、似枅、似圈、似臼、似洼者、似污者」等八個比喻，形容「大木百圍」的「竅穴」形狀不一，對產風之孔竅作視覺之描寫；接著又連用「激者、謞者、叱者、吸者、叫者、譹者、宎者、咬者」八個比喻，形容「萬竅怒呺」時發出的各式聲音，對風聲作聽覺之描寫；[2]配合著視覺描寫與聽覺描寫，將風吹樹孔的樣態與聲響變化，極盡譬喻之能事。其中值得留意的是，莊子用「而獨不聞

1　傳世版本所刊刻的此段內容，用字或有差異，如「怒呺」或作「怒號」、「畏佳」或作「畏隹」、「似宎」或作「似突」等，本文此處引用的版本是清代郭慶藩編、王孝魚整理的《莊子集釋》（參見：〔清〕郭慶藩編、王孝魚整理：《莊子集釋（上）》〔臺北：群玉堂出版事業公司（1991年10月）〕，頁45-49。）如需進一步論述字形等相關問題，將在內文中說明。

2　筆者按：此處加入審查委員之意見，特此銘謝。

之翏翏乎？」與「而獨不見之調調，之（刁刁）〔刀刀〕乎？」二語，將對於風的摹寫內容夾住起來。筆者以為這二句話頗有深思之處：第一，「翏翏」、「調調」、「刁刁（刀刀）」所指為何？第二，「獨不聞」與「獨不見」的概念是否相同？第三，此二句的語法與語意該如何理解？

關於「翏翏」一語，秦晴在〈「翏」字考〉裡首先分析辭書及注解書中的注音情況，以為「翏」擬作 ao 韻有一定的理據，且從金文字形分析，以為「翏」取「勹」之 ao 韻是合理的；此外，認為古人對風聲的描寫也常用 ao 韻，如「風蕭蕭」，這與表「風聲」義的「翏翏」互通。[3] 筆者贊同其對於「翏翏」一詞解釋為「風聲」義的論述過程。那麼，「調調」與「刁刁（刀刀）」所指為何？唐代陸德明（西元556-627年）《莊子音義》引向秀（西元211-300年）注云：「調調刁刁，皆動搖貌。」[4] 今人陳鼓應（西元1935-）《莊子今注今譯》承襲此說，並進一步引用清代胡文英（西元1723-1790年）《莊子獨見》之說：「『調調』是樹枝大動。『刁刁』是樹葉微動。」最後提到「刁刁」二字，趙諫議本、世德堂本作「刀刀」。[5]

根據以上的解釋與說明，令筆者產生困惑的是：「調調」為何會有「樹枝大動」的意義？如果查看相關詞典，如：「教育部重編國語辭典修訂本」網站、《漢語大詞典》等，當「調調」讀為「ㄊㄧㄠˊㄊㄧㄠˊ（tiáo tiáo）」時，都作為風吹枝葉搖動的樣子，且引用的文獻只有〈齊物論〉「而獨不見之調調之刁刁乎」這個單一的文獻資

3　秦晴：〈「翏」字考〉，《常州工學院學報（社科版）》第31卷第2期（2013年4月），頁78-81。

4　〔唐〕陸德明：《經典釋文・卷二十六・莊子音義上》（《四部叢刊初編》景上海涵芬樓藏通志堂刊本），葉六。參見「中國哲學書電子化計劃」網站，網址：https://ctext.org/library.pl?if=gb&file=77384&page=71，瀏覽日期：2021年11月6日。

5　陳鼓應：《莊子今注今譯》（北京：中華書局，1983年4月），頁38。

料。簡言之，從向秀以下，多數學者在解釋「調調」時都接受了「動搖」的概念，而動搖的主語多半是樹枝或樹葉。然而真是如此嗎？清代段玉裁以為「調調即卤卤也」（參見《說文解字注》「卤」字注），提供了不同的詮釋角度與思考面向。

至於「刁刁」，或作「刀刀」，以為「樹葉微動」之意。第一個問題是：「刁」與「刀」之間有何關係？劉寒青在〈從「刀斗」到「刁斗」──「刀」、「刁」分化的歷時考論〉一文中以為：「刀」「刁」二字原為一字，到了唐代開始分化，「刁」字在唐代以前都寫作「刀」；換言之，先有「刀」字，後有「刁」字。據此《莊子》原文或寫作「刀刀」，可將趙諫議本、世德堂本視為旁證。第二個問題是：「刁刁」／「刀刀」在釋義的過程中如果贊同胡文英之說為「樹葉微動」之意，那麼他的理由為何？有沒有其他的理解或詮釋方法？

本文寫作，將由「調調」、「刁刁」二語出發，重新詮釋「而獨不見之調調之刁刁乎」，最後再回歸到全文脈絡中，一窺《莊子》此處所呈現的修辭藝術表現。

二　疊詞分析 I：調調

（一）「調調」釋義理解

唐代陸德明《經典釋文》卷二十六《莊子音義》（欽定四庫全書）中引用〔西晉〕向秀之說，以為：「調調刁刁，皆動搖貌。」其後郭象（西元252?-312年）《莊子注》一書，在〈齊物論〉「而獨不見之調調之刀刀乎」下注云：

> 調調刀刀，動搖貌也。言物聲既異，而形之動搖亦又不同也。

動雖不同，其得齊一耳，豈調調獨是而刀刀獨非乎！[6]

唐代成玄英（西元608-669年）《南華真經註疏》（古逸叢書之八）在〈齊物論〉「而獨不見之調調之刁刁乎」下疏云：

> 而，汝也。調調刁刁，動搖之貌也。言物形既異，動亦不同，雖有調刁之殊，而終無是非之異。況盈虛聚散，生死窮通，物理自然，不得不爾，豈有是非臧否於其間哉！[7]

根據向秀、郭象、成玄英、陸德明等人之見，可以發現「調調」、「刁刁（刀刀）」都是動搖貌，只是因形體有別而有動搖的差異；至於動搖「如何不同」，這幾位學者都沒有提到。本文此處先分析「調調」二字，至於「刁刁」二字的分析請參見後文。

「調調」是個複詞，由二個單詞「調」重疊而成。關於「調」，《說文》云：「調，和也，從言周聲。」將「調」字讀為「徒遼切」。段玉裁（西元1735-1815年）《說文解字注》將「調，和也。」改為「調，龢也。」並在下面加注：「龢，各本作和，今正。龠部曰：『龢，調也。』與此互訓。和，本係唱和字，故許云：『相應也。』今則概用和，而龢廢矣。」同樣將「調」讀為「徒遼切」。

如從當代「異體字字典」網站及《漢語大字典》所收錄的狀況來看，「調」皆有「ㄊㄧㄠˊ（tiáo）、ㄉㄧㄠˋ（diào）、ㄓㄡ（zhōu）」三

6　〔晉〕郭象《莊子注・卷一》（欽定四庫全書），葉十二。參見「中國哲學書電子化計劃」網站，網址：https://ctext.org/library.pl?if=gb&file=53873&page=38，瀏覽日期：2021年11月6日。

7　〔唐〕成玄英《南華真經註疏》（古逸叢書之八），葉二十五。參見「中國哲學書電子化計劃」網站，網址：https://ctext.org/library.pl?if=gb&file=88936&page=65，瀏覽日期：2021年11月6日。

種讀音[8]，然而根據此二者的讀音與義項歸納，都找不到向秀、郭象、成玄英等人所言的「動搖」義。換言之，在字典類的網站或著作中，似乎都覺得「調」如果以單詞來說，不具有「動搖」這個義項。雖然在字典類的資源中找不到，但在辭典類則收錄了「調調」一詞。以「重編國語辭典修訂本」網站來看，收錄了「調調」，包含「ㄉㄧㄠˋ・ㄉㄧㄠ」、「ㄊㄧㄠˊ ㄊㄧㄠˊ」二種讀音，當讀為「ㄊㄧㄠˊ ㄊㄧㄠˊ」時，具有「風吹枝葉搖動的樣子」這個義項，所引用的文獻為《莊子・齊物論》：「厲風濟，則眾竅為虛，而獨不見之調調之刁刁乎！」至於《漢語大詞典》亦收錄了「調調」一詞，同樣也可讀為「tiáo

---

8　如：「異體字字典」網站，網址：https://dict.variants.moe.edu.tw/variants/rbt/word_attribute.rbt?quote_code=QTAzODU0，瀏覽日期：2021年11月13日。又，《漢語大字典》（第二版）也是三種讀音（漢語大字典編輯委員會編纂，《漢語大字典》（第二版，九卷本），湖北長江出版集團・崇文書局、四川出版集團・四川辭書出版社，2010年4月，頁4250-4251）。筆者將上述二者的讀音與義項歸納如下：第一，當讀為「ㄊㄧㄠˊ（tiáo）」時，「異體字字典」網站有「（1）合適、和諧，（2）使和解，（3）整治、養護，（4）混合、配製，（5）和暢、正常，（6）戲弄、挑逗」等六個義項，《漢語大字典》有「（1）和諧、協調、適合，（2）調試、調和音調，（3）演奏，（4）調濟，（5）調配，（6）調理、治療，（7）欺騙，（8）訓練、畜養，（9）嘲弄、調戲，（10）巢、賣」等十個義項，然而以上釋義，皆未見「動搖」之義。第二，當讀為「ㄉㄧㄠˋ（diào）」時，「異體字字典」網站有「（1）職務更動，（2）派遣、安排，（3）互換，（4）提取，（5）樂律、韻律，（6）調式之類別和主音高度，（7）語言中字音之高低升降，（8）說話、讀書或朗誦之腔調，（9）言訶、意見，（10）行事風格、思想趨向，（11）戶稅」等十一個義項，《漢語大字典》有「（1）選拔或提拔官吏，（2）調動，（3）徵收、調集，（4）轉動，（5）擲、丟，（6）計算、打算，（7）準備停當，（8）互換，（9）求，（10）古代賦稅的一種，（11）言辭，（12）戲曲或歌曲的樂律，（13）歌曲的譜子，（14）說話、讀書的腔調，（15）字音的高低升降」，（16）人的風格才情，（17）耍、弄」等十七個義項，同樣地，也都未見「動搖」之義。第三，當讀為「ㄓㄡ（zhōu）」時，「異體字字典」網站及《漢語大字典》都作為「早晨」之意，且引用的文獻資料皆為《詩經・周南・汝墳》：「未見君子，惄如調飢。」其中「調飢」的「調」，都採用漢代毛亨《傳》：「調，朝也。」

tiáo」、「diào diào」二種讀音,當讀為「tiáo tiáo」時,具有「搖動貌」這個義項,所引用的文獻也是《莊子‧齊物論》:「而獨不見之調調之刁刁乎?」此外又採用了陳鼓應《今註》「『調調』、『刁刁』(『刁刁』趙諫議本、世德堂本作「刀刀」),皆動搖貌(向秀注)。『調調』是樹枝大動。『刁刁』是樹葉微動。」

　　本文列出字典類與詞典類對於「調」、「調調」的義項內容,想要點出的問題點是:為什麼當代字典類在處理「調」這個單詞,並未收錄具有「動搖貌」這個義項的「調調」一詞,而只在詞典類中收錄了將「調調」釋義為「風吹枝葉搖動的樣子」或「搖動貌」這個義項?此外,《漢語大詞典》「搖動貌」這個義項下,引用陳鼓應轉引清代胡文英《莊子獨見》「『調調』是樹枝大動」之說,將這個意見寫在引用文獻處,而未完全贊同胡文英、陳鼓應之說將「搖動貌」的主語「樹枝」補入主要釋義中。換言之,《漢語大詞典》的編者們似乎對搖動的主體還有一定程度的疑義。

　　行文至此,如果贊同「調調」具有「動搖」的概念,那麼字典類的網站或著作,似乎應該在「調」字下收錄「動搖」義,並引用《莊子》〈齊物論〉:「而獨不見之調調之刁刁乎」這筆文獻資料作為佐證才是。

　　「調調」是一種疊詞的應用,疊加相同單詞以為複詞。先秦文獻中已有大量的疊詞現象,如:《詩經》〈小雅〉〈伐木〉:「伐木丁丁,鳥鳴嚶嚶。」《楚辭》〈九歌〉〈湘夫人〉:「帝子降兮北渚,目眇眇兮愁予。」至於《莊子》一書中也大量存在著,根據劉國軍〈《莊子‧內篇》複音詞中新詞新義探析〉一文的歸納,其將複音詞分成「複音單純詞」與「複音合成詞」二大類,而「調調」被歸類到「複音合成詞」下的「重疊式」,以為「重疊式的複合詞又稱疊詞形式的重言詞,其特點是組成複合詞的兩個語素,其中任一語素的意義都與該複

合詞的詞義相同。」[9]在這個分類原則之下，還收錄了「數數、弊弊、謬謬、調調、詹詹、役役、竊竊、止止、賓賓、肩肩、深深、拘拘、喘喘、于于、蒼蒼、閑閑、徐徐、炎炎」[10]等出現在《莊子》一書中的疊詞。如果根據劉國軍之說，「調調」這個重疊式的複合詞，它的任一語素之意義都與該複合詞的詞義相同，那麼如果認為「動搖貌」是「調調」的意義，所以「調調」中的「調」應該也有「動搖貌」之意，在這個推論當中，許慎以為「調」是「和」的概念，並不在「調調」當中。換言之，「調」的本義如果是「和」，那麼「動搖貌」應該不是與本義有關的引伸義，而是具有聲音關係的假借義。

　　以上的推論過程，基本立場是站在肯定「調調」具有「動搖貌」，會出現這個義項，或起因於向秀、郭象等人的注解。推測其原因，或許是根據《莊子》〈齊物論〉的上下文意延伸而得。根據王邦雄《莊子內七篇》〈外秋水〉〈雜天下的現代解讀〉對於莊子「風」的解說，如下所示：

> 「而獨不聞之翏翏乎？山林之畏佳，大木百圍之竅穴」，「而」是「爾」，馬敘倫說，「翏」為「飂」省，《說文》：「飂，高風也。」「翏翏」是長風之聲，意謂你獨獨沒有聽聞長風吹過的聲音嗎？……而百人合圍的大木，樹幹枝條形成各個不同形狀與大小的竅穴，……，形狀有像人體的鼻、口、耳，……有像物形的柱頭斗拱、牛羊圈欄、舂米的石臼，……有像地形的深池、泥坑。……不同的形狀會發出不同聲音，像湍水急流，羽箭射出，喝叱、呼吸、叫喊、號哭、深谷迴聲、鳥鳴清音等，

9　劉國軍：〈《莊子・內篇》複音詞中新詞新義探析〉，《安康學院學報》第25卷第4期（2013年8月），頁35。

10　劉國軍：〈《莊子・內篇》複音詞中新詞新義探析〉，頁36。

> 「前者唱于而隨者唱喁」，前後相隨，于喁唱和，「泠風則小
> 和，飄風則大和」，清風吹來就小聲唱和，強風颳起就大聲唱
> 和。「厲風濟則眾竅為虛。而獨不見之調調之刁刁乎」，成玄英
> 疏云：「厲，大也，烈也；濟，止也。」言大風止息，眾竅又
> 歸於虛，雖然萬籟俱寂，樹梢枝葉依舊搖擺不停，「調調刁
> 刁」就是搖動之貌，此乃方才宇宙長風吹過大地的跡象餘留，
> 你會獨獨沒有看到樹梢枝葉還在擺動嗎？……[11]

簡單地說，有一陣長風吹過山林中的百圍大樹，大樹有不同形狀的竅
穴，當風吹過這些竅穴會產生各式各樣的聲音；如果是清風吹來就小
聲唱和，如果是強風侵襲就大聲唱和，當大風止息時，竅穴因為沒有
風的通過而歸於虛無。在這段文意中，莊子藉由「風的活動」與「樹
的反應」進行大量的譬喻及摹寫，最後接了一句「而獨不見之調調之
刁刁乎」，於是乎想當然耳，「調調」與「刁刁」應該就是「樹的反
應」的其中一部分。根據人們對於風與樹的互動觀察，當風吹過樹之
後，雖然風已停，但樹仍因風力未止而存有擺動的現象，如果從力學
的角度分析也是如此。那麼，一棵樹在地面上的部位，有樹幹、樹
枝、樹葉，因質量大小差異，受到風力影響的程度，擺動的時間長短
也就不一樣。一般來說，當一陣強風持續吹拂，整棵樹都會擺動；當
風吹過，樹幹會最先停止擺動，其次是樹枝，最後是樹葉。以上的推
論過程，似乎合情合理，因此從向秀以為「調調」是「動搖貌」，到
了郭象又加上「形之動搖亦又不同」的解釋，到了胡文英《莊子獨
見》則成了「『調調』是樹枝大動，『刁刁』是樹葉微動。」今人陳鼓

---

11 轉引自：王邦雄：〈萬竅怒呺的怒者其誰──逼顯無聲之聲的天籟〔齊物論第1
章〕〉，「讀・享生活文摘」網站，網址：https://www.ylib.com/epaper/ReadingLife/201
30429-3.asp，瀏覽日期：2021年11月14日。

應、王邦雄等也都從這個角度分析。這個角度的分析理路，還有一個強而有力的用詞，亦即「獨不見」三字，之所以會將「調調」詮釋為「樹枝大動」，乃因「獨不見」。「見」者，「看見」也，是故王邦雄以「你會獨獨沒有看到樹梢枝葉還在擺動嗎？」做了詮釋與說明。

　　以上是筆者分析向秀、郭象、胡文英等人對於「調調」一詞的理解與推測。不過，也如前所述，如果支持「調」的本義是「和」，而「調調」作為「動搖貌」是假借義，假借義最重要的條件是具有聲音的關聯性。那麼，「調調」可能的本字是什麼？筆者以為清代段玉裁認為「調調，即卤卤也」提供了一條極佳的線索。

（二）「調調」亦即「卤卤」

　　筆者爬梳文獻的過程中，看到清代段玉裁《說文解字注》在說明「卤」字時，提及了以下一段文字內容：

> 卤卤、坙皃。《莊子》曰：「之調調之刁刁」，之、此也。調調謂長者，刁刁謂短者。調調、即調卤卤也。

根據段玉裁的意見，他認為《莊子》所言的「調調」即「卤卤」，有「坙皃（垂貌）」之意，至於「調調謂長者，刁刁謂短者」，如從上下文意思考，或許代表著：「調調」為垂得較長，而「刁刁」為垂得較短。如果再就段氏之說進一步推測：《莊子》的「調調」為「卤卤」的同音通假，那麼「卤卤」則為「調調」的本字。這時另一個問題又來了：「卤卤」真如段氏之說為「坙皃」嗎？因「卤」為罕用字，雖然被許慎列入《說文解字》五百四十部首之一，但在「卤」部下只有「栗、粟」二字，某種程度來說，當《說文》部首從屬之字太少的時候，或許代表著這個部首有進一步深入探討的空間。於是乎段氏在

「卤」字下又云：

> 卤之隸變為卣。《周書・雒誥》曰：「秬鬯二卣。」《大雅・江
> 漢》曰：「秬鬯一卣。」毛云：「卣、器也。」鄭注《周禮》
> 「廟用修」曰：「修，讀曰卣。」卣，中尊。凡彝為上尊，卣
> 為中尊，罍為下尊；中尊謂獻象之屬。按：如許說，則木實垂
> 者其本義，叚借為中尊字也。

段氏發現，卤與卣似乎有密切關係，如果就許慎所言「木實垂」為
「卤」字本義的話，那麼「卤（卣）」當作「中尊」則為假借義。然
而，「卤」是否真如段氏所言？其實並不是所有的學者都贊同其說。

關於「卤」字，根據教育部「異體字字典」網站，在「卤」字下
的「異體字」欄位裡，收入「𠧪」，這應該是根據《說文》「卤」字後
的籀文「𠧪」形楷化而列入此欄位；在「解說」的「釋義」裡列出了
三個義項：（一）ㄊㄧㄠˊ：草木實垂貌。《說文解字・卤部》：「卤，
艸木實垂卤卤然。」（二）ㄒㄧ：「西」之異體。（三）ㄧㄡˇ：「卣」
之異體。[12]第一個義項「草木實垂貌」，主要是根據《說文》而來；第
二、三個義項，卤之所以為西、卣之異體，主要原因是構形上的聯
繫。不過歷代學者對於這個「卤」字存在眾多不同意見，主因是
「卤」在演變的過程當中，因與「卣」、「西」等字形體相近而出現了
彼此交疊的現象。筆者為此另撰〈說「卤」〉[13]一文，所得到的初步結
論是：

---

12 教育部「異體字字典」網站，網址：https://dict.variants.moe.edu.tw/variants/rbt/word_
attribute.rbt?quote_code=QzAwODg3，瀏覽日期：2021年8月7日。

13 羅凡晸：〈說「卤」〉，待刊稿。

　　許慎所言「卤」為「艸木實垂卤卤然」，乃「卤」字本義之所
在。從象形的角度來看，「卤」的原始構形意象或為樹上成熟
而下垂的飽滿果實之形，如栗樹的栗子之形、如柚樹的柚子
之形等；或如爬藤類的瓠瓜、葫蘆瓜之形等。至於「卤卤」則
是形容成熟果實纍纍而垂之貌，「調調」則為「卤卤」的同音
通假。

　　另外，「卤」與「卣」互為異體的主因是：卤實如瓠瓜、葫蘆
瓜之形，將其乾燥再製後，便具有酒器「卣」盛裝液體的功
能，故將「卤」釋為「卣（酒器）」，乃為引伸義。至於將
「卤」視為「西」，乃為形近互用的現象。

　　根據以上說明，「卤卤」與「調調」二詞所指稱的對象應該是相同
的，「卤卤」如果指的是「樹上成熟而下垂的飽滿果實之形或如爬藤
類的瓠瓜、葫蘆瓜之形等」，那麼「調調」理應如此。如果將這個義
項放入「而獨不見之調調之刁刁乎」，先前所言胡文英「樹枝大動」
應該修改為「樹上成熟而下垂的飽滿果實因風的吹拂而在搖動著」或
許會更貼切「調調」一語。

　　另外，有從方言角度探討「卤／卤卤」者，如趙世民在〈遵義方
言中的古漢語詞匯述例〉中，提到「遵義方言稱成串的草木果實叫
『卤』或『卤卤』。如稱穀穗為『穀卤』，稱麥穗為『麥卤』之類。」
[14]據此推論《莊子・齊物論》「而獨不見之調調之刁刁乎」中的「調
調」為「卤卤」的假借字，或可作為參考。

---

14 趙世民：〈遵義方言中的古漢語詞匯述例〉，《貴州教育學院學報（社科版）》1985年
　　第1期，頁102。

三 疊詞分析 II：刀刁

（一）從音、義、形的角度看「刀」與「刁」

　　刀、刁二字，在王力主編的《王力古漢語字典》[15]、林連通與鄭張尚芳《漢字字音演變大字典》[16]、唐作藩《上古音手冊》等書中都是端母宵部[17]，可見得其上古的讀音相同。至於《廣韻》刀為「都牢切」，端母豪韻平聲效攝開口一等；刁為「都聊切」，端母蕭韻效攝開口四等，可以看到刀、刁二字的中古音也十分相近。因讀音極其密切，所以有一派的學者從通假的角度分析。如：高亨《古字通假會典》收有「刀與刁」條，引用相關文獻如下：

> 《公羊傳》〈僖公十八年〉：「豎刁。」《釋文》作「豎刀」。○《莊子》〈齊物論〉：「而獨不見之調調之刁刁乎。」《玉篇》〈刀部〉引刁刁作刀刀。[18]

又，在「刀與貂」條下云：

> 《墨子》〈所染〉：「則子西、易牙、豎刀之徒是也。」《左傳》〈僖公二年〉豎刀作寺人貂。[19]

---

15 王力、唐作藩、郭錫良、曹先擢、何九盈、蔣紹愚、張雙棣：《王力古漢語字典》（北京：中華書局，2000年），頁66。

16 林連通、鄭張尚芳：《漢字字音演變大字典》（南昌：江西教育出版社，2012年12月），頁160。

17 唐作藩：《上古音手冊》增訂本（北京：中華書局，2013年），頁33-34。

18 高亨：《古字通假會典》（山東：齊魯書社，1989年7月），頁807。

19 高亨：《古字通假會典》，頁808。

又，在「刁與貂」條下云：

> 《左傳》〈僖公二年、僖公十七年〉：「寺人貂。」《大戴禮》
> 〈保傅〉、《公羊傳》〈僖公十八年〉、《韓非子》〈二柄〉、《史
> 記》〈齊太公世家〉並貂作刁。○《後漢書》〈宦者傳〉：「則豎
> 刁亂齊。」李注：「《左傳》曰寺人貂，刁即貂也。」[20]

其他如王海根《古代漢語通假字大字典》「刀」字條下提到：「通
『刁』，刁斗。《史記》〈李將軍列傳〉：『人人自便，不擊刀斗以自
衛。』〔南朝宋〕裴駰《集解》引孟康云：『以銅作鐎器，受一斗，晝
炊飯食，夜擊持行，名曰刁斗。』〔唐〕司馬貞《索隱》：『刁音
貂。』」[21]又，馮其庸、鄧安生《通假字彙釋》收有「刀通刁」一條，
引用例證與《古代漢語通假字大字典》相同，其後接著說：「按，《漢
書》〈李廣傳〉一作『刁』。刀斗，即刁斗。」[22]綜上所言，這些學者
認為「刀」與「刁」可以通用。

　　從目前所見的文字材料來看，「刀」在殷商時期已經出現，而
「刁」字較為晚出，根據傳世文獻，如《左傳》有「豎刁」一人，在
西漢揚雄《方言》有「刁斗」一詞。值得注意的是，西漢司馬遷《史
記・李將軍列傳》「及出擊胡，而廣行無部伍行陳，就善水草屯，舍
止，人人自便，不擊刀斗以自衛，莫府省約文書籍事，然亦遠斥候，
未嘗遇害。」[23]一段中，提到了「不擊刀斗以自衛」，傳世文獻不同版

---

20 高亨：《古字通假會典》，頁808。

21 王海根：《古代漢語通假字大字典》（福建：福建人民出版社，2004年），頁94。

22 馮其庸、鄧安生：《通假字彙釋》（北京：北京大學出版社，2006年），頁130。

23 資料來源：中央研究院歷史語言研究所，「漢籍電子文獻資料庫」，網址：http://
hanchi.ihp.sinica.edu.tw/ihpc/hanjiquery?@13^1098112011^807^^^5020200100050049^
9@@1276463266#top，瀏覽日期：2021年11月20日。

本,「刀斗」或寫作「刁斗」。這些細部討論,如:孫熙春在〈《史記》中的「刁斗」與「刀斗」辨析〉[24]一文中,從《史記》一書傳世文獻的眾多版本中,發現有作「刁斗」者,也有作「刀斗」者。其利用《辭源》「刁」字下引用《莊子》〈齊物論〉「而獨不見之調調之刁刁乎」與《漢語大詞典》(1994年版)「刀」字下引用《莊子》〈齊物論〉這條材料,「間接證明了戰國中期尚無『刁』字」[25];此外,查考《漢語古文字字形表》及《秦漢魏晉篆隸字形表》二書,從出土材料相關字書證明古無「刁」字,由此推斷「許慎著《說文解字》時沒有遺漏『刁』字;司馬遷著《史記》時尚無『刁』字!」[26],最後以為「『刁』字的產生不應早於漢末魏初,『刁』字或是漢隸『刀』字在隸變楷化過程中的誤寫,並最早在姓氏中用『刁』而棄『刀』。晉有『刁協』,《晉書》有傳。……依上所述,〔西漢〕司馬遷著《史記》時只有『刀斗』的寫法,不同底本『刀』、『刁』的不同是在魏晉以後傳抄的結果。」[27]

至於劉寒青在〈從「刀斗」到「刁斗」——「刀」、「刁」分化的歷時考論〉[28]一文中,首先整理簡牘、碑刻等材料,列出一份出土文獻中「刁」字寫作「刀」形的字形表及相關文例,轉引如下所示:[29]

---

24 孫熙春:〈《史記》中的「刁斗」與「刀斗」辨析〉,《瀋陽大學學報》第18卷第3期(2006年6月),頁82-84。

25 孫熙春:〈《史記》中的「刁斗」與「刀斗」辨析〉,頁83。

26 孫熙春:〈《史記》中的「刁斗」與「刀斗」辨析〉,頁83。

27 孫熙春:〈《史記》中的「刁斗」與「刀斗」辨析〉,頁83。

28 劉寒青:〈從「刀斗」到「刁斗」——「刀」、「刁」分化的歷時考論〉,《漢語學報》2020年第3期(總第71期),頁70-77。

29 劉寒青:〈從「刀斗」到「刁斗」——「刀」、「刁」分化的歷時考論〉,頁71。

字形	辭例	出處
	陽里戶人大夫刀。卅五年五月己丑朔【癸】……	里耶秦簡8-834+8-1609
	買葵、韭、蔥給刀將軍、金將軍家屬。	肩水金關漢簡73EJF3：38
	刀斗夜驚，權烽晝起。	〔北魏〕元子直墓誌
	朝陳鉀卒，夜擊刀斗。	〔北齊〕徐徹墓誌
	高陽內史刀秀之枝胤者矣。	〔北齊〕刁翔墓誌
	冀州勃海郡出廿八姓：高、吳、歐陽、赫連、詹、喻、李、施、區、金、卿、甘、訾、凌、覃、封、刀……	敦煌S.2052
	煞氣三時作陣雲，寒聲一夜傳刀斗。	敦煌S.788
	《莊》：「刀刀乎。」	元刻宋本《玉篇》

其次，劉氏從「刀」、「刁」二字的音義發展進行討論，以為「古無『刁』字，僅有『刀』字」[30]，接著引用甲骨文、金文等「刀」的材料，以及春秋戰國等傳世文獻，如：《管子・戒》「今夫豎刀其身之不愛」和《莊子》「而獨不見之調調之刀刀乎」中的「刀」，後世均被改為「刁」；此外再述及漢代《史記》、《漢書》、《方言》等「刀斗」一

---

30 劉寒青：〈從「刀斗」到「刁斗」──「刀」、「刁」分化的歷時考論〉，頁71。

詞的音義，配合敦煌本《王仁煦刊謬補缺切韻》中「刀」分別在豪韻和蕭韻、陸德明《音義》「刀，徐，都堯反」等語音記錄，最後得到的結論是：「最晚在唐代，『刀』字表示的『刁』類義項已經在語音上與本義相區別了，即最遲在中古音中『刀』『刁』已經完成了語音分化。但是由於語音材料的缺乏，尚無法斷言『刀』『刁』語音上的分化是否是在兩晉期間才出現的，或者在上古更早的時期，『刀』字已經存在兩個語音形式。」[31]分析完「刀」、「刁」二字的音義發展之後，接著劉氏從「刀」、「刁」二字的字形分化問題進行討論，以為「唐五代時期的敦煌寫卷和碑刻中開始出現『刁』字形體」[32]，同時翻檢《干祿字書》、《五經文字》、《九經字樣》等唐代字書，而這些字書「都只收錄『刀』字，而無『刁』形，說明當時的漢字規範中尚未區分『刀』『刁』二形，『刁』形僅是『刀』字的臨時書寫變體。」[33]到了宋元時期，「『刁』形因其變異符合漢字字形發展的規律，即快速書寫原則，得以作為『刀』字的異寫形體傳承下來。」[34]最後劉氏從宋、元、明刻本分析「刀」、「刁」二形的語用狀況，認為「最晚在明代『刀』『刁』二字便已經完成了分化」[35]。最後總結如下：

> 「刀」字最遲在兩晉時期就兼有「豪韻」「蕭韻」兩類不同的音切，「豪韻」的「刀」字表示其本義及引伸義，「蕭韻」的「刀」字表示假借義「動搖貌」「刀斗」和專屬名詞如人名、姓氏等。「刀」「刁」二字字形的分化萌芽於唐代，經宋、元兩

---

31 劉寒青：〈從「刀斗」到「刁斗」——「刀」、「刁」分化的歷時考論〉，頁72。
32 劉寒青：〈從「刀斗」到「刁斗」——「刀」、「刁」分化的歷時考論〉，頁72。
33 劉寒青：〈從「刀斗」到「刁斗」——「刀」、「刁」分化的歷時考論〉，頁73。
34 劉寒青：〈從「刀斗」到「刁斗」——「刀」、「刁」分化的歷時考論〉，頁73。
35 劉寒青：〈從「刀斗」到「刁斗」——「刀」、「刁」分化的歷時考論〉，頁75。

代發展，完成於明代，「刁」形分化了「蕭韻」音切及其上附著的義項，完成了功能分化，成為獨立的漢字。[36]

筆者原則上同意孫熙春、劉寒青等人對於「刀」、「刁」二字的看法，孫、劉二人對於漢代「刀斗」／「刁斗」以下的分析值得肯定。其中，劉氏對於《莊子》〈齊物論〉「而獨不見之調調之刀刀乎」有一小段文字的說明，茲轉引如下：

> 「而獨不見之調調之刀刀乎」，郭象注云：「調調、刀刀，動搖貌也。」後世各家都依照郭象的說法把「刀刀」釋為「動搖貌」，然而「動搖貌」與「刀」字原本所有的義項並無意義上的關聯，亦不見同時期其他文獻中記載「刀」字有此類義項。《說文解字・卤部》：「卤，草木實垂卤卤然。象形……讀若調。」段玉裁注云：「卤，垂貌。《莊子》曰『之調調之刀刀乎』此也。『調調』謂長者，『刀刀』謂短者，『調調』即『卤』也。」「調調」是「卤」的同音借用字。《莊子》此句中「調調」、「刀刀」互文，「刀」、「調」、「卤」三字讀音相近，此處「刀刀」也應是據音借用字，在此句中借以表示草木動搖的樣子。後世詩文常見「刀騷」一詞，「刀」字的用法即是沿襲此處「動搖貌」的意義。

筆者此處引出整段文字，想要表達幾點意見：第一，劉氏在行文中提到「後世各家都依照郭象的說法」一語太過肯定，其實並不是「後世各家」都贊同郭象之說。第二，劉氏在引用段玉裁注文時，出現了缺

漏字，如：注文原為「鹵鹵，垂貌。」而非「鹵，垂貌」；注文原為
「之，此也。」而非「此也」；注文原為「『調調』即『鹵鹵』也」而
非「『調調』即『鹵』也」因為發生這幾處缺漏字，產生了文意的理
解誤差。第三，劉氏提到「調調」、「刀刀」互文，此處所言的「互
文」一詞，概念或有不夠清楚之處，如果根據《漢語大詞典》對於
「互文」的說明，「互文」有三義：一、謂上下文義互相闡發，互相
補足。二、指錯綜使用同義詞以逢免字面重復的修辭手法。三、指互
有歧義的條文。[37]然而如果根據劉氏前後文意來看，他似乎是透過
「調」、「鹵」、「刀」三字讀音相近來處理互文這個概念。果真如此的
話，這樣的互文概念似乎與《漢語大詞典》的義項又有些歧出。第
四，最後提及「後世詩文常見『刀騷』一詞」，筆者查閱相關電子資
料庫，發現詩文中幾乎沒有「刀騷」，反而常見「刁騷」，此處或許是
劉氏筆誤，或許是劉氏想要將「刀騷」與「動搖貌」扣合。然而筆者
查閱《漢語大詞典》的「刁騷」，此詞有二個義項：一是頭髮稀落
貌，一是形容說話斷斷續續。[38]如果是「教育部重編國語辭典修訂
本」的「刁騷」一詞，具有的義項是「頭髮短而亂」。[39]以上這些義項
似乎與「動搖貌」的語義還有一段差距。

（二）「刁刁」晚於「刀刀」

根據劉氏所引用的資料以及相關說明，在漢代以下的論述過程是
值得肯定的，但在漢代以前的出土材料及傳世文獻資料，或有不足之

---

37 《漢語大詞典》，總第489頁，第一卷第489頁。網址：https://ivantsoi.ddns.net/hydcd/orgpage.html?page=489，瀏覽日期：2021年11月23日。

38 《漢語大詞典》，總第2299頁，第二卷第555頁。網址：https://ivantsoi.ddns.net/hydcd/orgpage.html?page=2299，瀏覽日期：2021年11月23日。

39 「教育部重編國語辭典修訂本」，網址：https://dict.revised.moe.edu.tw/dictView.jsp?ID=45733。瀏覽日期：2021年11月23日。

處。如前所言，劉氏以為「刁刁」是「據音借用字」；換言之，「刁刁」記錄了某個讀音，至於這個讀音所表示的意義是什麼？劉氏遵從郭象以降的多數說法，以為「刁刁」具有「動搖貌」，代表的是「表示草木動搖的樣子」。此外，為什麼是「草木」動搖？這個問題雖然被胡文英、陳鼓應等人所贊同，但就他們的著作中似乎還沒有較為細緻的討論。

天地間的萬世萬物，會「動搖」的不只有生命的草木，無生命的岩石、峭壁等，也會因為地震而有動搖現象；或一陣狂風吹起沙塵，或一陣暴雨讓土石鬆脫滑落，無處不存在「動搖」的主體。不過如同前文所引《莊子》〈齊物論〉的「地籟」內容，整個段落大致講的是：一陣風（長風）吹過樹木不同樣貌的竅穴，產生了各式各樣的聲音，最後以「而獨不見之調調之刁刁乎」作個小結。或許因為根據上下文義推論，「調調」、「刁刁」乃因樹木被風吹過而出現的「動搖」表現，於是乎到了胡文英的解說中，「調調」變成了「樹枝大動」，「刁刁」變成了「樹葉微動」。

其實，前輩學者在從通假的角度分析時，也提供了一定程度的線索。如：高鴻縉《中國字例》在「刀」字中的按語提到：「刀字原象形，古作用具多，作兵器少。至刁，不成字。《左傳》豎刁字，原作貂，省作刀，又變作刁耳。」[40]在這個論述過程中，提及刀與刁之間的關係，同時提到《左傳》「豎刁」的「刁」字，其實它的狀況是：「原作貂，省作刀，又變作刁耳。」如果將這個推論過程，配合孫、劉二人對於《史記》「刀斗」／「刁斗」的用字討論，或許可以據此推斷：「刀」字在先秦或可寫作「貂」字。這個論點，也可從高亨

---

40 高鴻縉《中國字例》（臺北：三民書局，1960年9月初版，1981年10月九版），頁169。

《古字通假會典》「刀與刁」、「刀與貂」、「刁與貂」等條例看到通假例證（請參見前文）。

值得注意的是，在近年出土的戰國楚簡文獻材料中，如《上海博物館藏戰國楚竹書（五）・競建內之》與《上海博物館藏戰國楚竹書（五）・鮑叔牙與隰朋之諫》中，出現了「豎刁」這個人，其中的「刁」不是寫成「刀」形或「刁」形，而是寫成如下所示的形體：

圖版		
出處	上博五・競建內之，簡10	上博五・鮑叔牙與隰朋之諫，簡5
釋文	或以豊（豎）迍（刁）與易牙為相……	含（今）豊（豎）迍（刁）……易牙……（簡5-6）

這個楚簡字形，學者們都贊同嚴式隸定成「迍」，通讀為「刁」，故白於藍在《簡帛古書通假字大系》中將「迍與刁」作為通假的條例。[41]

春秋時期，豎刁、易牙為齊桓公寵臣中的其中二人，根據《史記》〈齊太公世家〉的記載：「冬十月乙亥，齊桓公卒。易牙入，與豎刁因內寵殺群吏，立公子無詭為君。」而〈競建內之〉、〈鮑叔牙與隰朋之諫〉兩篇出土文獻也記錄了豎刁、易牙二人的相關記錄。因為傳

---

41 白於藍：《簡帛古書通假字大系》（福建：海峽出版發行集團・福建人民出版社，2017年12月），頁653。

世文獻與出土文獻都出現了這二人的記錄，有利於學者們更深入地探討這些人物的言行事蹟。其中陳劍〈談談《上博（五）》的竹簡分篇、拼合與編聯問題〉在疏通簡文的討論中，提出了〈鮑叔牙與隰朋之諫〉簡6中，隸定成「易牙」二字後面緊接的「𠂤」形可讀為「刀（ㄋ）」，認為「此謂易牙是豎刁的黨與。『刀（ㄋ）』字原釋為『人』。」[42] 這個釋字觀點值得在此進一步討論。為求方便論述，茲將原考釋陳佩芬、陳劍、祝升業等三人對於這段內容的釋文隸定轉引如下：

陳佩芬	……人之生，品（三）飤（食）色悥（憂）。含（今）昱（豎）迅（ㄋ）必夫而欲【5】智。萛（萬）椉（乘）之邦而貴尹，亓（其）為㞢（災）也深矣。悬（易）舀（牙）人之與偖而飤（食）人，亓（其）為不怠（仁）厚矣，……【6】[43]
陳　劍	……人之生，三食色憂。今豎刁匹夫，而欲【鮑叔牙5】知萬乘之邦，而貴尹。其為災也深矣。易牙，刀（ㄋ）之與者，而食人，其為不仁厚矣。……【鮑叔牙6】[44]
祝升業	……人之生品（三）：飤（食）、色、悥（息）。含（今）昱（豎）迅（ㄋ）必（匹）夫而欲【鮑5】智（知）萛（萬）椉（乘）之

42 陳劍：〈談談《上博（五）》的竹簡分篇、拼合與編聯問題〉，「簡帛網」，刊登日期：2006年2月19日，網址：http://www.bsm.org.cn/show_article.php?id=204，瀏覽日期：2021年11月23日。

43 馬承源主編：《上海博物館藏戰國楚竹書（五）》（上海：上海古籍出版社，2005年12月），頁186-187。

44 陳劍：〈談談《上博（五）》的竹簡分篇、拼合與編聯問題〉，「簡帛網」，刊登日期：2006年2月19日，網址：http://www.bsm.org.cn/show_article.php?id=204，瀏覽日期：2021年11月23日。另外，祝升業在《上博（五）《鮑叔牙與隰朋之諫》等五篇竹書集釋》中，對於這段內容，做了各家意見的集釋工作，可以看到更多深入的討論，本文在此僅處理楚簡中「刀」形與「人」形的問題，其他部分暫不討論。（參見：祝升業：《上博（五）〈鮑叔牙與隰朋之諫〉等五篇竹書集釋》〔武漢市：武漢大學碩士論文，2007年5月〕，頁38-39。）

	邦，而貴尹，亓（其）為杰也深矣。愓（易）舀（牙），刀（刁？）之與偖（者），而飤（食）人，亓（其）為不㥯（仁）厚矣。……【鮑6】[45]
顏至君	人之生（性）厽（三）：飤（食）、色、息（息）。含（今）昰（豎）㐹（刁）佖（匹）夫而欲【鮑5】智（知）萬輛（乘）之邦而貴（潰）尹（腰），其為杰（猜）也深矣；愓（易）舀（牙），㐹之與偖（者），而飤（食）人，亓（其）為不㥯（仁）厚矣，……【鮑6】[46]

首先，從字形的角度來看，陳佩芬將簡6「丿」形隸定為「人」是沒有問題的。根據筆者製作的「戰國楚簡帛電子文字編：完整版」網站來看，隸定成「人」的數量約有九百五十筆資料，如果單單以上博簡來說，隸定成「人」的數量約有三百一十七字[47]，字形約有以下三型：

	第一型	第二型	第三型
圖版			
出處	上博・緇衣・簡14-07	上博・孔子詩論・簡03-22	上博・君人者何必安哉甲・簡07-04
釋文	虔夫=韓虙會，林人不㪔	邦風开內勿也，專僬人谷安，大會材安。	目之欲人已君王為㝱已戲民又不能也

---

45 祝升業：《上博（五）〈鮑叔牙與隰朋之諫〉等五篇竹書集釋》，頁7。

46 顏至君：《《上海博物館藏戰國楚竹書（五）》〈競建內之〉與〈鮑叔牙與隰朋之諫〉研究》（臺北：國立臺灣師大國文系碩士論文，2008年），頁32。

47 羅凡晸：「戰國楚簡帛電子文字編：完整版／單字文例查詢」，網址：http://cjbnet.org/drupal/，瀏覽日期：2021年11月23日。

以上三型的差異是：「人」形所具有的二個筆畫（姑且將第一筆視為短撇，第二筆視為長撇），其上方交接及書寫筆順的先後問題。第一型先寫短撇，然後長撇接在短撇的線段當中；第二型的短撇及長撇起筆位置相接在一起；第三型先寫長撇然後再寫短撇，短撇接在長撇的線段當中。又，根據出現的狀況大致推估，第一型與第二型的寫法佔「人」形寫法大多數的比例，而第三型的寫法出現的數量並不多。

　　如果根據筆者製作的網站輸入「刀」進行查詢，目前大約只有4筆資料，如下所示：

字形			
包山・簡144-06	包山・簡144-24	包山・簡254-20	信陽・遣策・簡27-29

目前楚簡「刀」字單獨使用的文例，似乎僅見於包山簡、信陽簡當中，而且單字數量很少，與楚簡「人」字數量相較，兩者差距頗大。其中目前所見單字「刀」形的寫法與上博簡「人」字第三型的寫法幾乎相同。駱珍伊在《上海博物館藏戰國楚竹書（七）～（九）與清華大學藏戰田竹簡（壹）～（叁）字根研究》在進行「刀」的字根分析時，發現這批材料裡，在【單字】中並未單獨存在，而在【偏旁】時，「刀」形與「人」形相近，如（包116／刖）、（包16／剚）等；相反地，「人」形有時候也會寫成「刀」形，如（八・餓・2／飲）。[48]綜上所述，楚簡形體，「刀」形與「人」形基本上會依

---

48 駱珍伊：《上海博物館藏戰國楚竹書（七）～（九）與清華大學藏戰田竹簡（壹）～（叁）字根研究》（臺北：國立臺灣師範大學國文學系碩士論文，2015年6月），頁577-578。

照第一筆短撇與第二筆長撇交接的線段位置差異進行字形的別異。然
而因書寫過程的總總因素，二形或因形體相近而偶有互用或訛混的現
象，這個狀況與楚簡中「天」形與「而」形二者類似，因「天」與
「而」的形體接近，多數可依據末兩筆的書寫角度區別，但偶有訛混
狀況發生[49]。

行文至此，可以發現陳佩芬將〈鮑叔牙與隰朋之諫〉簡6「𠂆」
形隸定為「人」，與陳劍、祝升業將此形隸定為「刀」，都存在著合理
性。差異是：陳佩芬隸定的字形旁證，比起陳劍、祝升業隸定的字形
旁證多很多。

至於從文意的角度來說，當陳佩芬隸定成「人」之後，多數學者
對於此處並沒有提出太多的討論，因為從上下文來看，將「𠂆」形
讀為「人」沒有太大的問題；然而陳劍別出心裁，將「𠂆」形理解
為「刀（刁）」，也有一定的可信度，在文意的理解也文通字順，其後
祝升業、顏至君等人也贊同這個看法。

筆者在此提出的問題點是：就此篇簡文的書寫狀況來看，傳世文
獻寫作「豎刁」之處，出土文獻則寫作「豎逆」，姑且不論「豎
（豎）」字，從「刁」字來討論的話，假設戰國時已有「刁」音的文
字記錄需求，由於當時楚地還沒有「刁」形的出現，因此用了一個同
音字「逆」來記錄「刁」的語音；此外，由於「豎刁」是個人名，或
許人名會有「專有字」或「特殊用字」的使用狀況，就如同此篇簡文
中出現的「易牙」，其「易」字寫法與傳世文獻並不全然相同。到了
漢代，「刀」字似乎還沒定型，因此《史記》不同傳世文獻版本有作
「刀斗／刁斗」；換言之，漢代的語音記錄，或將「刀」與「刁」視
為同音字或音近字，但是已不用「逆」作記錄，許慎認為戰國時期

---

49 可參考駱珍伊《上海博物館藏戰國楚竹書（七）～（九）與清華大學藏戰田竹簡
（壹）～（叁）字根研究》「天」（頁65）與「而」（頁181）的字根分析說明。

「言語異聲，文字異形」，以今日所見出土文獻材料確實如此。總的來說，如果將「迊（刁）」字作為戰國時楚地人名專有字，那麼在上博五〈競建內之〉簡10及〈鮑叔牙與隰朋之諫〉簡5所見現的「豎迊」，「迊」並非只出現一次而是二次。有學者將〈競建內之〉與〈鮑叔牙與隰朋之諫〉連讀，換言之，同一篇簡文出現二次「豎迊」這個「迊」字，為什麼第三次提及「豎迊」這個人的人名要將「迊」改寫為「刁」（隸為「刀」、讀為「刁」）呢？這是筆者覺得陳劍、祝升業之說尚待處理的問題。

另外，就目前所見秦簡材料來看，「刀」形並不少見，絕大多數的文例都當作工具或武器的「刀」字使用，目前似乎只有一例當作人名[50]，這筆材料出自於《里耶秦簡〔壹〕》圖版（第八層簡牘）編號834，另外，同簡中另有「人」形，關於「刀」與「人」的字形及文例如下：

圖版		
出處	里耶秦簡，簡834，第八層簡牘	里耶秦簡，簡834，第八層簡牘
釋文	陽里戶人夫=（大夫）刀。卅五年……	陽里戶人夫=（大夫）刀。卅五年……

根據同簡的「刀」形與「人」形寫法，可以很清楚的看到，在里耶秦簡（簡834）的書手觀念裡，這二個字的形體有明顯差異。另外，根據引得市的里耶秦簡釋文查詢系統，在查詢欄裡輸入「里耶戶人」，

---

50 即劉寒青在前述字表中所收錄的里耶秦簡8-834＋8-1609，其釋文作「陽里戶人大夫刀。卅五年五月己丑朔【癸】……」，在簡834後加上簡1609。

所得結果如下[51]：

NO.	簡牘編號	釋文	紅外線圖	釋文頁碼	簡牘出土層
1	1946	陽里戶人司寇□☑	0238	0372	第八層
2	1546	南里小女子苗　卅五年徙為陽里戶人大女子嬰隸	0200	0359	第八層
3	0863	☑田　卅五年徙為陽里戶人大女嬰隸	0123	0336	第八層
4	0834	陽里戶人夫＝刀卅五年☑	0121	0335	第八層
5	0126	陽里戶人□☑ 小妾無蒙　☑	0029	0299	第八層
6	3362	陽里戶人□☑ 妻　☑	0308	0437	第九層

簡1946「司寇」下所缺的字為「🖼」，簡126「戶人」下所缺的字為「🖼」，簡3362「戶人」二字已不夠清楚，下方所缺的字更加殘沙無法判斷。綜上所述，筆者以為就里耶秦簡這批材料來看，「陽里戶人」下方所接的「司寇🖼」、「大女子嬰隸」、「大女嬰隸」、「夫＝（大夫）刀」，只能判斷是「身分別（＋人名）」，然而是人名中的「姓」、「名」還是其他稱謂，無法明確辨別。換言之，簡0834「🖼」就隸定來說，在秦簡的用例來看，隸成「刀」會比「刁」來得好。

　　至於就目前所見的出土漢簡材料來看，多數的漢簡文例與秦簡類似，「刀」形並不少見，絕大多數的文例也都當作工具或武器的「刀」字使用，目前似乎只有少數幾例當作人名，主要見於肩水金關漢簡這批材料中。這些字形及文例，如下所示：

---

51 陳信良：「引得市」網站，分類項目「出土文獻／簡牘帛書／里耶秦簡」，網址：https://www.mebag.com/index/，瀏覽日期：2021年11月22日。筆者按：該網站制作十分用心，正確率頗高。另外，由於維護成本問題，從二〇二一年七月中旬以後，從免費查詢慢慢改為訂閱收費制度，以支應網站維護費用。

圖版			
出處	肩水金關漢簡（壹） 73EJT4：83	肩水金關漢簡（壹） 73EJT4:112	肩水金關漢簡（伍） 73EJF3:38
釋文	刁廣大奴記長七尺黑色☐[52]	刁廣大奴福長七尺黑色☐[53]	☐買葵韭葱給刁將軍金將軍家屬[54]

根據任達《《肩水金關漢簡（壹）》文字編》的整理，在頁一〇一有「刀（刁）」字頭，下方收錄了十二個「刀」形，如下所示：[55]

---

52 甘肅簡牘保護研究中心、甘肅省文物考古研究所等編：《肩水金關漢簡（壹）》下冊（上海：中西書局，2011年），頁43。

53 甘肅簡牘保護研究中心、甘肅省文物考古研究所等編：《肩水金關漢簡（壹）》下冊，頁112。

54 甘肅簡牘保護研究中心、甘肅省文物考古研究所等編：《肩水金關漢簡（伍）》下冊（上海：中西書局，2016年），頁6。

55 任達：《《肩水金關漢簡（壹）》文字編》（長春：吉林大學古籍研究所碩士論文，2014年4月），頁101。

刀（刁）	73EJT1:6	73EJT1:7	73EJT1:24
	73EJT1:25	73EJT1:49	73EJT1:153
	73EJT1:184	73EJT4:83	73EJT5:90
	73EJT6:63	73EJT9:260	73EJT10:293

另外，任達在「文字編」之後附有「釋文」，兩兩對照之下，筆者發現有些「刀／刁」形的釋文相對應字形，並未收錄在上面的「文字編」中，如：簡73EJT2:7，釋文作「……里李弘　牛車一兩　弩一矢卅劍一大刀一」，又如：簡73EJT4:112，釋文作「刁廣大奴福長七尺黑色☐」，此為其美中不足之處。至於劉寒青的字形表裡，收錄的是肩水金關漢簡（伍）的「刀」形，其文例則作「買葵、韭、蔥給刀將軍、金將軍家屬」，關於此形，韓鵬飛《肩水金關漢簡（肆‧伍）文字整理與釋文校訂》（第一冊）中，文例則作「☐買葵、韭、蔥。給刁將軍、金將軍家屬。」換言之，對於「刀」形，韓氏以為「刁」，而劉氏以為「刀」。

需要處理的問題是：就姓氏來說，漢代的「刀」姓與「刁」姓之間，是否是相同的姓氏？這個問題的狀況，或許像漢代許慎《說文解字‧敘》中提及秦代整理文字的學者「胡母敬」一樣，這位學者是

「胡母敬」（大徐本陳昌治刻本）還是「胡毋敬」（段注本）？人名用
字與姓氏用字都是「專名」的表現，因刻本用字的細微筆畫差異而產
生「專名」的歧異；此外，「母」與「毋」古本為一字，後分化為二
字。「刀」與「刁」或許也是如此，在漢代作為人名（或姓氏），以目
前的資料來看都寫成「刀」形，只是這個形體要讀成「刀」還是
「刁」，筆者翻查姓氏來源相關書籍及資料，尚未獲得明確肯定的答
案，暫時只能略而不論。

　　除了出土簡帛文獻資料，碑刻資料同樣具有字形斷代的功能。毛
遠明《漢魏六朝碑刻異體字字典》收有「刁」字，但「刁」字下所收
錄的形體都寫成「刀」形，如下所示：[56]

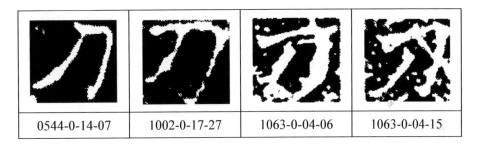

| 0544-0-14-07 | 1002-0-17-27 | 1063-0-04-06 | 1063-0-04-15 |

以上四個形體，文例如下所示：

　　　0544元子直墓誌（正光五年（524）八月六日）：「刁斗夜驚，
　　　權烽晝起。」
　　　1002徐徽墓誌（天保十年（559）正月二十一日）：「朝陳鉀
　　　卒，夜擊刁斗。」
　　　1063刁翔墓誌（天統元年（565）十月十二日）：「蓋帝桔梗氏
　　　刁音之苗胄，高陽內史刁秀之枝胤者矣。」

56　毛遠明：《漢魏六朝碑刻異體字字典》（北京：中華書局，2014年5月），頁166。

從文例來看，「0544元子直墓誌」、「1002徐徹墓誌」二者所指為「刀斗」／「刁斗」，「1063刁翔墓誌」則是明確的姓氏用字。黃耀明《古籍用字考論》從這些材料進行分析，他認為「刁與刀是異體字關係，刁字在南北朝時期即公元五二四～五七四間已經出現，它有兩個意思：1.刁斗，2.姓氏。後者有《玉篇‧刀部》說：『刀，俗作刁。』所以『刀』『刁』是異體字關係，並非通假字關係。」[57]筆者贊同「刀」、「刁」二字乃因分化而產生異體現象，只是成為異體的關係之後，兩者之間還是存在著聲音的相關性。然而如果單就字形上來看，被隸定成「刁翔」的「刁」還是寫成 ▨（刀）形，某種程度上「刀／刁」在這個時間點似乎還處在字形分化的過程，筆者尚未看到讀為「刁」姓的明確證明。

綜上所述，筆者蒐集相關字形材料論述「刀」／「刁」二字出現的年代，可以肯定的是，在先秦兩漢時期，只有「刀」形而沒有「刁」形，至於戰國楚地作為人名的「▨」，其實字形被隸定成「迎」、讀為「刁」，雖然陳劍等人以為〈鮑叔牙與隰朋之諫〉簡6「▨」形可以隸定成「人」、讀為「刁」，但筆者從〈鮑叔牙與隰朋之諫〉簡5、簡6的「豎刁」人名用字來看，以為陳劍將「▨」形讀為「刁」還有討論的空間。至於戰國時期的其他出土文獻材料，筆者尚未發現「刁」字的用法存在。因此筆者推論，同為戰國時期的莊子，在使用文字記錄時，寫成「刀刀」的可能性比寫成「刁刁」的可能性要來得高很多。

除了從字形上推論「刀刀」比「刁刁」來得好之外，在讀音部分，如前文所述，刀、刁二者都是端母宵部，上古音相同，因此增加了莊子使用「刀刀」二字的合理性。最後從意義上的角度來看，根據

---

57 黃耀明：《古籍用字考論》（西安：陝西師範大學博士論文，2018年6月），頁122。

《漢語大詞典》的記錄，「刀刀」與「刁刁」都是孤例，來源都是《莊子》〈齊物論〉，且都有一條「動搖貌」的意項；換言之，無論是「刀刀」還是「刁刁」，都是莊子的特殊用字現象。

最後在此，筆者再提出一個字形的想像臆測之說：「刀刀／刁刁」之所以出現「樹葉微動」的語義，或與「調調／卣卣」有關，卣卣為植物果實下垂之形，而果實下垂之形除了「卣」形之外，植物的果實下垂之形也有類「刀」之形，如今日的豆科植物果實下垂之形，或如阿勃勒條狀的果實下垂之形等，這些下垂的果實之形在一定程度的想像中，以「刀」形作為譬喻之詞有其合理性。

四　語法、語意分析：而獨不見之調調之刁刁乎

（一）「調調」、「刀刀／刁刁」二個疊詞的分類問題

前文分析了「調調」與「刀刀／刁刁」，在意義的部分，都是遵從清代胡文英「調調」是「樹枝大動」，「刀刀／刁刁」是「樹葉微動」這個論點說明，這個論點某種程度應該將「調調」與「刀刀／刁刁」視為樹木這個具體的物象在「動搖」著。然而歷代學者不乏將「調調」或「刀刀／刁刁」理解為「聲音／風聲」，如《漢語大詞典》在「刁刁」下，除了收錄「動搖貌」這個義項，還有一個義項是「形容風聲」，並舉了宋代程俱《雜興》詩之四：「濯濯簷下溜，刁刁樹間鳴。」以及明代唐順之《過清溪莊值主人不在》：「翳翳孤村景，刁刁眾木吟。」[58]這二首詩作為「形容風聲」的證明。程俱以「刁刁」補充「樹間鳴」，唐順之以「刁刁」補充「眾木吟」；一個是「鳴」，一個是「吟」，很明確的都是將「刁刁」視為「風聲」。簡單

58　《漢語大詞典》，總第2297頁，第二卷第553頁。

地說，這二個疊詞代表的是形還是音？

關於這個問題，王景琳、徐匋二人在〈《莊子・齊物論》中的「人籟」與「地籟」〉一文中作了相關論述，該文以為「厲風濟則眾竅為虛」後，莊子所接的「而獨不見之調調之刁刁乎」這一句話，如果遵從郭象的詮釋：「調調刁刁，動搖貌也。言物聲既異，而形之動搖亦又不同也。動雖不同，其得齊一耳，豈調調獨是而刁刁獨非乎！」將調調、刁刁理解為「大小樹枝在風停之後還在不停地搖動，似乎與『厲風濟則眾竅為虛』的意思難以銜接。」[59]在這個思考脈絡當中，作者接著進行文意的推論：

推論一：因為莊子這段「地籟」的內容「一直在描繪各種各樣的聲音，為什麼終結一句，莊子不繼續做聽覺的誇張，卻改而描寫視覺的所見呢？」[60]

推論二：「從常理上看，『樹欲靜而風不止』可以有，但『風已停而樹猶動』卻不可以有」[61]，所以作者認為郭象的解釋有所不通。

推論三：作者認為「郭象應該是被『見』字所惑，『見』的意思固然是看目，屬於視覺描寫，可是『見』也可解釋為『見說』，『見說』有『聽到』的意思。」[62]

推論四：莊子「這裡的『而獨不見之調調，之刁刁』與上文『而獨不聞之寥寥乎』對舉，『寥寥』，郭象說是『長風之聲』，那麼這裡的『之調調』、『之刁刁』，也應該是『風之聲』。」[63]

推論五：引用王夫之《莊子解》的意見：「風息竅虛，但見餘風

59 王景琳、徐匋〈《莊子・齊物論》中的「人籟」與「地籟」〉，《文史知識》2014年第10期，頁120。

60 王景琳、徐匋〈《莊子・齊物論》中的「人籟」與「地籟」〉，頁120。

61 王景琳、徐匋〈《莊子・齊物論》中的「人籟」與「地籟」〉，頁120。

62 王景琳、徐匋〈《莊子・齊物論》中的「人籟」與「地籟」〉，頁120。

63 王景琳、徐匋〈《莊子・齊物論》中的「人籟」與「地籟」〉，頁120。

之觸物者，調調刁刁而已。調調，緩也，刁刁，細也。」以為這段話的意思是「烈風雖然停止，但是『餘風』吹在洞穴上，還會發出細微的聲音，正所謂『餘波蕩漾』。」[64]

基於以上的推論過程，最後將《莊子》〈齊物論〉「風濟則眾竅為虛。而獨不見之調調，之刁刁乎」理解為：「烈風停止了，原來鼓滿風、噪雜作響的眾竅穴已經空無一物，可還是可以聽到餘風拂過洞穴時細小的聲音。」[65]

筆者在此分析其推論過程之後，原則同意這個觀點，於此補充部分文獻材料及觀點陳述：

第一，莊子此處的「獨不聞」與「獨不見」二者，「見」有沒有可能是「聞」的互文用法？《國語》〈周語中〉：「王見其語，召原公而問之，原公以告。」「王見其語」的「見」，可以理解為「聽說、聽見、聽到」。同樣為戰國時期的文獻材料，或許可以作為莊子此處將「見」讀為「聞」的旁證。

第二，就漢字使用的共時與歷時狀況來看，感官描述用字存在著感官移轉的狀況。如「聞」除了當作「聽見」之外，也有「嗅到」之意，如《韓非子》〈十過〉：「共王駕而自往，入其幄中，聞酒臭而還。」換句話說，「聞」具備了「聽覺」與「嗅覺」的共時語意。同樣地，「見」除了當作「看到」之外，也有「聽見」之意，如前引《國語》〈周語中〉的見字用法；換句話說，「見」具備了「視覺」與「聽覺」的共時語意。

第三，從當代科學的物理知識來說，當一個物體在搖動時，除了在真空的環境中不會受到摩擦力等影響，在大氣層裡會因為摩擦力等因素而變慢；同時受到摩擦力的影響，只要有摩擦，一定會有聲音，

---

64 王景琳、徐匋〈《莊子·齊物論》中的「人籟」與「地籟」〉，頁120。
65 王景琳、徐匋〈《莊子·齊物論》中的「人籟」與「地籟」〉，頁120。

只是這個聲音會不會被人類的耳朵清楚聽到。將這個物理現象放到莊子「而獨不見之調調之刀刀乎」來看,「調調」、「刀刀」如果視為物體,這個物體除了在搖動之外,還會發出細微的聲音(或者人類耳朵聽不到的聲音),這也是可能的一個狀況。

綜上所述,「調調」、「刀刀」如果將它視為聲兼義的疊詞,而不只是單純的疊音詞,也存在著一定的可能性。

(二)《莊子》「獨不」句式的使用方式

禹雅潔在〈上古漢語「獨不+VP+乎/邪/與」構式研究〉一文中提到:

> 「獨」在春秋末期就已經由動詞語法化為反詰語氣副詞,這為「獨不+VP+乎/邪/與」構式的形成奠定了基礎。這一格式最早出現於戰國時期。「獨不+VP+乎/邪/與」是由反詰語氣副詞「獨」+否定副詞「不」構成的、以聽話人為話題焦點的反詰構式,符合人際修辭的禮貌原則。它不僅能夠維護語言交際雙方的面子,也能表現出說話人對聽話人的詰責、鞭策或勸告。[66]

所謂VP(Verb Phrase),一般理解為「動詞詞組」[67]。根據該文統計,

---

66 禹雅潔:〈上古漢語「獨不+VP+乎/邪/與」構式研究〉,《現代語文》2020年第7期(總第697期),頁4。

67 在漢語語法中,不同句型中的VP,概念不見得達到完全的共識,如傅習濤在〈「有+VP」研究述評〉一文中,便提到「有」後面所加的VP,「特指動詞或動詞短語」。參見傅習濤:〈「有+VP」研究述評〉,《漢學研究通訊》第26卷第3期(總103期)(2007年8月),頁1。

在上古文獻[68]中「獨不＋VP」構式計有九十二條用例，其中，句末詞氣詞為「乎」的有六十二例，為「邪／耶」的有二十一例，为「與／歟」的有五例，句末語氣詞省略的有四例。[69]通過這些語料的考察，該文歸納VP的構成成分共有四種類型：1.VP由動賓短語構成；2.VP由「助動詞＋動賓短語」構成；3.VP由「動詞＋介賓短語」構成；4.VP由「動詞＋N之V」構成。[70]又，根據該文「表一」，其統計《莊子》一書共出現十四次「獨不＋VP＋乎／邪／與」的格式；筆者再次查考《莊子》一書，所得結果共十五次，並進行VP類型的分類歸納，表列如下：

次數	篇 名	莊子文句	詞性分析／可能的VP類型
1	逍遙遊	子獨不見狸狌乎	見：動詞。狸狌：名詞／動賓短語
2	齊物論	而獨不聞之翏翏乎	聞：動詞。之：代詞，此、其[71]。翏翏：形容詞／動賓短語
3	齊物論	而獨不見之調調之刁刁乎	見：動詞。之：代詞。調調：形容詞。刁刁：形容詞／動賓短語
4	人間世	而獨不聞之乎	聞：動詞。之：代詞／動賓短語
5	胠 篋	子獨不知至德之世乎	知：動詞。至德之世：名詞詞組／動賓短語
6	天 地	女獨不欲何邪	欲：動詞。何：代詞，何故、為什麼／動賓短語

---

68 筆者按：根據禹雅潔〈上古漢語「獨不＋VP＋乎／邪／與」構式研究〉一文的「表一」，上古文獻包含：戰國、西漢、東漢等朝代的傳世文獻。

69 禹雅潔：〈上古漢語「獨不＋VP＋乎／邪／與」構式研究〉，頁5。

70 禹雅潔：〈上古漢語「獨不＋VP＋乎／邪／與」構式研究〉，頁6。

71 段玉裁以為「之」，此也（〔清〕段玉裁：《說文解字注》「卤」下注）；黃得蓮以為「而獨不見之調調之刁刁乎」的「之」字作代詞「其」使用，相當於「草木之」，與後面詞組構成主謂結構作賓語。（黃得蓮：〈文言常用虛詞特殊用法舉隅〉，《青海民族大學學報（社會科學版）》第38卷第2期〔2012年4月〕，頁152）

次數	篇 名	莊子文句	詞性分析／可能的VP類型
7	天 運	且子獨不見夫桔槔者乎	見：動詞。夫：助詞。桔槔者：名詞詞組／動賓短語
8	秋 水	子獨不聞夫埳井之鼃乎	聞：動詞。夫：助詞。埳井之鼃：名詞詞組／動賓短語
9	秋 水	且子獨不聞夫壽陵餘子之學行於邯鄲與	聞：動詞。夫：助詞。壽陵餘子之學行於邯鄲：N之V／動詞＋N之V
10	至 樂	且女獨不聞耶	聞：動詞／*動詞*
11	達 生	子獨不聞夫至人之自行耶	聞：動詞。夫：助詞。至人之自行：N之V／動詞＋N之V
12	山 木	子獨不聞假人之亡與	聞：動詞。假人之亡：N之V／動詞＋N之V
13	山 木	王獨不見夫騰猨乎	見：動詞。夫：助詞。騰猨：名詞／動賓短語
14	讓 王	獨不可以舍我乎	可以：助動詞。舍我：動賓短語／助動詞＋動賓短語
15	盜 跖	吾獨不自知邪	自：代詞，自己、本身[72]。知：動詞／代詞＋動詞

筆者從禹氏對於「獨不＋VP＋乎／邪／與」的句型分析出發，重新探索《莊子》全文十五處「獨不」之後所加的VP，以為禹氏所區分的四個VP類型，大致可以說明《莊子》的句型使用狀況，然而〈至樂〉「且女獨不聞邪」與〈盜跖〉「吾獨不自知邪」二者，恐難歸入四個VP類型之下。雖然如此，禹氏以為「獨不＋VP＋乎／邪／與」是由「反詰語氣副詞（獨）＋否定副詞（不）＋動詞短語＋句末語氣詞（乎／邪／與）」構成的一個反詰構式，義為「難道不／沒有……

---

72 《漢語大字典》（第二版），頁3248。

嗎？」表示對VP的肯定，[73]從這個理解模式去解釋《莊子》的「獨不」句型，基本上是沒有問題的。

五　結語：「疊」的修辭藝術表現

《莊子·齊物論》敘寫「地籟」時對於「風」的形象塑造，約有一百一十一字左右[74]。本文寫作主要關注在「而獨不見之調調之刁刁乎」這一句話，經過「調調」、「刁刁」等辭彙及其他延伸出來的問題分析，最後再回頭看莊子在這段內容的文學藝術表現手法，筆者以為可以「疊」字作為描述這段內容的藝術特徵關鍵字。

關於「疊」的修辭討論，前輩學者已有許多精闢見解，此處僅以陳望道《修辭學發凡》一書作為切入點。根據此書，其將修辭現象分成「消極」與「積極」二類，在「積極修辭」這一大類下，分成「（甲類）材料上的辭格」、「（乙類）意境上的辭格──比擬」、「（丙類）詞語上的辭格──析字」、「（丁類）章句上的辭格──反復」，甲、乙、丙、丁四類總計三十八格，各格之中又有若干式。[75]大體來說，與「疊」概念相關的有「（丙類）詞語上的辭格──析字」下的「復疊」，以及「（丁類）章句上的辭格──反復」下的「對偶、排比、層遞、錯綜、頂真、倒裝、跳脫」等。所謂「復疊」，「是把同一的字接二連三地用在一起的辭格」[76]，這個辭格下面可再分成兩種：「一是隔離的，或緊相連接而意義不相等的，名叫復辭；一是緊相連接而意義也相等的，名叫疊字。」[77]至於「反復」，指的是「用同一的語句，一

73　禹雅潔：〈上古漢語「獨不＋VP＋乎／邪／與」構式研究〉，頁4-5。

74　請參見前文。

75　陳望道：《修辭學發凡》（上海：上海教育出版社，2001年7月），頁72-73。

76　陳望道：《修辭學發凡》，頁173。

77　陳望道：《修辭學發凡》，頁173。

再表現強烈的情思的，名叫反復辭。」[78]陳望道進一步提到：

> 人們對於事物有熱烈深切的感觸時，往往不免一而再、再而三
> 地反復申說；而所有一而再、再而三顯現的形式，如街上的列
> 樹，慶節的提燈，也往往能夠給與觀者以一種簡純的快感，修
> 辭上的反復就是基於人類這種心理作用而成。[79]

將以上概念表現在具體的文句中，就會出現「對偶、排比、層遞、錯
綜、頂真、倒裝、跳脫」等不同的辭格樣貌。順著上述的修辭分類與
理路，回頭再看《莊子・齊物論》這一段話，為了方便進行「疊」的
說明，首先，筆者將這段內容繪製成結構分析表，如下所示：

---

78 陳望道：《修辭學發凡》，頁203。
79 陳望道：《修辭學發凡》，頁203。

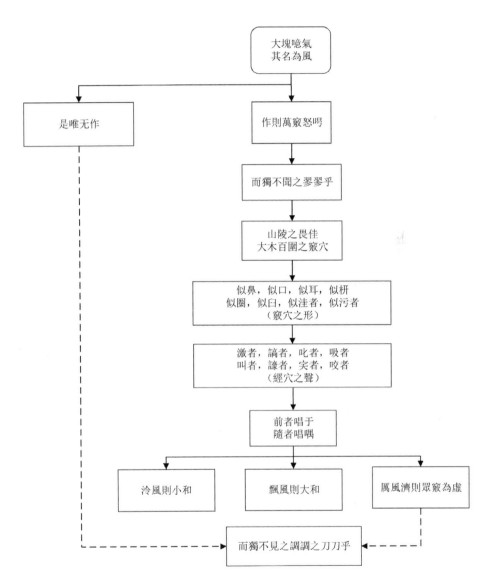

在「疊」的概念統整下，可從「單字的疊、語法的疊、語意的疊」等幾個面向說明：

（一）單字的疊：共出現三次的疊詞，分別為「翏翏」、「調調」、「刁刁」。「翏翏」為形容風聲的疊詞，「調調」、「刁刁」除了形

容樹木（樹枝／樹葉／樹果）等因風吹拂而搖動的樣子之外，在搖動的過程中存在著發出聲的可能性，因此也具備了形容風聲的可能性，因感覺有綜合性，於是乎存在著「移覺」的現象。此外，「似鼻，似口，似耳，似枅，似圈，似臼，似洼者，似污者」之「似」，以及「激者，謞者，叱者，吸者，叫者，譹者，宎者，咬者」之「者」，則屬陳望道「復辭」的疊、「排比」的疊。至於「是唯无作，作則萬竅怒呺」，則屬陳望道「頂真」的疊。[80]

（二）語法的疊：例如，此段內容一開始以「而獨不聞之翏翏乎」提出反詰之語，在文末又以「而獨不見之調調之刁刁乎」作為結束，以同樣「獨不＋VP」的語法前後重疊運用，進行更深一層的反詰思考。又如：「泠風則小和，飄風則大和，厲風濟則眾竅為虛」，以同樣的句型進行三次疊加，產生了鏗鏘有力的效果。

（三）語意的疊：例如，當風吹過不同形狀的竅穴、發出不同音頻的聲響之後，莊子緊接著寫出「前者唱于，而隨者唱喁」，根據成玄英疏：「于、喁，皆是風吹樹動前後相隨之聲」，由是可知「于」、「喁」語意相疊，風現而聲隨。

經由以上「單字的疊、語法的疊、語意的疊」的舉例分析，可以進一步看到莊子這段話存在著不同句式的排比運用，於是乎也產生了高度的文學藝術之美。周玉秀〈《莊子》比喻的特色及其修辭效果〉以為「這裡用誇張的語言，渲染出喻體的形象；又因生動的比喻，使誇張有實據，有力量。」[81]又如陳睿思在〈《莊子・內篇・齊物論》的藝術特徵〉提到「這一段描寫『地籟』的文字，多個短句連用，造成一種短促、急切的節奏和一種斬釘截鐵的力量感；而其他長句，就使

---

80 筆者按：此處加入審查委員之意見，特此銘謝。
81 周玉秀：〈《莊子》比喻的特色及其修辭效果〉，《語文學刊》1999年第1期，頁10。

得文段節奏變得舒緩、平穩和綿冗,具有一種深邃的柔性美。」[82]以上對於這段「地籟」內容的文學藝術評價,筆者以為,宋代學者林希逸《莊子鬳齋口義·內篇齊物論第二》中的詮解,或許是這段話最佳的註腳:

> 《莊子》之文好處極多,如此一段,又妙中之妙者,一部書中,此為第一文字。非特《莊子》一部書中,合古今作者求之,亦無此一段文字。詩是有聲畫,謂其寫難狀之景也,何曾見畫得個聲出![83]

無象之「風」以無形之「聲」描繪,修辭之美,盡在其中,不言可喻矣!

---

82 陳睿思:〈《莊子·內篇·齊物論》的藝術特徵〉,《青年文學家》2019年9月,頁77。

83 〔宋〕林希逸:《莊子鬳齋口義》(北京:中華書局,1997年),頁15。

參考文獻

一 古籍專著

〔宋〕林希逸：《莊子鬳齋口義》，北京：中華書局，1997年。

〔清〕郭慶藩編、王孝魚整理：《莊子集釋（上）》，臺北：群玉堂出版事業公司，1991年10月。

毛遠明：《漢魏六朝碑刻異體字字典》，北京：中華書局，2014年5月。

王　力、唐作藩、郭錫良、曹先擢、何九盈、蔣紹愚、張雙棣：《王力古漢語字典》，北京：中華書局，2000年。

王海根：《古代漢語通假字大字典》，福建：福建人民出版社，2004年。

甘肅簡牘保護研究中心、甘肅省文物考古研究所等編：《肩水金關漢簡（伍）》下冊，上海：中西書局，2016年。

甘肅簡牘保護研究中心、甘肅省文物考古研究所等編：《肩水金關漢簡（壹）》下冊，上海：中西書局，2011年。

白於藍：《簡帛古書通假字大系》，福建：海峽出版發行集團・福建人民出版社，2017年12月，頁653。

任　達：《《肩水金關漢簡（壹）》文字編》，長春：吉林大學古籍研究所碩士論文，2014年4月。

林連通、鄭張尚芳：《漢字字音演變大字典》，南昌：江西教育出版社，2012年12月。

唐作藩：《上古音手冊》增訂本（北京：中華書局，2013年。

馬承源主編：《上海博物館藏戰國楚竹書（五）》，上海：上海古籍出版社，2005年12月。

高　亨：《古字通假會典》，山東：齊魯書社，1989年7月。

高鴻縉《中國字例》，臺北：三民書局，1960年9月初版，1981年10月
　　　九版。

陳望道：《修辭學發凡》，上海：上海教育出版社，2001年7月。

陳鼓應：《莊子今注今譯》，北京：中華書局，1983年4月。

馮其庸、鄧安生：《通假字彙釋》，北京：北京大學出版社，2006年。

漢語大字典編輯委員會編纂，《漢語大字典》，第二版，九卷本，湖北
　　　長江出版集團‧崇文書局、四川出版集團‧四川辭書出版
　　　社，2010年4月第1版，。

顏至君：《《上海博物館藏戰國楚竹書（五）》〈競建內之〉與〈鮑叔牙
　　　與隰朋之諫〉研究》，臺北：國立臺灣師大國文系碩士論
　　　文，2008年。

二　期刊論文

王景琳、徐匋〈《莊子‧齊物論》中的「人籟」與「地籟」〉，《文史知
　　　識》2014年第10期，頁120。

周玉秀：〈《莊子》比喻的特色及其修辭效果〉，《語文學刊》1999年第
　　　1期，頁10。

禹雅潔：〈上古漢語「獨不＋VP＋乎／邪／與」構式研究〉，《現代語
　　　文》2020年第7期（總第697期），頁4。

孫熙春：〈《史記》中的「刁斗」與「刀斗」辨析〉，《瀋陽大學學報》
　　　第18卷第3期，2006年6月，頁82-84。

祝升業：《上博（五）〈鮑叔牙與隰朋之諫〉等五篇竹書集釋》，武漢
　　　市：武漢大學碩士論文，2007年5月，頁38-39。

秦　晴：〈「翏」字考〉，《常州工學院學報（社科版）》第31卷第2期
　　　（2013年4月，頁78-81。

陳睿思：〈《莊子‧內篇‧齊物論》的藝術特徵〉，《青年文學家》2019
　　　年9月，頁77。

傅習濤：〈「有＋VP」研究述評〉，《漢學研究通訊》第26卷第3期（總
　　　103期），2007年8月，頁1。

黃得蓮：〈文言常用虛詞特殊用法舉隅〉，《青海民族大學學報（社會
　　　科學版）》第38卷第2期，2012年4月，頁152。

黃耀明：《古籍用字考論》，西安：陝西師範大學博士論文，2018年6
　　　月，頁122。

趙世民：〈遵義方言中的古漢語詞匯述例〉，《貴州教育學院學報（社
　　　科版）》1985年第1期，頁102。

劉國軍：〈《莊子‧內篇》複音詞中新詞新義探析〉，《安康學院學報》
　　　第25卷第4期，2013年8月，頁35。

劉寒青：〈從「刀斗」到「刁斗」——「刀」、「刁」分化的歷時考
　　　論〉，《漢語學報》2020年第3期（總第71期），頁70-77。

駱珍伊：《上海博物館藏戰國楚竹書（七）～（九）與清華大學藏戰
　　　田竹簡（壹）～（叄）字根研究》，臺北：國立臺灣師範大
　　　學國文學系碩士論文，2015年6月，頁577-578。

羅凡晸：〈說「卤」〉，待刊稿。

三　電子資料

〔唐〕陸德明：《經典釋文‧卷二十六‧莊子音義上》，《四部叢刊初
　　　編》景上海涵芬樓藏通志堂刊本，葉六。參見「中國哲學書
　　　電子化計劃」網站，網址：https://ctext.org/library.pl?if=gb&
　　　file=77384&page=71，瀏覽日期：2021年11月6日。

〔唐〕成玄英：《南華真經註疏》，古逸叢書之八），葉二十五。參見
　　　「中國哲學書電子化計劃」網站，網址：https://ctext.org/libr

ary.pl?if=gb&file=88936&page=65，瀏覽日期：2021年11月6日。

〔晉〕郭　象：《莊子注‧卷一》，欽定四庫全書），葉十二。參見「中國哲學書電子化計劃」網站，網址：https://ctext.org/library.pl?if=gb&file=53873&page=38，瀏覽日期：2021年11月6日。

《漢語大詞典》，網址：https://ivantsoi.ddns.net/hydcd/orgpage.html?。

中央研究院歷史語言研究所：「漢籍電子文獻資料庫」，網址：http://hanchi.ihp.sinica.edu.tw/ihpc/hanjiquery?@13^1098112011^807^^^5020200100050049^9@@1276463266#top，瀏覽日期：2021年11月20日。

王邦雄：〈萬竅怒呺的怒者其誰——逼顯無聲之聲的天籟〔齊物論第1章〕〉，「讀‧享生活文摘」網站，網址：https://www.ylib.com/epaper/ReadingLife/20130429-3.asp，瀏覽日期：2021年11月14日。

教育部：「教育部重編國語辭典修訂本」，網址：https://dict.revised.moe.edu.tw/dictView.jsp?ID=45733。

教育部：「異體字字典」網站，網址：https://dict.variants.moe.edu.tw/variants/rbt/word_attribute.rbt?quote_code=QTAzODU0，瀏覽日期：2021年11月13日。

教育部：「異體字字典」網站，網址：https://dict.variants.moe.edu.tw/variants/rbt/word_attribute.rbt?quote_code=QzAwODg3，瀏覽日期：2021年8月7日。

陳信良：「引得市」網站，分類項目「出土文獻／簡牘帛書／里耶秦簡」，網址：https://www.mebag.com/index/，瀏覽日期：2021年11月22日。

陳　劍：〈談談《上博（五）》的竹簡分篇、拼合與編聯問題〉，「簡帛

網」，刊登日期：2006年2月19日。網址：http://www.bsm.org.cn/show_article.php?id=204，瀏覽日期：2021年11月23日。

羅凡晸：「戰國楚簡帛電子文字編：完整版／單字文例查詢」，網址：http://cjbnet.org/drupal/，瀏覽日期：2021年11月23日。

張壽林《詩經》學研究：
以張氏所撰《續修四庫全書總目提要》《詩經》類提要為中心

張晏瑞

萬卷樓圖書公司總編輯

摘要

《續修四庫全書總目提要》是民國初年，中日兩國最大的跨國合作計畫，對於清乾隆《四庫全書》編纂以來，再一次對中國典籍的全面整理。但由於抗日軍興和太平洋戰爭的展開，此項學術工作，未能完成總纂和出版。當時參與的學者，皆為一時俊彥，但日本戰敗後，多避談其事。張壽林擔任《詩經》類提要的負責人之一，也是《詩經》類提要中撰稿較多的學者，他在《詩經》類提要的學術成果與貢獻，目前尚無人探討。本論文略述張壽林生平，並藉由張壽林所撰寫的《詩經》類提要，探討其《詩經》學的觀點。

關鍵詞：民國時期、《詩經》學、《續修提要》、張壽林。

一　前言

　　有關張壽林的《詩經》學觀點，在陳文采〈張壽林《詩經》學研究〉、陳芊諭《張壽林《詩經》學研究》、張靜《張壽林的《詩經》研究》中，已針對張壽林的《詩經》著作：《論詩六稿》、《三百篇研究》等，做了詳細的分析。陳文采認為：

> 張氏提要除了對傳統經學權威的批判外，亦將《詩經》研究議題中新的問題意識納入討論。[1]

例如：《詩經》是否入樂的問題、《詩序》附會史事之謬誤、孔子刪《詩》說之不可信、歌謠角度的《詩經》研究等，均是張壽林《詩經》研究中關注的議題。

　　前人對於張壽林的《詩經》學研究，目前尚未對其所撰「續修提要」《詩經》類提要進行研究，其提要中的《詩經》學觀點尚無人探討。由於提要撰寫，礙於字數，一方面無法系統性地陳述學術觀點，另方面容易受到原書著作的影響造成干擾。但透過相關學術源流、著作得失、學術價值的評判，仍然可以提取出張壽林的《詩經》學觀點，與其《詩經》研究專書的論點相互印證。

　　本論文透過對張壽林所撰「續修提要」《詩經》類提要內容的提取，分別從：一、張壽林生平略歷，二、《詩經》研究基本問題的梳理，三、《詩經》中的語言文字研究，四、《詩經》研究的新觀點，進行分析。

1　陳文采：〈張壽林《詩經》學研究〉，林慶彰、蔣秋華總策劃、楊晉龍主編：《變動時代的經學與經學家》，第二冊〈詩經研究〉（臺北：萬卷樓圖書公司，2014年11月），頁502。

二　張壽林生平略歷

　　「民國時期」是充滿變動的時代，當代知識份子，既接受了傳統的國學教育，也面對了西方新觀點的啟發。在大時代中，無不重新尋求安身立命之所在。面對每個人的選擇不同，命運輪盤便將每個人帶往不同的道路。

　　張壽林出身於傳統的仕宦家庭，在《詩經》研究上，有其家學淵源。中學、大學時期，張壽林接受了新式的教育，打開學術研究的視野。他是哈佛燕京學社國學研究所的首屆學生，與白壽彝、牟潤孫等人是同班同學，也是顧頡剛古史辨學派中的一員。畢業後，他擔任北平民國學院、燕京大學、河北省立女子師範學院⋯⋯等多所大學教席，並曾參與教育部中國大辭典編纂處的工作。與橋川時雄關係密切，受邀參與《續修四庫全書總目提要》的編纂，負責《詩經》類提要的統籌工作，橋川時雄對他的評價甚高。

　　學術工作上，可以華北臨時政府成立前、後，作為區分。張壽林從哈佛燕京學社畢業後，到臨時政府成立前，除了講學於上庠之外，最重要的學術工作，是「中國大辭典編纂處」工作的參與。臨時政府成立後，張壽林一方面擔任國立新民學院教席，另方面則是投入「續修四庫全書總目提要」的編纂。

　　在抗戰勝利後，到國民黨退守臺灣前，這一段時間他投身國民黨文化宣傳部門的工作。由於國共內戰，國民政府退守臺灣，張壽林則從此湮沒無聞。一說他跟著國民黨來臺，但目前尚無明確資料可以證實。

三 《詩經》研究基本問題的梳理

《尚書》〈堯典〉記載「詩言志，歌永言」，可知詩作為表達心志的工具，起源很早。在《漢書》〈藝文志〉中說：「古有采詩之官，王者所以觀風俗，知得失，自考正也。」可知古代即有彙集詩篇的人員，進行詩作的整理工作。

從漢武帝獨尊儒術以來，孔子在後人的推尊之下，取得學術發言權。孔子從諸子百家中的儒家，變成了聖人，有關儒家的書籍，就成了經書，儒家的學問，就變成了經學。通經可以致用，因此經學大盛。

孔子重視《詩經》，《論語》、《禮記》中，多次出現孔子對《詩經》的論述。《詩經》從「詩」變成「經」的演化過程中，有些基本問題，一直是歷代學者所關注、重視而爭論的。

經筆者統計《續修提要》商務本、中華本、齊魯本三個版本，《詩經》類提要撰稿數量最多的，分別是：江瀚、倫明、張壽林三人。此外，王雲五在《續修四庫全書提要》〈序〉中，提到「負責各類整理工作之人」，《詩》類為「江瀚、張壽林」。[2] 由於江瀚參與的時間較早，且一九三一年即辭世，因此《詩經》類提要的整理工作，是由張壽林負責完成。對於歷代《詩經》學研究爭論的問題，在張壽林所撰寫得《詩經》類提要中，也會提出其看法。

（一）對孔子刪《詩》問題的看法

對於孔子是否刪《詩》，從《史記》〈孔子世家〉「古者《詩》三千餘篇，及至孔子，去其重」開始，歷代對此問題，往往爭擾不休。

〔唐〕孔穎達在《毛詩正義》中，說：「書傳所引之詩，見在者多，亡逸者少，則孔子所錄，不容十分去九，馬遷言古詩三千餘篇，

2　王雲五：〈序〉，《續修四庫全書提要》（臺北：臺灣商務印書館，1972年3月），頁7。

未可信也。」是最早對孔子刪《詩》提出質疑的學者。

　　張壽林對於孔子是否刪《詩》的問題，在《晨報副刊》上，曾有過一場筆戰。他在一九二六年九月發表了〈詩經的傳出〉[3]一文，並於十一月發表〈詩經是不是孔子所刪定的〉[4]一文，主張孔子並未刪《詩》。同日《晨報副刊》刊出辛素〈讀詩經之傳出〉[5]一文，對於張壽林的主張，提出質疑，他引述《墨子》〈公孟篇〉「誦《詩》三百，弦《詩》三百，歌《詩》三百，舞《詩》三百。」之語，認為古《詩》不只三百篇，是孔子刪除不正，或不合樂的詩。並認為「逸詩」是由於孔子刪去之故。辛素援引歷代典籍中的材料，佐證孔子刪《詩》之說。[6]

　　辛素一文刊出後，由李宜琛發表〈論刪詩代壽林兄答辛素君〉[7]，對於辛素所引述之典籍證據，逐一辯證，文末引崔述《考信錄》論刪詩之語，作為附記。原本代張壽林回答，後來張壽林又附記，補充《儀禮》〈鄉飲酒篇〉之語，說明「誦詩、弦詩、歌詩、舞詩都指《三百篇》」，並引朱彝尊《曝書亭集》之語，回應辛素所引王應麟、歐陽修所述「刪詩」之語。[8]

3　張壽林：〈詩經的傳出（上、中、下）〉，《晨報副刊》第1445、1446、1447號，1926年9月18、20、25日。收入張壽林：《張壽林著作集：古典文學論著》，上冊，頁6-26。

4　張壽林：〈詩經是不是孔子所刪定的〉，《北大國學門月刊》第1卷2號（1926年11月8日），頁149-155。

5　辛素：〈讀詩經之傳出〉，《晨報副刊》第1471號（1926年11月8日），頁18-19。收入張壽林：《張壽林著作集：古典文學論著》，上冊，頁27-33。（編按：《張壽林著作集》頁33，文末所示原出處出刊日期1926年12月有誤，應為11月。）

6　參見辛素：〈讀詩經之傳出〉，收入張壽林：《張壽林著作集：古典文學論著》，上冊，頁27-33。

7　李宜琛著，張壽林附記：〈論刪詩代壽林兄答辛素君〉，《晨報副刊》第1472號（1926年11月10日）。收入張壽林：《張壽林著作集：古典文學論著》，上冊，頁33-42。

8　參見李宜琛著，張壽林附記：〈論刪詩代壽林兄答辛素君〉，收入張壽林：《張壽林著作集：古典文學論著》，上冊，頁33-42。。

　　李宜琛、張壽林一文刊出後，辛素又以「田津生」為筆名，撰文
〈答張李二君說孔子不刪詩說〉[9]，除反駁李宜琛之語外，並引用今
文經學家的觀點，認為孔子托古改制，今之六經皆為孔子所刪、所著
或所釋。並認為張壽林等人之語，為「無驗之言，不必之論」。[10]

　　透過上述諸文，張壽林認為孔子並未刪《詩》的立場，已經很明
確。張壽林在撰寫〔清〕何芬撰《讀詩不分卷》一書之提要中，對於
孔子刪《詩》問題，亦表達了其看法。張氏曰：

> 今核其說《詩》，雖憑心揣度，或不免臆斷之私，然亦時多篤
> 實之論。如論讀《詩》亦須玩圖。周詩文王之時無〈頌〉，
> 〈頌〉自武王始。〈小雅〉〈小序〉刺幽王者凡三十餘篇，夫子
> 刪《詩》，不應獨詳幽王。[11]

張壽林對於何芬一書的評價，是「瑜不掩瑕，瑕不掩瑜者也」[12]，但
對於何芬反對孔子刪《詩》的觀點，張氏認為此為「篤實之論」，表
示張壽林亦不認同孔子刪《詩》的說法。

　　此外，在〔清〕周象明撰《詩經同異錄殘本九卷》提要中，張氏
評曰：

> 謂今詩出於漢儒之所綴輯，非孔子刪定之舊本……其攻駁舊
> 說，言皆近理，足備說《詩》者之一解。[13]

9　田津生：〈答張李二君說孔子不刪詩說〉，《晨報副刊》第1532號（1927年3月9日），
　　頁19-20。收入張壽林：《張壽林著作集：古典文學論著》，上冊，頁42-50。

10　參見田津生：〈答張李二君說孔子不刪詩說〉，收入張壽林：《張壽林著作集：古典
　　文學論著》，上冊，頁42-50。

11　張壽林：《張壽林著作集：續修四庫提要稿（一）經部》，頁89。

12　張壽林：《張壽林著作集：續修四庫提要稿（一）經部》，頁89。

13　張壽林：《張壽林著作集：續修四庫提要稿（一）經部》，頁90。

在〔清〕李灝撰《詩話活參二卷》提要中說：

> 若此之類，亦皆能就詩論詩，而一掃前人牽強附會之說。惜於
> 先入之見，猶未能盡廢，如據蘇子由春秋百七十餘國，而
> 《詩》之存者僅十有三國，以證《詩》為夫子所刪。[14]

從張氏評論之語，如：「言皆近理」與「惜於先入之見，猶未能盡廢」
等。可知張壽林在提要中，對於孔子刪《詩》之說，持反對立場。

至於孔子是否刪《詩》的問題，張壽林的看法，除了上述提要
中，所表現的立場之外，在撰寫提要之前，張氏即撰有〈《詩經》是
不是孔子所刪定的？〉[15]一文，文中即已明確提到：「孔子並沒有刪
《詩》，在孔子的時代，古詩便只有三百多篇存在。」[16]

（二）對孔門傳《詩》系統的看法

從漢代以來的今、古文經之爭，對於孔子是否刪《詩》的問題，
一直以來都有所爭論。從宋代到清代間，學者們所指出的各種看法，
到目前為止，在沒有新的文獻佐證之下，很難有突破性的觀點產生，
也沒有明確的結論。

對於孔子與《詩經》之間的關係，攸關乎《詩經》經典神聖性的
地位。因此對於《詩經》跟孔子的關係，以及整個傳《詩》的系統，
是各家學者所討論的重要問題，也是各種說法所依據的觀點。

---

14 張壽林：《張壽林著作集：續修四庫提要稿（一）經部》，頁98。
15 張壽林：〈《詩經》是不是孔子所刪定的？〉，《北京大學研究所國學門月刊》第1卷
　　第2號（1926年11月），頁149-155。收入《張壽林著作集：古典文學論著》，上冊，
　　頁51-61。
16 張壽林：〈《詩經》是不是孔子所刪定的？〉，收入《張壽林著作集：古典文學論著》，
　　上冊，頁60。

1 對《經典釋文》所載的看法

張壽林在《孟仲子詩論一卷》提要中，引述陸德明《經典釋文》〈序錄〉中，提到「孔門傳《詩》系統」為：

> 子夏傳曾申，申傳魏人李克，克傳魯人孟仲子，孟仲子傳根牟子，根牟子傳趙人孫卿子，孫卿子傳魯人大毛公。[17]

對於陸德明的看法，張壽林認為：

> 不知漢儒傳經之說，有可信，有不可信。《史記》〈儒林傳〉記漢儒傳經，言「《詩》於魯則申培公，於齊則轅固生，於燕則韓太傅」，此可信者。至推而上之，謂《詩》至孔子、子夏若干傳至某某者，大率妄造假託。[18]

又曰：

> 《釋文》〈序錄〉所載傳《詩》系統之謬，已如前論，則其說實未可信，馬氏乃據之，以荀子說《詩》皆推本仲子，未免疏於考證。[19]

對於馬國翰輯佚《孟仲子詩論一卷》中，依據《經典釋文》所載「孔門傳《詩》系統」的說法，張壽林認為馬氏「因循舊說，疏於考證」。由此可知，張壽林對於《經典釋文》中所載孔門傳《詩》系

---

17 張壽林：《張壽林著作集：續修四庫提要稿（一）經部》，頁19。
18 張壽林：《張壽林著作集：續修四庫提要稿（一）經部》，頁20。
19 張壽林：《張壽林著作集：續修四庫提要稿（一）經部》，頁20。

統，並不認同。亦在《孟仲子詩論一卷》提要中，透過考據的方式，證明其說誤。

2　對豐坊之說的看法

明代豐坊作偽古書，託言作者為子貢、申培。明隆慶、萬曆以後學者，多受其說影響。這也是託言「孔門傳《詩》系統」的類型之一。張壽林在《詩述述不分卷》提要中說：

> 夫豐氏說《詩》，雖多臆說，然其變易《詩》次，詆排舊說，亦間有創獲。然必託之子貢、申培，遂使晚明諸子，奉之為聖門傳《詩》嫡冢，而應仁亦誤信其說，以為述孔氏之真，斯固難乎免於識者所笑。[20]

張壽林認為晚明諸子「奉之為聖門傳《詩》嫡冢」，此種託言「孔門傳述」，以證其真的說法，即深信「孔門傳《詩》系統」，可謂拘於陳說，而深信不疑。張壽林受到「古史辨」學派的影響，「疑古」跟「考據」是其所重視的，對於「陳說」，必須用科學的方法，重新審視，也就解構了經典的「神聖性」。

（三）對《詩序》問題的看法

《詩序》又稱《毛詩序》，包含：〈大序〉、〈小序〉，是在《毛詩》各篇前的解題文字。〈大序〉統括全書，〈小序〉簡述各篇主旨、時代、本事、作者等。

《詩序》問題，一直是歷代以來討論的核心。漢唐學者，多半以

20　張壽林：《張壽林著作集：續修四庫提要稿（一）經部》，頁73。

《詩序》作為詮釋《詩經》的正統；宋代以後，對於《詩序》的作者有很多討論，因此《詩序》的正統性，受到質疑。

　　對於《詩序》作者，一說為子夏所作，一說為衛宏所做，一說為漢儒等他人所作。前者承孔子聖人傳《詩》系統而來，具備經典的神聖性，屬於古文經學派的觀點。後者，解除了與孔子的關係，失去了聖經的地位，屬於今文經學派的看法。

　　以胡適、顧頡剛為首的「古史辨」學派，重視辨偽與考據，以恢復經典的「本來面目」，將經書還原為史料文獻的立場，所持的看法，認為《詩序》為衛宏所作，較接近今文經學派的看法。張壽林在〔宋〕周孚撰《非詩辨妄一卷》提要中，批評曰：

> 或空言搪塞，無關實際，如謂《毛詩》為子夏所傳，及論螽斯即斯螽之類。[21]

又於《詩序不分卷》中說：

> 今考其書，謂《詩序》為孔子傳其大意，而衛卜商子夏述之。夫子夏之不序《詩》，自昌黎以來，學者考證，久成定讞。[22]

在〔清〕胡文英撰《毛詩通議六卷》提要中：

> 又謂《毛詩》後出，其謂子夏所傳者，乃後儒偽託，非毛公之意也。若此之類，皆頗稱有見。[23]

21　張壽林：《張壽林著作集：續修四庫提要稿（一）經部》，頁46-47。
22　張壽林：《張壽林著作集：續修四庫提要稿（一）經部》，頁76-77。
23　張壽林：《張壽林著作集：續修四庫提要稿（一）經部》，頁103-104。

在〔清〕金榮鎬撰《讀詩經偶錄二卷》提要中：

> 大旨從蘇轍之說，以〈小序〉第一句為國史之舊文，次句以下
> 為後儒之附益⋯⋯較之《序》說，附會抑又甚焉。[24]

由張氏所撰諸書提要所述，可知張氏對於《詩序》的作者問題，已經
否定子夏所作的說法。對於後儒附益之說，亦不表贊同。張氏對於
《詩序》作者立場，正如古史辨學者觀點，認同為衛宏所作。

張壽林在〈四家《詩》及其序〉一文中，整理出六種可能是《詩
序》作者的說法，分別是：詩人自作、國史所作、孔子所作、子夏所
做、毛公所做、衛宏所做。[25]張靜認為《四庫全書總目提要》整理歷
代以來對《詩序》作者的看法，已有十多種說法，但張壽林只提出六
種，認為張壽林對於《詩序》作者的整理「有缺漏」，並不完整。[26]

陳文采認為張壽林在撰寫《詩經》類提要時，對於「《詩序》存
廢」、「《詩序》附會史事的謬誤」方面，具備反傳統的批判意識，他
說：

> 張氏所撰提要在對各家著述的評騭上，所呈現的開放態度，及
> 反傳統的批判意識，與歷代書志往往侷限於家派傳統的唯一判
> 準，明顯更具學術的現代化特質。[27]

24　張壽林：《張壽林著作集：續修四庫提要稿（一）經部》，頁102。

25　參見張壽林：〈四家《詩》及其序〉，《三百篇研究》（天津：百成書店，1935年1
　　月），收入《張壽林著作集：古典文學論著》，上冊，頁150-170。

26　張靜：《張壽林的《詩經》研究》（淮北：淮北師範大學文學院碩士論文，2019年5
　　月），頁18-20。

27　參見陳文采：〈張壽林《詩經》學研究〉，《變動時代的經學與經學家：民國時期
　　（1912-1949）經學研究》第二冊〈詩經研究〉，頁502。

認為張壽林不拘泥於成說的批判意識，具備了學術現代化的特質。

（四）對「風雅正變」問題的看法

《詩經》中有關「風雅正變」、「美詩刺詩」的看法，也是歷代《詩經》研究的基本問題。此問題出自《詩序》中所載：

> 至於王道衰，禮義廢，政教失，國異政，家殊俗，而變〈風〉、變〈雅〉作矣。[28]

對於《詩序》所載，孔穎達《疏》曰：

> 變〈風〉、變〈雅〉，必王道衰乃作者，夫天下有道，則庶人不議；治平累世，則美刺不興。何則？未識不善則不知善為善，未見不惡則不知惡為惡。太平則無所更美，道絕則無所復譏，人情之常理也，故初變惡俗則民歌之，〈風〉、〈雅〉正經是也；始得太平則民頌之，〈周頌〉諸篇是也。[29]

又曰：

> 王道衰，諸侯有變風；王道盛，諸侯無正風者；王道明盛，政出一人，太平非諸侯之力，不得有正風；王道既衰，政出諸侯，善惡在於己身，不由天子之命，惡則民怨，善則民喜，故各從其國，有美刺之變風也。[30]

---

28 阮元刻《十三經注疏》本《毛詩正義》卷一。
29 阮元刻《十三經注疏》本《毛詩正義》卷一。
30 阮元刻《十三經注疏》本《毛詩正義》，卷一。

孔穎達《疏》將變〈風〉、變〈雅〉的說法系統化，相對於變，則為正，也就是國家動亂時期與國家昌盛時期的作品。國家昌盛時期，有正〈風〉、正〈雅〉的美詩、頌詩；國家動亂時期，有變〈風〉、變〈雅〉的怨詩、刺詩。對此，鄭玄在〈詩譜序〉中，將《詩經》中正〈風〉、正〈雅〉、變〈風〉、變〈雅〉的具體篇目，整理出來，成為明確的標準。

歷代以來，對於「風雅正變」之說，也有人持反對的意見。例如：鄭樵《詩辨妄》、魏源《詩古微》都提出質疑。姚際恆（1647-1715）在《詩經通論》中，認為《詩經》並「無風雅正變」的說法。

對於《詩經》中「風雅正變」的問題，張壽林撰有〈三百篇之正變與美刺〉一文，他認為：

> 因為《詩序》的流行，卻在《三百篇》的研究上，遺留下兩種錯誤的觀念，而使《三百篇》的真面目，不可復見。所謂兩種錯誤的觀念者，就是一般研究《三百篇》的人最喜歡說的「正變」與「美刺」。[31]

張壽林開宗明義指出，這是錯誤的觀念，導致《三百篇》的真面目，不可復見。文章中，張壽林進一步對於「分辨正變的標準」，提出看法：

> 一方面我們可以知道〈風〉、〈雅〉之有正變，不過是漢人的謬說。另一方面我們可以知道正變之分，實沒有絕對的標準。所以正變之說，實為漢人的囈語，絕不能使我們相信。[32]

---

31 張壽林：《張壽林著作集：古典文學論著》，上冊，頁171。
32 張壽林：《張壽林著作集：古典文學論著》，上冊，頁177。

張氏認為「風雅正變」的標準，並不存在，並認為是漢人的附會之
語。在他所撰寫的提要中，亦可見其端倪，例如他在〔宋〕程頤撰
《伊川詩解一卷》提要中說：

> 按伊川之學，以窮理居敬為本，以《大學》、《論》、《孟》為標
> 旨，而達於六經，故其說《詩》，一以聖人為師，謂《三百
> 篇》為夫子之所刪定，皆止於禮義，可以垂世立教，故深信
> 《詩序》美刺之說。其言曰：「學《詩》而不求《序》，猶欲入
> 室而不由戶也。」是其說《詩》旨趣，略可概見。今詳其所
> 論，皆因循《序》、《傳》，取裁毛、鄭，雖範圍不出前人緒
> 論，然觀其力闡古義，亦不失為篤信家法者矣。[33]

宋人程頤對《詩經》的看法，張壽林並不認同，僅視之為「因循」、
「不出」前人。

此外，張壽林在〔明〕朱得之撰《印古堂詩話不分卷》提要中說：

> 就《詩》論《詩》，深得風人之本旨。惟於前人之謬說，猶未能
> 盡汰，於興衰治亂，勸懲美刺之說，尤再三致意，不免附會。[34]

從張壽林的評論中可知，他認為「美刺之說」是「前人謬說」，不僅不
能因循，還必須盡汰。對於「風雅正變」問題的看法，可謂鮮明矣。

顧頡剛在《古史辨》中，提到對於「風雅正變」的看法，他說：

> 漢儒愚笨到了極點，以為「政治盛衰」、「道德優劣」、「時代早

---

33 張壽林：《張壽林著作集：續修四庫提要稿（一）經部》，頁43-44。

34 張壽林：《張壽林著作集：續修四庫提要稿（一）經部》，頁55。

晚」、「詩篇先後」這四件事情是完全一致的。他們翻開《詩
經》，看到〈周南〉、〈召南〉的「周、召」二字，以為這是了
不得的兩個聖相，這「風」一定是「正風」。〈邶〉、〈鄘〉、
〈衛〉以下，沒有什麼名人，就斷定為「變風」。他們翻開
〈小雅〉看見〈鹿鳴〉等篇喬皇典麗，心想這一定是文王時作
的，是「正小雅」。一直翻到〈六月〉，忽然看見「文武吉甫」
一語，想起尹吉甫是宣王時人，那麼這一篇一定是宣王以後的
詩了，宣王居西周之末，時代已晚，政治必衰，道德必劣，當
然是「變小雅」了。但〈四月〉以下很有些頌揚稱善的詩，和
〈鹿鳴〉等篇的意味是相同的，這怎麼辦呢？於是「復古」、
「傷今思古」、「思見君子」、「美宣王因以箴之」等話都加上去
了。翻到〈民勞〉，看見裡面有「無良」、「惽怓」、「寇虐」等
許多壞字眼，從此以後一定是「變大雅」了。[35]

該文中，顧頡剛認為：「他們所謂正變的大道理，老實說起來，不過
是妄意的揣測。」[36]

顧頡剛受到胡適的影響，認為《詩經》的本質是合於樂的歌謠，
從文學、史料的角度來看待《詩經》。自然與《詩序》中「經夫婦，
成孝敬，厚人倫，美教化，移風俗」的教化經典，完全不同。張壽林
對「風雅正變」的看法，基本上承襲胡適、顧頡剛的觀點而來，為了
將《詩經》視為文學作品，張壽林對《詩經》「正變」、「美刺」的看
法，做出了批評。但又不能否認《詩經》中，確實也有評論政教得失
的詩篇。這種立場上的衝突，應該是張壽林《詩經》學研究的侷限。[37]

---

35 顧頡剛：《古史辨》（上海：上海古籍出版社，1982年11月），第三冊，頁654。

36 顧頡剛：《古史辨》，第三冊，頁654。

37 參見陳芊諭：《張壽林《詩經》學研究》（桃園：元智大學中國語文學系碩士論文，
　2017年6月），頁67-68。及張靜：《張壽林的《詩經》研究》，頁25-26。

在《詩經》研究史中，歷代對於《詩經》研究，有一些繞不開的基本問題。他在〔漢〕鄭玄撰《毛詩故訓傳箋二十卷》提要中，對「鄭王之爭」有詳細的紀錄，他說：

> 然今考其書，《箋》與《傳》義亦時有異同，魏王肅作《毛詩注》、《毛詩義駁》、《毛詩問難》諸書，以申毛難鄭，歐陽修引其釋〈衛風‧擊鼓〉五章，謂鄭不如王。王基又作《毛詩駁》，以申鄭難王，王應麟引其駁〈芣苢〉一條，謂王不及鄭。晉孫毓作《毛詩異同評》，復申王說，陳統作《難孫氏毛詩異同評》，又明鄭義，袒分左右，垂數百年。至宋鄭樵，恃其才辨，更發難端，作《詩辨妄》以攻毛、鄭，南渡諸儒繼之，於毛、鄭之說，掊擊尤力。[38]

透過張氏評語，不難看出，其對《詩經》研究史中，歷代爭論問題的脈絡，掌握得十分明晰。張壽林撰寫《詩經》類提要，可視為其對於歷代研究《詩經》文獻的整理，可以從中提取與窺見，他對這些問題的看法。

（五）對毛《詩》、鄭《箋》的看法

張壽林透過目錄學知識，在撰著提要的過程中，對於《詩經》研究的溯源，以及《詩經》學研究的發展，均可見其梳理脈絡，深具辨章學術，考鏡源流之旨。

---

38 張壽林著、楊晉龍校訂、林慶彰、蔣秋華主編：《張壽林著作集：續修四庫提要稿（一）經部》（臺北：中央研究院中國文哲研究所，2009年12月），頁25。

1 對漢儒傳經的看法

對於漢代《詩經》流傳的看法，張壽林在〔周〕孟仲子撰，〔清〕馬國翰輯《孟仲子詩論一卷》提要中，即針對漢儒傳經之說，進行梳理：

> 不知漢儒傳經之說，有可信，有不可信。《史記》〈儒林傳〉記漢儒傳經，言「《詩》於魯則申培公，於齊則轅固生，於燕則韓太傅」，此可信者。至推而上之，謂《詩》至孔子、子夏若干傳至某某者，大率妄造假託。[39]

對於漢代《詩經》的流傳，張壽林對三家《詩》的說法，是抱持肯定態度的；但是對於孔子傳《詩》於子夏的傳統「孔門傳《詩》系統」，則抱持否定的觀點。

對於後來三家《詩》盡棄，獨毛《詩》流傳，張壽林在〔清〕朱鶴齡撰《詩經考異不分卷》提要曰：

> 按《五經》之學，《詩》獨以咕畢諷誦流傳，錯互為多。唐初陸德明《釋文》尚不專主毛氏。孔穎達《疏》出，始定從毛，至玄宗改古文為今文，而文字始歸于一。[40]

這是張壽林對於《詩經》從漢到唐的發展過程中，毛《詩》如何定於一尊，而三家《詩》盡棄，提出他的看法。

---

39 張壽林：《張壽林著作集：續修四庫提要稿（一）經部》，頁20。
40 張壽林：《張壽林著作集：續修四庫提要稿（一）經部》，頁85。

2 對鄭《箋》的看法

對於漢代「箋」、「傳」的看法，在〔漢〕鄭玄撰《毛詩故訓傳箋二十卷》提要中，張氏引用《說文》的解釋「箋，表識書也」，針對鄭玄當時作《箋》是為了「發明毛義，自命曰箋」的傳統說法，提出批評。他認為：

> 是康成不過因《毛傳》而表識其旁，如今人之簽記，積而成帙，故謂之箋，實無庸別為曲說也。[41]

文中又曰：

> 然平情而論，鄭氏箋《詩》固不免於牽強附會，曲解詩旨，然其間訓詁名物，多存古義，雖南渡諸儒，亦不能盡廢。[42]

可見張壽林對於鄭玄「箋」《詩》的看法，擺脫傳統傳《詩》系統的制約，認為鄭玄僅是對《詩經》做筆記，目的只是「宗毛《詩》」，並非「發明毛義」。對於其「箋」的內容，張壽林反而認為是「牽強附會，曲解詩旨」，其價值只有「訓詁名物，多存古義」。張氏評語，動搖歷代以來對鄭玄箋《詩》的宗主地位。

3 對六朝時人研究《詩經》的看法

六朝時期的文獻流傳下來不多，多半為輯佚所得之著作。其文獻價值，張壽林重視其在考察古音、古義，以及訓詁上的重要性。

---

41 張壽林：《張壽林著作集：續修四庫提要稿（一）經部》，頁25。
42 張壽林：《張壽林著作集：續修四庫提要稿（一）經部》，頁25。

對於此時期的《詩經》研究，其訓詁文字，多半與毛《傳》、鄭《箋》相發明。張壽林在〔晉〕郭璞撰，〔清〕馬國翰輯《毛詩拾遺一卷》提要中曰：

> 今核其所輯各條，如釋〈周南〉「言刈其蔞」云：「蔞似艾，音力侯反。」釋〈召南〉「素絲五紽」云：「古者以素絲飾裳。」若此之類，或以釋音，或以詁義，大抵皆訓解優洽，深合詩旨。按史稱璞博學，尤長於訓詁之學，宜乎其訓義多未易顛撲，惜一鱗片爪，不能窺其全豹耳。[43]

在〔魏〕舒援撰，〔清〕馬國翰輯《毛詩舒氏義疏一卷》提要中曰：

> 其說皆本之鄭《箋》，以推闡其異，且訓詁字義，亦深合古人通假之理，而能推其本誼。按《隋志》於舒援、沈重義疏之外，題《毛詩義疏》者，凡五家，今皆不傳，則是編雖僅存一鱗片爪，不足以窺其全豹，然六朝義疏之文筆，藉此亦可知其概略，此其所以足珍歟？[44]

張壽林認為，魏晉南北朝時期的學者，對於《詩經》學的研究，大抵秉持漢代學者治《詩經》重視「訓詁」的傳統，在鄭《箋》的基礎之下，訓詁字義，著重在義疏之學的研究，可以說是漢代《詩經》學的餘緒。

---

43 張壽林：《張壽林著作集：續修四庫提要稿（一）經部》，頁30-31。
44 張壽林：《張壽林著作集：續修四庫提要稿（一）經部》，頁32。

（四）對於「隱義」的看法

在義疏之學中，有所謂「隱義」的做法。對於此法的來源，張壽林在〔梁〕何胤撰，〔清〕馬國翰輯《毛詩隱義一卷》提要中曰：

> 又史稱胤注書於卷背書之，謂之隱義。齊、梁以來，學者注經，謂之隱義、背隱義者，蓋由於此。推而衍之，則有音隱、音義隱之類，大抵皆從卷背錄出。古人經注各自為書之故，更可從而推知矣。[45]

張氏認為前儒注解經書時，所採用「隱義」的做法，是始於齊梁之際的何胤（西元446-531年）。注書時，書於卷背，後人從卷背錄出，謂之「隱義」。此為古人經注的一種方式，不只注解大義，也有注解音韻，也是古人經注多各自為書的原因。

四　《詩經》中的語言文字研究

對於《詩經》的語言文字研究，楊世文認為：

> 在胡適的影響下，一批學者在繼承傳統語言學的基礎上，借鑒現代語言學的研究方法，對《詩經》語言問題作出新的詮釋。他們在治漢語時，把《詩經》的語言作為先秦漢語的代表，研究他的詞彙、語法和音韻，對疏釋《詩經》文句都有參考作用。[46]

---

45 張壽林：《張壽林著作集：續修四庫提要稿（一）經部》，頁37。
46 楊世文：《近百年儒學文獻研究史》（福州：福建人民出版社，2015年6月），頁383。

除了胡適的影響外，張壽林在黎錦熙、錢玄同的帶領下，參與中國大辭典編纂處的研究工作，對於考察《詩經》的古音、古義，有了深入的探討。其代表作為〈三百篇聯緜字研究〉[47]、〈三百篇助詞釋例：釋思、釋哉〉[48]、〈三百篇聯緜字考釋〉[49]等文章。

此外，張壽林在撰寫《詩經》類提要中，對於《詩經》語言文字的研究，也可以看出觀點。以下分：一、從聯緜詞校勘《詩經》中的語言文字，二、從古音的角度看《詩經》中的語言文字，進行探討。

（一）從聯緜詞校勘《詩經》中的語言文字

張壽林對於歷代《詩經》研究的輯佚書，特別重視其「校勘」的價值。同時，在評論一書價值時，訓詁校勘精審，往往是張氏評斷優劣的依據。張氏認為校勘的價值，不限在語言、文字上「片語隻字」的不同，而是對於訓詁、考據、辨偽等，則尤有助益。因此，張氏在《詩經》的語言文字研究上，校勘工作的價值，為其所重視者也。

張氏在〈三百篇聯緜字研究〉一文中，對聯緜詞做了全面的整理。將聯緜字之意義與分類、產生的原因、分化的類別、相關的舉例，以及聯緜字之價值與功用，做了詳細的說明。

在聯緜字的類別上，張壽林提出：同音假借、疊韻通假、雙聲假借、字義分化等四點看法。對於出現假借字的原因，張壽林認為：

47　張壽林：〈三百篇聯緜字研究〉，《燕京學報》第13期（1933年6月），頁171-196。收入《張壽林著作集：古典文學論著》，上冊，頁621-660。

48　張壽林：〈三百篇助詞釋例：釋思、釋哉〉，《女師學院期刊》第2卷2期（1934年7月），頁1-10。收入《張壽林著作集：古典文學論著》，上冊，頁508-523。

49　張壽林：〈三百篇聯緜字考釋〉，《女師學院期刊》第4卷1、2期（1936年10月），頁1-40。收入《張壽林著作集：古典文學論著》，上冊，頁524-620。

一、同音假借：

古昔文字，義寄於聲，既不限於從某形即得某義，大抵聲音相同，輒可通假。[50]

二、疊韻通假：

古人制字，即聲取義，聲音訓詁，殆出一原。字義苟同，其聲不遠；且古昔字少，而事物萬千，故不得不互相假借，輾轉相通。[51]

三、雙聲假借：

文字之繁，孳乳浸多，未造字形，語言先之。以字代言，各循其聲，是以聲類同隸，每相通假。蓋同一聲類，其義每每相近。[52]

四、字義分化：

人類之進化既速，文字之需要亦多，一意之興，輒為製字，既病煩瑣，亦苦不逮，故每因本誼輾轉引申。凡一意之轉注，因其可通而通之。依形作字，觀其體而申其義。雖變化無端，然皆有其公共之源。[53]

---

50 張壽林：〈三百篇聯綿字研究〉，收入《張壽林著作集：古典文學論著》，上冊，頁635。

51 張壽林：〈三百篇聯綿字研究〉，收入《張壽林著作集：古典文學論著》，上冊，頁636。

52 張壽林：〈三百篇聯綿字研究〉，收入《張壽林著作集：古典文學論著》，上冊，頁637。

53 張壽林：〈三百篇聯綿字研究〉，收入《張壽林著作集：古典文學論著》，上冊，頁638。

對於張壽林在聯緜字上的研究成果，陳文采認為：

> 張氏並未如其所述，在《詩經》聯緜字的聲、義上做繫聯比
> 較，亦無進一步延伸性的系統論證。而是在明其體用的考釋上
> 有較明顯的成績，特別是對傳統的經典注釋系統中，昧於聲而
> 求諸字的幾種錯誤典型提出批駁。[54]

陳文采更進一步提出，張壽林在《詩經》「助詞」方面的研究成果
「較明顯的成績，是對傳統經箋解釋的辨誤釐正。」[55]由此可知，張
壽林在聯緜字研究的成果，主要表現在傳統經典的注釋過程中，對於
文字考釋的成果。在上述張壽林相關的文章論述中，吾人可以見其訂
正了過去《鄭箋》、《孔疏》、《朱傳》中，相關文字考釋上的錯誤。

　　張靜對於張壽林在助詞與聯緜詞的詳盡考釋上，認為他運用了傳
統的考據學和西方的歸納法，並從文字學、音韻學的角度，進行《詩
經》的助詞與聯緜字考證。與清代考據學不同的地方在於，張壽林走
出傳統經學的範疇，張靜認為：「他借鑒傳統經學的方法之後，並大
膽提出自己新的看法與思考，對其進行歸納整理，這是他研究中的閃
光點。」[56]

（二）從古音的角度看《詩經》中的語言文字

　　有關張壽林在《詩經》聯緜字與助詞的研究上，涉及大量古音研
究。他將《詩經》作為探討古音研究的材料，他在吳韋昭、朱育等

54　陳文采：〈張壽林《詩經》學研究〉，《變動時代的經學與經學家：民國時期（1912-
　　1949）經學研究》，第二冊〈詩經研究〉，頁492。

55　陳文采：〈張壽林《詩經》學研究〉，《變動時代的經學與經學家：民國時期（1912-
　　1949）經學研究》，第二冊〈詩經研究〉，頁496。

56　張靜著：《張壽林的《詩經》研究》，頁45。

撰，清馬國翰輯《毛詩答雜問一卷》提要中，提到：

> 書中如注〈召南〉「王姬之車」云：「車，古皆音尺奢反，從漢
> 以來始有車音。」如注〈邶風〉「不忮不求」云：「忮音洎。」
> 皆足為研究古音之助。[57]

可知張氏對於歷代研究《詩經》的著作在「古音探討」方面的重視。

1. 張壽林認為，將《詩經》作為研究古音的材料，是從宋代吳棫（1100-1154）開始。他在〔宋〕吳棫撰《詩經古音四卷》提要中說：

> 唯平情而論，則〔宋〕魏了翁已有《詩》《易》叶韻，自吳才
> 老始斷然言之之語，且棫之主叶音，是編及《韻補》二書，多
> 有其證。其於古音訓讀，往往參錯冗雜，牴牾百端，是叶音之
> 說，倡於吳氏，誠不容為之曲諱。然後世之言古音者，皆由此
> 推闡加密，誠如錢氏所云：「後儒因是知援《詩》、《易》、《楚
> 辭》以求古音之正，其功已不細。」[58]

吳棫始提倡叶音之說，因此後世之言古音者，皆由此推闡研究。並提出宋人魏了翁（1178-1237）即有此說法。

清人錢大昕（1728-1804）在《韻補》〈跋〉中，雖然提出不同的看法，認為叶音之說，實源於朱熹，但也認同「後儒因是知援《詩》、《易》、《楚辭》以求古音之正」，其實是從吳棫開始。

2. 張壽林在〔後魏〕劉芳撰《毛詩箋音義證一卷》提要曰：

---

57 張壽林：《張壽林著作集：續修四庫提要稿（一）經部》，頁29。
58 張壽林：《張壽林著作集：續修四庫提要稿（一）經部》，頁45-46。

> 今考其所輯各條，如釋「芨」為草舍，釋「轡」為御者所執，
> 皆深合詩旨。他如釋「蠨蛸」為小蜘蛛長腳者，釋「駁」為馬
> 之彤白雜毛者，亦足資多識……。[59]

對於該書在辨明音義的價值上，張氏重視其在《詩經》上的釋義與訓
詁。由此可見，張壽林在《詩經》的語言文字研究上，重視校勘、訓
詁，古音研究，以及字義的考證。

張壽林對於《詩經》作為古音研究材料的看法，或是利用古音的
方式，探討《詩經》大旨、研究脈絡，以後校勘、訓詁等的看法。影
響到後來語言學家王力（1900-1986），他在撰寫《漢語史稿》時，便
將《詩經》作為研究上古音材料的代表，運用在語言文字的研究上。

五　《詩經》研究的新觀點

五四運動前後，由於政治的動盪，以及中西思潮的交會，對於經
學研究，造成很大的碰撞和影響。對於傳統考據學的傳承與發展，以
及新的研究方法、學術觀點、研究材料的發現，都使得《詩經》研
究，呈現出各種新觀點。

（一）《詩經》作為文學材料的本質

胡適在「整理國故」運動時，受到西方實證主義的影響，運用科
學的方法，從文學和史學的角度來研究《詩經》，提出《詩經》「確實
是一部古代歌謠的總集」[60]。他的看法，影響到「古史辨」學派對
《詩經》的研究。

---

59 張壽林：《張壽林著作集：續修四庫提要稿（一）經部》，頁38。
60 胡適：〈談談詩經〉，《學燈》，《時事新報》副刊（上海，1925年10月16日）。

1 《詩經》經典神聖性的解構

顧頡剛在〈從《詩經》中整理出歌謠的意見〉[61]一文中,認為《詩經》中的歌謠,並非原始的歌謠形式,而是整理後合於樂章的歌謠。並進一步認為《詩經》所錄全為樂歌,都是可以入樂的。[62]

張壽林受到胡適、顧頡剛的影響,認為《詩經》的本質,只是文學的作品。並且從歌謠的角度,來看待《詩經》。他在〔梁〕簡文帝撰,〔清〕馬國翰輯《毛詩十五國風義一卷》提要中說:

> 雖零篇斷簡,已不足窺其全豹。然觀其釋「詩」為「思也,辭也。發慮在心謂之思,言見其懷抱者也。在辭為詩,在樂為歌」,於詩歌之關係,言之殊詳。則其書中,要多精義,即此一條,亦足以知其大略矣。[63]

張壽林引述〔梁〕簡文帝(西元503-551年)在書中對「詩」的解釋,認為是發自於內心,而表現於文辭的作品。「在辭為詩,在樂為歌」一方面在文辭上,印證《詩經》為「詩」的本質;另方面在合樂後,印證《詩經》為「歌謠」的本質。他在明張元芳、衛浣初同撰《毛詩振雅六卷》提要中,也提到:

> 然《詩》之為書,本古昔歌謠之辭,與漢、魏樂府,初無以異,而學者知《詩》之為經,不知《詩》之為詩,實《詩》學

---

61 顧頡剛:〈從《詩經》中整理出歌謠的意見〉,《古史辨》(臺北:藍燈文化事業公司,1987年),第3冊下編,頁589-592。

62 顧頡剛:〈論《詩經》所錄全為樂歌〉,全上注,頁608-658。

63 張壽林:《張壽林著作集:續修四庫提要稿(一)經部》,頁36。

之一蔽。晚明學者，以治五七言詩之法治《三百篇》，正足以
破腐儒之陋。[64]

他認為將《詩經》視為經書，而忽略《詩經》最早的本源乃是詩歌，
與漢、魏樂府詩無異。《詩經》研究受到「經義」的影響，乃是研究
上的弊病。對於晚明學者，受到公安派、竟陵派的影響，以研究五、
七言詩的方式研究《詩經》，張壽林則視為「破除陳說」之舉。此
外，張壽林在〔清〕劉光第撰《詩擬議一卷》提要中說：

> 大旨在取《三百篇》之詩，與魏、晉、六朝以來諸家之作相擬
> 議，故以《詩擬議》名其書。……若斯之類，凡其所擬義，大
> 體皆能得詩人之旨。雖其牽強附會之處，亦所不免，然擇其所
> 長，棄其所短，比較研究，要亦不失為治《詩》之一法焉。[65]

由張壽林的評語可知，他在胡適、顧頡剛的影響下，對於《詩經》研
究，已經回歸到文學的本質，與魏、晉、六朝以來諸家之作等同。對
於歷代諸儒的經解之說，以及《詩經》作為經典的神聖性，已經全然
解構，單純就「詩」論《詩》。

2 《詩經》所錄皆合樂可歌

除了將《詩經》打落聖經地位，回歸到文學的本質之外，張氏對
於《詩經》作為歌謠，是否「合樂」的問題，受到民國初年學術思潮
的影響，附和顧頡剛看法，以《詩經》所錄全為「樂歌」，並且從民
謠的角度，佐證《詩經》都屬於男女唱答的「合歌」。張壽林〈論三

---

64 張壽林：《張壽林著作集：續修四庫提要稿（一）經部》，頁66。
65 張壽林：《張壽林著作集：續修四庫提要稿（一）經部》，頁183-184。

百篇中的兩篇合歌——式微、雞鳴〉[66]一文，便是其代表作。文中更
進一步提出《詩經》的內文已經失去原本的形式。他說：

> 所以我疑惑〈周南〉的〈卷耳〉、〈召南〉的〈野有死麕〉等
> 篇，本來都是這種合歌，不過因為由徒歌改成樂歌的原故，所
> 以已經失掉了他們原來的型式了。[67]

陳文采認為張壽林在研究的背景上，著重於回歸歌謠本身的形式，並
從「形式」上去解讀詩篇。[68]張壽林認為：「《三百篇》都已合樂，非
歌謠的本相，固不能指實某一篇的合歌，卻可以從意義上推測出哪一
篇樂章是用合歌做底子的。」[69]

有關《詩經》合歌的問題，張壽林在〔明〕張蔚然撰《三百篇聲
譜不分卷》提要中，亦提出其看法：

> 考史稱古者《詩》三百五篇，孔子皆弦歌之，迄於兩漢，義理
> 之說既勝，歌聲之學遂微。曹孟德平劉表，得漢雅樂郎杜夔，
> 時夔已老，久不肄業，所得於《三百篇》者，惟〈鹿鳴〉、〈騶
> 虞〉、〈伐檀〉、〈白駒〉而已，餘聲不傳。太和末，又失其三，
> 至於晉時，此一篇又復不傳，是《詩》樂至晉已亡。[70]

---

66 張壽林：〈論三百篇中的兩篇合歌——式微、雞鳴（上、中、下）〉，《北平晨報》第
　9版《學園》第9、10、11號（1930年12月29、30、31）。收入張壽林：《張壽林著作
　集：古典文學論著》，上冊，頁494-507。

67 張壽林：〈論三百篇中的兩篇合歌——式微、雞鳴〉，《張壽林著作集：古典文學論
　著》，上冊，頁507。

68 陳文采：〈張壽林《詩經》學研究〉，《變動時代的經學與經學家：民國時期（1912-
　1949）經學研究》，第二冊〈詩經研究〉，頁469-505。

69 張壽林：《張壽林著作集：續修四庫提要稿（一）經部》，**頁482**。

70 張壽林：《張壽林著作集：續修四庫提要稿（一）經部》，頁70。

張氏認為《詩經》早期是合樂可歌的，但到了漢代以後，將《詩經》推尊為經典，歌謠的角色漸淡，以至於魏晉時不傳。張氏認為該書中輯錄先儒所傳古燕饗通用之樂，是依據宋人趙彥肅（1148-1196）所傳《開元十二詩譜》而來，並非孔子時的音律。雖然該書所傳，並非孔子時的音律，但張氏在此提要認為：

> 雖不盡合於宣聖弦歌之舊，然使此十二篇之《詩》因之而可被之管弦，則亦未嘗無補於《詩》樂之研究也。[71]

若能以該書所傳之《詩》，證明《詩經》可以合樂，被之管弦，對於《詩經》合樂的研究，亦有所幫助，便是該書之價值。

（二）《詩經》的分篇次序

對於《詩經》的分篇及次序，歷來皆有討論。張壽林《三百篇研究》第八講〈篇名與篇次〉[72]，及〈論三百篇之篇名〉[73]是探討此問題的代表性作品。

張壽林在〈論三百篇之篇名〉一文中，認為《詩經》是先有詩而後有題目。對於《詩經》中篇名重複的現象，張氏認為大體是一篇詩，因為流傳的作用，造成語意上的不同。因此源於同一個「母題」的詩，往往篇名都是相同的。[74]

---

71 張壽林：《張壽林著作集：續修四庫提要稿（一）經部》，頁70。

72 張壽林：〈篇名與篇次〉，《三百篇研究》第八講（天津：百成書店，1935年1月），收入《張壽林著作集：古典文學論著》，上冊，頁183-213。

73 張壽林：〈論三百篇之篇名——三百篇研究之一〉，《女師學院期刊》第3卷第2期，頁1-12，收入《張壽林著作集：古典文學論著》，上冊，頁474-493。

74 張靜在《張壽林的《詩經》研究》，頁30-31。引述西方文學理論中「母題」的概念，認為在「神話－原型」批評說引入中國後，流行於我國藝文界。並以《簡明外

　　在篇次方面，張壽林反對以時代先後來排列詩篇順序的說法，也反對《毛詩故訓傳》中所說以「國之大小」作為排序的依據。張壽林引述清顧炎武《日知錄》中的說法，認為《詩》的排序，並無意義，非古人次序。認為過去主張《詩》的排序是有意義的說法，大體都是受到《詩序》的影響。[75]對此，他認為：

> 我們可以知道，認為《三百篇》篇次是有意義的這種說法，完全是後人的附會。我們相信《三百篇》的篇次是絕沒有意義的。至於以國為序地排列法，則似於戰國中期，而完成毛亨的《毛詩詁訓傳》。[76]

在民國初年反《詩序》運動中，張壽林的觀點，基本上可以反映出當時人的看法。相關看法，在張壽林所撰寫的提要中，亦可看出其觀點。

　　〔明〕姚應仁（?-?）撰，吳懷古（?-?）編次《詩述述不分卷》一書中，就曾針對《三百篇》次第做調整，與〈季札觀樂〉之次第和《毛詩》次第皆有不同。張氏認為：

> 夫豐氏說《詩》，雖多臆說，然其變易《詩》次，詆排舊說，亦間有創獲。然必託之子貢、申培，遂使晚明諸子，奉之為聖門傳《詩》嫡冢，而應仁亦誤信其說，以為述孔氏之真，斯固難乎免於識者所笑。[77]

　　國文學詞典》的「母題」定義，將「母題」與「主題」做出區別，進而去推論證成張壽林的看法。對此，張壽林是否受到西方「神話─原型」說的影響？以及張壽林所謂的「母題」，是否即《簡明外國文學詞典》的定義，則有待商榷。

75　張靜：《張壽林的《詩經》研究》，注122，頁212-213。

76　張靜：《張壽林的《詩經》研究》，注122，頁213。

77　張壽林：《張壽林著作集：續修四庫提要稿（一）經部》，頁73。

他指出豐坊作偽書時，就已經改變過《詩經》的次序，並以貼近聖人傳《詩》，託言子貢、申培，以增加可信度。對於姚應仁調整《詩經》次序，張氏一方面認為是誤信豐坊偽書的影響，另方面亦肯定其不拘泥於成說的看法：

> 然其據《詩傳》之說，以為《詩》之次第，有周樂之次第，有刪述之次第，而不以《毛詩》篇次為必不可易。雖其所採篇次，亦不盡為孔門傳述之真，然不拘拘於成說，故非腐儒之所能望及也。[78]

可知張氏認為，對於《毛詩》的篇次，未必不能改動，但改動的目的，不能只侷限在為了貼近「孔門傳述之真」，或只為了成為聖人傳《詩》系統的說法，而進行改動。

對於《詩經》的次序問題，廖平亦有提及。張壽林在廖平《詩學質疑不分卷》提要中，敘述該書大旨為：

> 大旨以前人說《詩》，皆謂《詩》無義例，⋯⋯不知《三百篇》之詩，不無義例可言，斷非隨手雜鈔，篇自為局，而不相連屬也。因本斯意，撰為是編，以推其義例。[79]

對於該書所言，張壽林評曰：

> 不知十五〈國風〉次序，朱子已謂其恐未必有意。顧炎武《日知錄》更謂《三百篇》次序，必不可信。且今本已失古人之次，

---

78 張壽林：《張壽林著作集：續修四庫提要稿（一）經部》，頁73。
79 張壽林：《張壽林著作集：續修四庫提要稿（一）經部》，頁178。

> 廖氏乃必據今本，以推其義例，亦何由辨其是非黑白哉。[80]

可知張氏對於廖平據今文經談《詩經》之義例，以考其篇次順序一事，認為廖平所言，必不可信，而且無由辨別真假。

對於《詩經》篇次的看法，張壽林在〔清〕楊名時《詩義記講四卷》提要中，評論其看法時，敘述更為清楚：

> 至其以古人既遠，轉相授述，其說未可全信，因謂說《詩》者當就編次之序，求其詞義之歸，則殊不然。蓋《三百篇》編次之序，自秦火之後，已非其舊，更何由據之以求詞義之歸哉。[81]

由此可見張氏認為，在秦火之後，《詩經》的編次順序，已非其舊。既不能夠依照其次序，探求詞義；亦不能夠依照傳統《詩傳》的說法，還原孔子刪《詩》排序時的次序。

六　結語

張壽林是被命運的輪盤帶往聚光燈之外的學者。他接受了傳統國學教育，具備深厚國學功底，在文獻掌握以及操作上，十分嫻熟。同時也接受新的學說和新的觀點，服膺胡適「整理國故」要「還他一個本來面目」的口號，以及顧頡剛古史辨學派，強調「疑古」，「不拘於成說」，「重視考據與辨偽」的做法。但由於當時所選擇的立場不同，以及所從事的工作不同，以至後來被人所遺忘。

在張壽林《詩經》學研究上，特色如下：一、張壽林對於歷代學

80　張壽林：《張壽林著作集：續修四庫提要稿（一）經部》，頁179。
81　張壽林：《張壽林著作集：續修四庫提要稿（一）經部》，頁95。

者研究《詩經》的成果，能夠客觀地看待文獻史料，破除舊說訛誤，並擺脫前人成說的影響。二、張壽林對《詩經》研究的基本問題，受到顧頡剛的影響，與「古史辨」學派的主張，基本上是一致的。三、張壽林受到胡適的影響，利用現代語言學的技巧，把《詩經》作為先秦漢語研究的材料。對於《詩經》中的語言文字，他著重透過校勘的方式，對輯佚著作進行研究。四、張壽林在《詩經》研究的新觀點上，認為：《詩經》的本質是文學材料，是合樂可歌的。對於《詩經》的分篇和次序問題，認為歷代以來對《詩經》分篇次序問題的討論，既無法分辨真假，也無法還原孔子時的《詩經》排序。

　　歷代以來的《詩經》研究，到了民國時期有了多元的觀點與詮釋。對於張壽林的《詩經》學觀點，本論文僅依據張氏所著《詩經》類提要中的內容，進行提取和歸納。至於張氏所持的各項觀點是否正確，以及在各種觀點間的探討，以及張壽林的觀點受到顧頡剛古史辨學派的影響之處，則有待未來進一步探討。

參考文獻

張壽林著，楊晉龍校訂，林慶彰、蔣秋華主編：《張壽林著作集——
　　續修四庫提要稿》，全四冊，臺北：中央研究院中國文哲研
　　究所，2009年12月

張壽林著，楊晉龍校訂，林慶彰、蔣秋華主編：《張壽林著作集：古
　　典文學論著》，全二冊，臺北：中央研究院中國文哲研究
　　所，2009年12月

顧頡剛：《古史辨》，上海：上海古籍出版社，1982年11月

楊世文：《近百年儒學文獻研究史》，全二冊，福州：福建人民出版
　　社，2015年6月

陳文采：〈張壽林《詩經》學研究〉，林慶彰、蔣秋華總策劃、楊晉龍
　　主編：《變動時代的經學與經學家》，第二冊〈詩經研究〉，
　　臺北：萬卷樓圖書公司，2014年11月

陳芊諭：《張壽林《詩經》學研究》，桃園：元智大學中國語文學系碩
　　士論文，2017年6月

張　靜：《張壽林的《詩經》研究》，淮北：淮北師範大學文學院碩士
　　論文，2019年5月

基隆漁民討海智慧的現代書寫
——以八斗子為中心的討論*

顏智英

國立臺灣海洋大學共同教育中心教授；
海洋文創設計產業系、海洋文化研究所合聘教授

摘要

　　基隆位於臺灣北部濱海，擁有長約三十公里的海岸線，海岸曲折多灣澳，有多個漁港與為數眾多的討海人口。此特殊優良的漁業環境，提供作家們盡情揮灑的寫作題材，產生為數眾多的相關作品，十分值得研究。目前關於現代文學中基隆漁文化書寫的相關研究，多聚焦於基隆漁民漁法與生活的紀錄、勇敢的精神、漁民信仰，以及漁村生計的艱困、主政者的剝削（諷政）、海洋環境破壞等主題內容，至於基隆漁民的「討海智慧」，卻少有學者措意，十分可惜。因此，本文特別深入研究現代文學的基隆漁文化書寫中值得留意卻被學界忽略的一個特徵——漁民的討海智慧，並以八斗子作家相關的散文《沒有掌聲的討海人——走過八斗子海灣60年》、小說《風雨海上人》、詩集《詩網中的海洋：船長詩人林福蔭的海洋詩篇》為主要考察文本，期能補充現代文學中基隆漁文化書寫的研究主題，同時，也希望此一從文學的角度所發掘的漁文化特色，能更增感動人心的力量。

關鍵詞：基隆、八斗子、現代文學、漁文化、漁民、討海智慧

* 　本文為科技部專題研究計畫部分成果，計畫編號MOST 109-2410-H-019-023。

一　前言

　　基隆位於臺灣北部濱海，擁有長約三十公里的海岸線，且海岸曲折又多灣澳，自古即是一座背山面海的深水良港，有大武崙、外木山、正濱、八尺門、碧砂、八斗子、長潭等多個漁港，亦擁有為數眾多的討海人口。如此特殊優良的漁業環境，提供了作家們可以盡情揮灑的寫作題材，而產生為數不少的文學作品，就現代創作言，有詩如：林福蔭《希望的海：船長詩人林福蔭的生命詩篇》[1]、《詩網中的海洋：船長詩人林福蔭的海洋詩篇》[2]、《詩海：船長林福蔭的海洋與人生詩篇》[3]，林建隆《藍水印》[4]等；散文如：關曉榮《八尺門手札》[5]、《八尺門——再現2%的希望與奮鬥》[6]、廖鴻基編著《沒有掌聲的討海人——走過八斗子海灣60年》[7]等；小說如：王拓《金水嬸》[8]、《望君早歸》[9]、《牛肚港的故事》[10]，東年《落雨的小鎮》[11]、

1　林福蔭：《希望的海：船長詩人林福蔭的生命詩篇》（新北市：周大觀基金會，2007年）。

2　林福蔭：《詩網中的海洋：船長詩人林福蔭的海洋詩篇》（基隆：林福蔭，2008年）。

3　林福蔭：《詩海：船長林福蔭的海洋與人生詩篇》（基隆：林福蔭，2010年）。

4　林建隆：《藍水印》（臺北：皇冠出版社，2004年）。

5　關曉榮：《八尺門手札》（臺北：臺原出版社，1996年）。

6　關曉榮：《八尺門——再現2%的希望與奮鬥》（臺北：南方家園出版社，2013年）。

7　廖鴻基編著：《沒有掌聲的討海人——走過八斗子海灣60年》（基隆：海洋大學出版中心，2019年）。

8　王拓：《金水嬸》（臺北：九歌出版社，2005年）。

9　王拓：《望君早歸》（臺北：九歌出版社，2001年）。

10　王拓：《牛肚港的故事》（臺北：王拓，1985年）。

11　東年：《落雨的小鎮》（臺北：聯經出版事業公司，1985年）。

《失蹤的太平洋3號》[12]，林建隆《刺歸少年》[13]，杜披雲《風雨海上人》[14]等。

這些文學創作，具現了作家對基隆漁村的生活空間、歷史記憶、時代情境、社會脈動等的觀察、認知或體驗，在一定程度上能夠作為「漁文化」研究的印證與補充，而具有漁業史、社會與思想的研究價值。同時，誠如張高評所言：海洋文學，「是海洋文化最直接的體現，較生動的演示」[15]，這些作家對於基隆漁文化的書寫，在寫景、狀物、敘事之後，往往會出現主觀而具生命力的情意展現，相較於方志與雜記客觀卻隱藏作者情思的呈顯方式，更富感動人心的魅力，而具有文學研究的價值。值得一提的是，在上述創作所展現的漁村生活與歷史、漁法紀錄、海洋生計、漁民討海智慧、漁民性格與精神、主政者態度、海洋環保等諸多漁文化議題中，最吸引筆者目光的是「漁民的討海智慧」，漁民泰半時間在海上工作，教育程度一般不高，但並不表示他們的智慧也不高，相反地，有些漁民懂得運用智慧致力於漁具的改良、漁法的精進，即使經歷重重的挫折與失敗，仍不灰心、努力研究，其智慧與執著十分令人動容。

然而，目前關於現代文學中書寫基隆漁文化特徵的相關研究，多聚焦於基隆漁民漁法與生活的紀錄、勇敢的精神、漁民信仰，以及漁村生計的艱困、主政者的剝削（諷政）、海洋環境破壞等主題內容，如：

12　東年：《失蹤的太平洋3號》（臺北：聯合文學出版社，2001年）。

13　林建隆：《刺歸少年》（臺北：皇冠出版社，2002年）。

14　杜披雲：《風雨海上人》（基隆：基隆市文化中心，2000年）。

15　張高評：〈海洋詩賦與海洋性格——明末清初之臺灣文學〉，《臺灣學研究》第5期（2008年6月），頁2。

研究者	研究焦點
吳韶純[16]	王　拓小說──討海生活的辛酸無奈、漁民貧苦堅韌的生命力
冷芸樺[17]	王　拓小說──八斗子漁村生活的貧困、海洋生計的艱苦 杜披雲小說──鏢旗魚漁法的紀錄、海上生活的艱辛、漁民拚搏自然的勇敢精神 東　年小說──基隆沿岸沉船的浮油影響漁民生計的環保問題 林建隆新詩──鏢台與旗魚的關係、海上生活的刻劃
王韶君[18]	杜披雲小說──海洋危機實景的應變能力、討海人的耐力。
卓佳芬[19]	杜披雲小說──記錄漁村的傳說及生活 林福蔭新詩──海上工作與生活、八斗子的美麗風景和公害、討海人的性格 王　拓小說──八斗子的漁村生活
陳胤維[20]	杜披雲小說──英勇的漁民形象塑造 林福蔭新詩──漁民的辛勤奮鬥、社會與海洋生態的關懷、人與大海「共生」的問題
高　旗[21]	東　年小說──外木山外海油輪擱淺污染漁港的生態浩劫 林建隆小說──外木山海邊高家土地被充公的歷史、無力抗衡政府威權的無奈、外木山漁家生活與生計、環保意識（不能竭澤而漁）

16 吳韶純：《臺灣現代海洋文學研究》（高雄：國立高雄師範大學國文教學碩士班碩士論文，2005年）。

17 冷芸樺：《戰後基隆文學發展之研究》（臺北：淡江大學中國文學研究所碩士論文，2006年6月），頁134-148、153-154。

18 王韶君：《台灣海洋文學的發展與文化建構（1975-2004）》（臺北：國立臺北教育大學台灣文學研究所碩士論文，2006年6月），頁132。

19 卓佳芬：《基隆八斗子海洋文化之形塑》（臺北：國立臺灣師範大學臺灣文化及語言文學研究所，2007年6月），頁128-140。

20 陳胤維：《臺灣當代漁民文學研究》（彰化：國立彰化師範大學臺灣文學研究所碩士論文，2009），頁13、37、41。

21 高旗：《基隆漁民民俗研究：以外木山漁村之信仰與禁忌為例》（基隆：國立臺灣海洋大學海洋文化研究所碩士論文，2011年7月），頁27-36。

研究者	研究焦點
蔡怡芳[22]	王　拓小說——漁民家庭未受保障、漁村貧困的生活、船公司的剝削、漁業因海洋污染而沒落、漁民的媽祖信仰 林福蔭新詩——漁民冒險堅毅的精神、漁民的鄉土情懷、八斗子的垃圾污染問題、海洋生態與環保的關心、漁民工作的專業知識與職業倫理
許焜山[23]	杜披雲小說——八斗子漁村的氏族信仰-「將軍爺」
魏鈺慈[24]	王　拓小說——八斗子漁民眷屬貧困的生活與命運、諷刺迷信、船公司與漁民像上位與下位者 杜披雲小說——八斗子漁民的漁業環境、海上捕撈、風俗民情（信仰、習俗、俗語、休閒娛樂）

　　至於基隆漁民的「討海智慧」，卻少有學者措意，十分可惜。因此，本文特別深入研究現代文學的基隆漁文化書寫中值得留意卻被學界忽略的一個特徵——漁民的討海智慧，並以相關的散文《沒有掌聲的討海人——走過八斗子海灣60年》、小說《風雨海上人》、詩集《詩網中的海洋：船長詩人林福蔭的海洋詩篇》為主要考察文本，期能補充現代文學中基隆漁文化書寫的研究主題，同時，也希望此一從文學的角度所發掘的漁文化特色，能更增感動人心的力量，誠如海洋文學家廖鴻基所言：

　　　　沒有海洋觀點，我們留不住、也不會在意我們的海洋歷史與文

---

22 蔡怡芳：《基隆八斗子海洋文化特色之研究》（基隆：國立臺灣海洋大學海洋教育研究所碩士論文，2013年6月），頁32-78。

23 許焜山：《基隆八斗子漁村的漁業發展與變遷》（基隆：國立臺灣海洋大學海洋文化研究所碩士論文，2015年1月），頁142-145。

24 魏鈺慈：《基隆八斗子的漁民書寫——以王拓《金水嬸》與杜披雲《風雨海上人》為例》（臺北：國立臺北教育大學臺灣文化研究所碩士論文，2018年9月），頁21-79。

化；沒有海洋的眼光，我們不曉得海洋安靜的壯闊的意象；沒
有海洋的心，我們不曉得提升海洋資源的運用方式；沒有海洋
的感動，我們沒有經營海洋城市的能力。[25]

唯有感動，才能產生足夠的動力去關心海洋、關心漁文化，並進而產
生保護海洋資源，使海洋永續存在的心。又，由於本文考察的文本作
者，除了林建隆生長於外木山外，其餘如杜秀蓮、許焜山、杜披雲等
皆為八斗子人，因此，本文所討論的內容多以八斗子為中心，特此
說明。

二　基隆漁民的討海智慧之一：
漁具的自製、改良與發明

（一）「尖頭櫓」漁船的自製與改良

　　「尖頭櫓」，是過去八斗子常見的搖櫓式尖頭小船，在地人稱呼
它「櫓子」、「搖櫓」或「尖頭櫓」，屬於日本和式小船。清乾隆年間
（約一七七〇年），杜氏家族自福建泉州移民定居此漁村後，一開始
即划此人力舢舨、拿著手網沿著海岸捕魚維生。八斗子漁村的舢舨鎖
管抄網漁業很普遍，因為只要有能力訂製一艘無動力的「尖頭櫓」，
獨自可以決定何時出海捕魚，何時回港休息，自由且自負盈虧；以鎖
管為主要漁獲，旁及於剸軟絲、花枝，釣白帶魚等，漁民會依季節天
候、潮汐、風浪等判斷適合的漁撈作業活動。[26]
　　但是，並非所有漁民皆有能力訂製「尖頭櫓」！安於現狀的，去

---

25 廖鴻基：《海洋遊俠》（臺北：印刻文學生活雜誌出版公司，2001年），頁102。
26 參許焜山：《基隆八斗子漁村的漁業發展與變遷》，頁51。

當人家的「海腳」（船員）；不甘於現狀的，便會努力「盤算」、運用智慧來自製漁船。生長於八斗子漁村的杜秀蓮，[27]便透過父親的回憶、口述，如實敘說出父親如何絞盡腦汁、自製「尖頭櫓」的故事。她的父親杜萬祥，民國十八年（1929）生，小學畢業後因做事認真、刻苦耐勞而得以在日本人的造船廠「報國會」（今和平島造船廠）做木工學徒，但因一心想出人頭地、改善家中經濟，這個十四、五歲的孩子，內心最大的願望是能擁有一艘自己的捕魚工具——「櫓丫」，他相中的是「林投溝」（今碧砂漁港）海岸停著的一艘破「櫓丫」，心裡盤算著：

> 如果能把這艘櫓丫買回家，我來將它改改修修，我們父子倆就可以自己去捕魚，阿爸就不用去當人家的海腳，所賺的錢都是自己的，不用跟別人分，不用替別人家賺錢。[28]

「海腳」的收入微薄，若能擁有自己的船，收入就多得多。然而，日子一天天過去，他的母親努力省吃儉用所存下的幾個銅板，卻只能買一支「雙面鋸子」。這時，杜萬祥心念一轉：

> 既然買不起，不如自己釘，自己親手來「造」自己的「櫓丫」。[29]

---

27 杜秀蓮，出生於基隆八斗子漁村，基隆市顧八斗協會理事長，基隆市社區營造提案人，基隆市社區規畫師，成立八斗金獅團，主辦八斗義診站（與三軍總醫院基隆分院合作）、八斗子美好一天攝影比賽、八斗職人紀錄片比賽、「元宵節 點亮八斗」活動、水保局迴游農村計畫。參廖鴻基編著：《沒有掌聲的討海人——走過八斗子海灣60年》，封面作者介紹。

28 杜秀蓮：〈沒有掌聲的討海人〉，收錄於廖鴻基編著：《沒有掌聲的討海人——走過八斗子海灣60年》，頁35。

29 杜秀蓮：〈沒有掌聲的討海人〉，頁36。

又正值臺灣光復，日本戰敗，他結束了造船廠的工作，便決定自己造「起家櫓ㄚ」[30]。杜萬祥用母親給的銅板買了一支「雙面鋸子」，以海沙埔撿到的漂流木為材料，歷經無數次的修改，總算大功告成，而且「跑得比別人快，漁獲還不錯」[31]，甚至還賣給鄰居，另外再造了第二艘。杜秀蓮於敘事過程中插敘了起初阿公對阿爸自行造船的態度作為對比：

> 阿公一點都不在意他，仍然每天安於現狀的去當人家的海腳兼長工，冬天去八尺門當琉球人的海腳，釣梳齒，或者去打零工。[32]

阿公的「安於現狀」凸顯出阿爸的不甘於現狀、努力運用智慧、求新求變的性格。她還善於適時嵌入一些日常生活的臺語，生動表現出船造好之後這對父子的互動情況：

> 那艘細心精算、精雕細琢的起家櫓ㄚ，經阿爸無數次修改，終於讓自己覺得滿意。阿爸興高采烈的趕去跟阿公展風神……[33]

> 船終於下水了，沒有新船下水丟麻糬的傳統儀式，阿公心中嘀咕著：「唉呦，毋成猴，這隻攔嘜賣駛，甘吶不理阿敖（力）走。」[34]

---

30 杜秀蓮：〈沒有掌聲的討海人〉，頁36。
31 杜秀蓮：〈沒有掌聲的討海人〉，頁38。
32 杜秀蓮：〈沒有掌聲的討海人〉，頁37。
33 杜秀蓮：〈沒有掌聲的討海人〉，頁37。
34 杜秀蓮：〈沒有掌聲的討海人〉，頁37。

父子倆就這樣划著自己釘造的櫓ㄚ出海撈魚，沒有漁網，只能用竹編的飯篾抓魚，可能是櫓ㄚ跑得比別人快，漁獲還不錯，沒多久，隔壁有人來找阿爸說：「億ㄚ（阿爸的別名），我有尬意你這隻櫓ㄚ，賣我好嗎？」……於是就將他的第一艘心血結晶，忍痛割愛地給賣了。……趕緊日夜趕工再造一艘，這次比較有經驗，將原設計圖改良得更實用，讓船隻的功能性改得更好。果然一出海，搖起來「跑若飛」，比別人的船跑得快，又可到較遠一點的海面抓魚，當然漁獲量增加許多。[35]

「展風神」是炫耀之意，杜萬祥滿心期待地向父親展示他智慧的結晶；而父親在新船下水後的反應則是：「唉呦，毌成猴，這隻攔喽賣駛，甘呐不理阿敖（力）走」（唉呦，看不出來，這艘船感覺不錯而且還很會跑），此句臺語活靈活現地刻劃出其父當下對兒子自造船的滿意神色。至於「跑若飛」，乃形容杜萬祥自製的第二艘船，因改良得更實用、功能性更好而跑得像飛的一樣，這一句日常生活化的口語，亦形象化地呈顯父子出海時比別人的船跑得更快、更遠的得意之感。

當然，一直在動腦的人，其創新創意的思維是不會停下來的。杜秀蓮的父親也不會因為自製了兩艘「櫓ㄚ」而就此滿足。這種「櫓ㄚ」，因其為非機械動力，又多是一人搖櫓，因此，漁撈範圍以離岸邊不遠的八斗子沿海為主，最遠也只到基隆嶼、外木山或大山腳等漁場。[36]正因為感到這種人力船的限制，杜萬祥心裡又在盤算了：

---

35 杜秀蓮：〈沒有掌聲的討海人〉，頁37-38。

36 民國四、五０年代，八斗子漁民搖著尖頭櫓，在夜間運用燈火誘魚，捕撈小卷、丁香魚、鱙仔魚等。一般使用的漁具為簡單輕便的傳統火誘網裝備，傍晚時分，漁民先把蓄電池搬到搖櫓船上，慢慢搖櫓操船出港。沿途海上若還有天色，漁民會一邊左手搖櫓，一邊右手挫軟絲（拖釣軟絲）。挫到軟絲後，就養在活水艙裡。一直到天黑後，才放下集魚燈誘魚。等到魚群（小卷、丁香魚、鱙仔魚等）聚集燈下「食

老是用手划，費時又費力，若能裝上引擎，不是跑得更快更遠
嗎。嗯，這次要賣個好價錢，希望能造一艘有馬力的船。[37]

於是，為了改善費時費力的困境，他再度賣掉自製的搖櫓小船，將所
得款項再加上其母標會籌得的錢，花了一個冬天，請專業師傅設計製
造一艘二馬的動力漁船，[38]自己買材料與做木工、上油漆，並以其父
之名命為「集興號」[39]。

（二）棒受網漁具的發想

杜秀蓮文中經常出現「盤算」、「打算」、「精算」、「轉了念頭」、
「創新求變」、「突發奇想」、「動腦筋」、「設法」、「想辦法」等詞，[40]
用以描繪她父親運用智慧、不斷改良或發明討海漁具的思維狀態。棒
受網（單獨作業的罟Y船）漁具的發想，也是杜萬祥行住坐臥之間不
斷「盤算」的結果。

由三艘舢舨船組成的「焚寄網」漁業，[41]與鯊延繩釣漁業及連子

火（趨光）」，再拿起長木柄網杓快速撈起魚群。每次撈起約有十幾斤漁獲，一個晚
上，運氣好的話可以有一百多斤漁獲。參許焜山：《基隆八斗子漁村的漁業發展與
變遷》，頁133。

37 杜秀蓮：〈沒有掌聲的討海人〉，頁39。

38 一九○九年（清宣統二年，日本明治四十二年），蘇澳及基隆分別從日本引入小型
機動漁船，漁民得以向離岸較遠之漁區作業，獲利也隨漁場之擴展而較豐。參李國
添：《基隆市誌‧經濟志‧漁業篇》（基隆：基隆市政府，2002年），頁9。

39 杜秀蓮：〈沒有掌聲的討海人〉，頁40。

40 這些詞彙，分別見杜秀蓮：〈沒有掌聲的討海人〉，頁35、36、38、39、43、65、
71、77、81、105。

41 「焚寄網」船組共由三艘舢舨船組成。一艘稱為「罟仔」，具有機動能力載運魚
貨。民國五○年代就裝有五、六匹馬力的機動引擎。船上配置四個人，分別「罟仔
頭」、「二槳」、「罟仔尾」及「中罟」。中罟是專門處理捕獲的魚放進船艙內。第二
艘稱「罟母」負責載運網具，及網具修補。船上配置三個人，分別「罟母頭」、「二

鯛漁業（赤鯮手釣）一樣，皆為八斗子漁村重要的漁業。「焚寄網」傳入基隆的歷史，據《基隆市志》載：

> 是時漁業未為本地居民重視，百二、三十年前，福建漳州人傳入鰡焚寄網，捕魚技術，始較改進。……
> 百餘年前，由大陸移居和平島一帶之漁民，原係從事經營鰡焚寄網漁業，故本市鰡焚寄網漁業，亦由是發軔。[42]

可知，福建漳州人約於西元一八三○年左右將鰡焚寄網漁業傳入雞籠社寮島，而後再由漁民引進八斗子，鰡焚寄網漁業在八斗子漁村已經有百年以上的發展歷史。這種漁法，每次出海便要出動三艘船：

> 首先有一隻前導的燈火船，利用鎖管的趨光性開在前頭導引鎖管群，另外一艘罟母跟一艘罟子，兩艘船將漁網拉開，等燈火船將鎖管群引入網內，再一網打盡。怪不得大艍回航時，常常滿載而歸。[43]

這樣「滿載而歸」的場景，看在「只能拿飯篱徒手撈鎖管（小卷）」、「沒有財力造大船」的杜萬祥眼裡，並不會自怨自艾、一味羨慕他人，反而是「無時不刻的在想要用甚麼方法，才能讓自己獨自一條小

罟」、「罟母尾」。第三艘為「火船仔」，負責船組的總指揮，船上載有燈具及電池。船上配置三個人，分別「火長」、「頭槳」、「火船尾」。火長負責尋找魚群並指揮下網、起網事宜。……從傍晚五點鐘準備出海到隔日早晨天亮回來。運氣特別好時，有時下一網就滿載回來。參杜世寬：〈走過八斗子海灣60年〉，廖鴻基編著：《沒有掌聲的討海人──走過八斗子海灣60年》，頁196。

42 基隆市文獻委員會：《基隆市志‧水產篇》（基隆：基隆市政府，1957年），頁1、15。
43 杜秀蓮：〈沒有掌聲的討海人〉，頁43。

船也能張網撈鎖管」[44]。

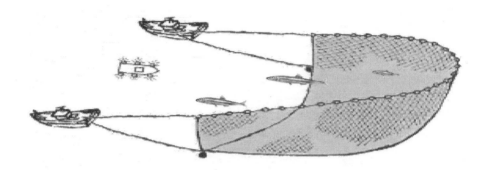

圖一　焚寄網漁法作業情形示意

（資料來源：file:///C:/Users/jyingyan/D.wnl.ads/%E7%99%BD%E6%B2%99%E9%84%
89%E4%B8%81%E9%A6%99%E9%AD%9A%E7%B0%A1%E5%A0%B1.pdf，瀏覽日
期：2022年4月30日）

　　杜秀蓮仍然以「盤算」一詞來形容父親又開始運用其討海智慧，
思索解決方法的情況：

> 阿爸心中不斷地盤算，要用甚麼方法讓小船也能單獨作業。他
> 行住坐臥都在想，終於讓他想到了。運用三艘船作業的原理，
> 將罟仔綁在兩隻大長竹竿上（意即一邊當罟母，一邊當罟子），
> 交錯成大叉（呈扇狀），再以繩索（當燈火船）輔助收網。[45]

這種用兩根竹竿取代罟母、罟子把大漁網撐開的想法，是極具創意的
巧思。可惜，因技術還不到位，才一開始海上作業器具就壞了。結果
是，杜萬祥的屁股被父親重打一頓，打得他滿腹委屈、心灰意冷。

44　以上三條引文，見杜秀蓮：〈沒有掌聲的討海人〉，頁43。
45　杜秀蓮：〈沒有掌聲的討海人〉，頁43。

　　杜秀蓮特別指出，父親的這項漁具發明並未註冊專利權，爾後「由芋阿平（杜仁平）繼續修改成功，成為可單獨作業的罾丫船，而且後來廣被大家使用。所以，後來大家都說這種罾丫船（棒受網）是杜仁平（芋阿平）發明的」[46]。她引用母親的話，來委婉含蓄地表達她為阿爸抱屈與惋惜之意：

> 你阿公，安怎親像這款認真的囝仔，袂曉給他鼓勵，還責罵他、打擊他。[47]

杜秀蓮的母親還以薛仁貴的故事來取笑自己的丈夫萬祥：

> 你這親像戲棚上歌仔戲演的，薛仁貴的功勞，都被張士貴搶了了。[48]

雖然民間傳說將張士貴描寫為陷害薛仁貴的奸臣並非事實，但杜秀蓮的阿母以此譬喻丈夫發明棒受網的功勞盡被杜仁平搶光，卻十分生動、貼切。

　　然而，關於「棒受網」是杜萬祥最先發明的說法，不知杜仁平兄弟是否認同？「八斗子漁村文物館」館長許焜山曾口述採訪杜仁平弟弟杜仁基，他說：

> 最早的時候，我跟我哥哥芊仔平（杜仁平先生的外號）兩人一起用搖櫓船抓小卷，我負責搖櫓船，等到小卷「吃火」後，哥

---

46 杜秀蓮：〈沒有掌聲的討海人〉，頁44。
47 杜秀蓮：〈沒有掌聲的討海人〉，頁44。
48 杜秀蓮：〈沒有掌聲的討海人〉，頁44。

哥負責用長柄漁網（臺語稱呼「hia」）快速撈起小卷，每一次頂多只能撈起十多斤的小卷，哥哥仁平覺得這樣用 hia 撈小卷太慢了，才研究發明用兩根竹竿把整張大漁網張開，這樣，每次下網可以撈起上百斤的小卷，漁獲量增加很多。

那時候，我大概十六、七歲。最開始是用搖櫓船操作竹竿張網捕小卷，再用6馬力漁船，再用22馬力漁船，30馬力，45馬力，慢慢漁船越來越大。當時，中國水產協會有一位長官到八斗子來暸解「棒受網」捕小卷的操作方法，請哥哥仁平和我一起操作如何使用竹竿張開漁網捕魚，哥哥仁平就划著搖櫓船到八斗子港澳海面操作新發明的「棒受網」捕小卷的技術，「棒受網」捕魚確實是仁平哥哥和我共同發明的。[49]

先是哥哥杜仁平嫌用長柄漁網（手抄網）撈小卷太慢，才研究發明用兩根竹竿把整張大漁網張開捕撈，爾後再將搖櫓船改為動力船，並逐步增加馬力。並強調連中國水產協會的長官也親自找他們兄弟示範操作方法，從而明確地說道：「棒受網捕魚確實是仁平哥哥和我共同發明的」。接著，他進一步說明漁網的改良過程：

> 剛開始，網心也是一直研究，一直改善，因為，文科是我的「堂弟」，他是做網子的師父。以前，小卷網是小領的，仁基和文科改良成大型的小卷網，在小卷網尾加「網尾袋」，它的好處是一次四、五百斤的小卷，可以分二次撈上船，一來可以節省把小卷撈上船的時間和人力，二來分次撈上船，可以保持

---

49 許焜山：〈附錄六：口述採訪杜仁基先生記錄〉，《基隆八斗子漁村的漁業發展與變遷》，頁222。

小卷的新鮮度。改良後的大型小卷網，讓小卷的漁獲量增加三、四倍以上，而且，小卷的價錢也提高一倍。

網尾袋的設計非常好，之前用長柄漁網一次只能撈起十多斤的小卷，用網尾袋的漁網一次上百斤，一摺再一摺，上百斤的小卷就撈上來了。之前用長柄漁網大概要撈幾十次才能有這麼多的漁獲，所以說，「網尾袋」漁網的設計不只省時省力，增加很多小卷漁獲，而且可以保持小卷的新鮮度。[50]

杜仁基找了做漁網的堂弟一起改良漁網，將小領的小卷漁網改良成大型的小卷漁網，並在網尾加上「網尾袋」，不僅省時省力，還可以增加漁獲、保持新鮮度。劉松樹編《基隆市志・漁業篇》也載：

> 棒受網漁業係民國四十四年三月間，基隆八斗子漁民杜仁平有感於手叉網的漁撈方法作業面積有限，無法增加聚集於燈火下的鎖管，因此，將原使用焚寄網縮小漁網尺寸面積，使適合單船作業，設計成棒受網，因網小作業靈活，每網作業時間只需五至十五分鐘，所以只要有漁獲物集合於燈下，每夜可作業十次以上，且在狹小水域及較淺海區均能作業，適於捕小群魚類，尤其捕小管最宜，基隆各沿岸漁村之小漁船均經營此種漁業。[51]

明確指出「棒受網」乃杜仁平於民國四十四年三月發明的，還具體說明此漁具的優點在於「適合單船作業」，且作業區域更有彈性。

用傳統的人力舢舨手抄網捕魚，雖然有行動自由且自負盈虧的優

---

50 許焜山：〈附錄六：口述採訪杜仁基先生記錄〉，頁222。

51 劉松樹編纂：《基隆市志・漁業篇》（基隆：基隆市政府，1986年），頁17。

點，但費時費力且作業面積、漁獲有限。至於以三船一體的「焚寄網」捕魚，雖然有漁獲豐碩的顯著優點，但所需人力、船隻等成本極高，無法單船作業，一般漁民根本負擔不起；再加上其作業範圍僅限於沿岸灣澳水域，但優良的漁場是固定的幾點，當多人投入此項經營後，遂有同一漁場找不到空間下網的困擾，甚而發展出「北坑輪無班」[52]的諺語。因此，結合了手抄網單船作業、「焚寄網」張開漁網的優點而發明的「棒受網」，使得小型船隻即可在沿岸海域作業捕魚，在漁業資源有限的情況下能提昇捕魚的效率，吸引不少原來參與「焚寄網」作業的漁民（海腳）加入其行列，不僅是八斗子漁業發展史重要的一頁，也具現了基隆漁民的討海智慧。然而，漁民們為了漁獲在大海上拚搏，每一種用以克服人力限制的漁具，都是經由多人參與、日積月累，逐步改良而成的，正如廖鴻基所言：「每一種漁法，都是我們社會一步步走向海洋的智慧累積」[53]，「棒受網」漁法亦然，因此，與其爭論究竟是由誰最先發明的，不如更著意於這項發明在臺灣漁業發展上的意義與影響力。

---

52 北坑，在基隆嶼，其附近海域為一優良漁場，但範圍較小，只允許三船一組的大網下網，往往船組須要排班等待，甚至等到天亮還輪不到下網的機會。參「美麗基隆──北坑輪無班──YouTube」（林福蔭船長口述）。

53 廖鴻基：〈後記〉，《最後的海上獵人》（新北市：聯經出版事業公司，2022年），頁339。

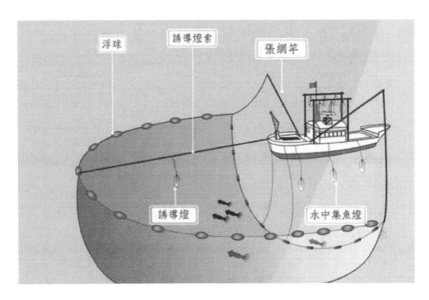

圖二　棒受網漁法示意

（資料來源：海科館生態廳行動說明裝置）

（三）沫刺膽設備的添加

　　潛水採撈漁業，是基隆沿岸重要的漁業之一。因為基隆沿岸灣澳崎嶇，礁岩密布，礁石上盛產石花菜、海草、海苔、髮菜等，礁岩底下有種類繁多的龍蝦、魚蟹、九孔、海膽、海螺及貝類等，對於沒有能力投資經營漁船的漁民而言，這種漁業幾乎不必投資什麼成本，只要一條短內褲，一副簡單的潛水鏡，一個配腰的石花袋，即可自在的採撈海中生物。但是，汈水漁業，是相當辛苦的工作，因為要潛入水中，忍受水溫、水壓變化對身體的影響，且獨自一人潛埋在海中，一旦遭遇突發事件沒人可幫忙，隨時有溺水致命的危險。然而，為了生計，還是得冒險潛水討海。

　　在這些潛水採撈的漁民中，有一位八斗子漁村沫刺膽（採海膽）的有名人物——藍慶輝，堪稱腦筋靈活的智慧討海人。「八斗子漁村

文物館」館長許焜山，[54]撰專文〈尋找被遺忘的討海人〉以「精彩」
二字來形容他的沫刺膽人生，[55]其實，若代之以「智慧」二字則更加
貼切。因為，藍慶輝在日復一日的沫刺膽生涯中，能思考解決問題的
方法並努力實踐，例如改變交通工具，許焜山寫道：

> 阿輝先是買了一輛三輪車，每天踩著三輪車到林投溝一帶沫刺
> 膽。……他也到番仔澳海域沫刺膽，阿輝開始覺得踩三輪車上
> 上下下到處跑實在很費力，因此就去釘做了一艘尖頭櫓。從此
> 開始搖這艘櫓子到海上沫刺膽，那年阿輝刪結婚，二十一歲。
> 有了這艘尖頭櫓，阿輝出門沫刺膽變得輕鬆方便許多，光在八
> 斗子港內附近潛水，往往就有不少收穫。[56]

當陸地上的三輪車太過費力時，他便釘製海上的櫓子船，節省了許多
出門到作業場所的力氣與時間。又如添購機器設備，使行動更快、範
圍更大，許焜山用第三人稱的口吻繼續寫道：

> 為了能夠更機動，能到更遠的海域沫刺膽，阿輝買了一部日本
> 川崎牌的「石磨車」（舷外機引擎）。之後，阿輝的沫刺膽作業
> 形式變得更自由，作業範圍自然也就更廣闊了。……阿輝說：

---

54 許焜山，一九五五年出生於基隆八斗子漁村，是土生土長的海邊人。國立臺灣海洋
  大學海洋文化研究所畢業，成立「八斗子漁村文物館」，從事漁村文物的收藏。出
  版地方性小雜誌《東北風》（記錄漁村文史）。參廖鴻基編著：《沒有掌聲的討海
  人——走過八斗子海灣60年》，封面作者介紹。
55 許焜山：〈尋找被遺忘的討海人〉，收錄於廖鴻基編著：《沒有掌聲的討海人——走
  過八斗子海灣60年》，頁135。
56 許焜山：〈尋找被遺忘的討海人〉，頁137。

> 「裝了石磨車的尖頭櫓，沫刺膽好像在自己的菜園耕作一樣方便。」[57]

人力搖櫓畢竟還是限制太多，為了海上行動更便捷省時，且能到更遠海域，藍慶輝決定為他的尖頭櫓添購舷外機引擎，而使得沫刺膽的作業變得更加自由機動而廣闊。還有，為他的櫓子船添加「空氣壓縮機」：

> 有一天，阿輝在基隆大港口看到有人潛水使用「空氣壓縮機」（C. mpress. r），機器裝在船上打空氣，潛水人在海底可以長時間作業，省掉上下浮沉換氣時間。阿輝覺得這種設備對單獨潛水的人實在太方便了，因此，很快在臺北後火車站買到一具空氣壓縮機。有了引擎動力，再力上 C. mpress. r 潛水設備，阿輝如虎添翼大展身手，海天南北都成為他闖蕩的漁場。[58]

空氣壓縮機協助他可以更長時間的潛入海底作業，使單日漁獲量大增。不墨守成規，能日新又新地更新漁具設備，雖不是靠自己親自發明或製作，但懂得也捨得善用已知的設備，亦堪稱一位有智慧的討海人。

57　許焜山：〈尋找被遺忘的討海人〉，頁138。
58　許焜山：〈尋找被遺忘的討海人〉，頁138。

三　基隆漁民的討海智慧之二：漁法的精進

（一）移花接木釣魚法的創新

　　一般漁民捕魚，多安於現狀地用傳統的漁法，但杜秀蓮的父親卻「從不屈就於傳統」，「不斷地在創新求變，總想用最有效、最快速的方法，來增加漁獲量」[59]。杜秀蓮以第一人稱的限知視角描寫父親杜萬祥創新發明「移花接木釣魚法」時的心理：

> 當東北風吹起時，正好是釣疏齒的季節，眾所皆知，疏齒最喜歡的魚餌是青旗。但青旗若不夠長，疏齒不吃餌就釣不到大尾漁獲。阿爸看秋刀魚魚身比較長，於是突發奇想，將青旗尾巴切除，而將秋刀魚頭切除，要阿母將青旗尾縫上秋刀魚身，這樣就成了長尾大青旗。

為了釣到更大尾的疏齒（中華鱘），他突發奇想，用「移花接木」的方法將身長比青旗長的秋刀魚縫在青旗頭後，作為釣疏齒的魚餌，但效果如何？當時杜秀蓮年紀尚小，是不可能知道的。這種限知視角雖然留下了某些「敘事的空白」，以及「尋味的餘地」[60]，卻也表現了它自身的局限，約束了讀者「對更廣闊時空進行感知的自由度」，因此，增加「副視角」，可補限知視角之短。[61]杜秀蓮在接下來的敘事正文中，遂將第一人稱的「我」隱退，成為潛在的敘述者，另啟用了一個「副視角」，即她的母親，她藉由阿母之口道出「移花接木」法的過程與成效：

59　杜秀蓮：〈沒有掌聲的討海人〉，頁65。

60　楊義：《敘事學》（嘉義：南華管理學院，1998年），頁233。

61　楊義：《敘事學》，頁238。

　　常常整個晚上阿爸切魚，她用針線將兩條不同的魚縫合，縫到快天亮好讓阿爸白天出海去。這樣的魚餌便可騙到大尾疏齒上鉤，因此阿爸釣到的魚都比較大，而且時常豐收。[62]

阿母陪著阿爸一同熬夜製作阿爸發想出的新魚餌，具有彌補「杜秀蓮」限知視角的資格，並由此交待了此新漁法果然釣到較大的魚且時常豐收的良好成效，巧妙地將主副視角以相輔相成的方式，「既保持視角的嚴密性，又運作得靈便自如」[63]。

（二）炸魚法的改良

　　用點燃炸藥拋下水裡將魚群炸暈後，再用網子撈捕的炸魚方式，在全球各國幾乎都是不允許的。但是，「靠海討吃」的漁民為了增加漁獲收入，許多人仍冒險使用炸藥「炸魚」；若使用不當，因而被炸身亡或炸斷手的不幸事故也時有所聞。八斗子漁民「炸鯖魚」（磅花飛）的主要漁場在彭佳嶼附近海域，從八斗子出海大約三、四小時的行程。丟炸藥的人要非常小心，點燃引信，算好秒數後，一定要把炸藥丟出。尤其花飛魚多在白天活動，炸花飛通常在陽光底下作業，「原本的炸藥是用一條長引線，當點燃引線時，在大白天陽光照射下，眼睛常看不清楚到底燒到哪裡。若太早丟到海裡，炸藥還沒引爆就會被海水浸濕而熄火，若太晚丟，常會造成來不及丟下海就引爆，炸傷甚至是炸死自己。」[64]

　　杜秀蓮在名為「土製炸彈」的小節中，描寫她親眼所見父親以新方式綁炸藥的動作，以表現父親智慧的形象：

62　杜秀蓮：〈沒有掌聲的討海人〉，頁65。

63　楊義：《敘事學》，頁240。

64　杜秀蓮：〈沒有掌聲的討海人〉，頁66。

我看阿爸將引線斜切成比殼仔（空雷管）稍微長一點，將引線放入雷管內，再將兩根火材棒一起綑綁當成燈心。後來聽六舅說，這樣火材棒一經點燃時，因火材棒的火焰可增加燃燒時的火光，即使是大太陽底下也很容易看到火光。而且，引線已經縮短，雷管燈心直接插入「爆籽」火藥中，點火後可讀秒，將炸藥用棒球投手投球方式丟出，不但比較不會危險，命中率還比較高，當然漁獲就多。後來村民們也都用這樣的方式做雷管，減少了許多意外傷亡。[65]

藉由描寫杜萬祥斜切引線、以火材棒作為燈心等動作，可以「直接表現人物的性格、品質」，如果沒有行動，則易「流於呆板，不僅造型僵化，其精神世界更難凸顯出來」[66]。接著，再插敘六舅的話，補充說明父親這樣改良的原理。當然，插敘的功用只是居於陪襯地位，「不論它的篇幅有多長，仍然居於主要敘述之下」[67]，因此，在插敘完後，杜秀蓮再以「後來村民們也都用這樣的方式做雷管，減少了許多意外傷亡」二句，以父親新發明綁炸藥方式的效用陳述，將主要敘述作一結束。

值得一提的是，杜萬祥除了創發減少傷亡的綁炸藥方式，還動腦筋畫設計圖改良了炸魚後所用的漁網，自己買材料訂製更大更好用的罾，為了達防腐作用，還請岳父、岳母花一個冬天反覆做下列的動作：

把編織好的網浸泡在刨絲後的樹薯汁（薯榔）裡，外公外婆倆老，每天要將網子浸泡、撈起，再抬到旁邊菜園旁，掛在很粗

---

65 杜秀蓮：〈沒有掌聲的討海人〉，頁66-67。
66 鄭明娳：《現代散文構成論》（臺北：大安出版社，1989年），頁155。
67 鄭明娳：《現代散文構成論》，頁196。

的竹竿上讓罾仔曬太陽。這樣反覆地做，才能讓罾仔上色且能達到防腐的作用。[68]

更難能可貴的是，杜萬祥在天天撈花飛滿載的情況下，也能推己及人，毫不藏私，「讓大家學著用」[69]這個設計的新網，也算是鄰居們對他設計的肯定。

（三）鏢旗魚（刺丁挽）漁法的精進

旗魚槍刺漁業又稱「鏢旗魚漁業」，西元一九一三年（大正二年）由日本九州大分縣漁民引進高雄，起先以帆船鏢旗魚，而後一九一五年在蘇澳使用石油發動機船鏢旗魚，基隆鏢旗魚漁業亦逐漸發達，蘇澳建港後其漁場範圍更遠至臺東廳近海。[70]廖鴻基特別推崇鏢旗魚漁法，曾說：「這種漁法，是從琉球漁人傳入，然後經過我們漁人一代代改良，而成為今日我們所見的臺灣鏢旗魚的漁法，這是經由一步步累積、進化而形成的珍貴『漁業文化』。」[71]由於這種漁業擁有特殊發展歷史與獨特漁撈技術，文學作品中經常可見以之為主題內容的書寫，如：

> 船首像旗魚的尖嘴／船長和副手／踩著高跟腳革仔／人手一把丈六長鏢／彷彿各拈一柱清香／祈求甲板的豐收
>
> ——林建隆〈鏢台〉（一）[72]

---

68 杜秀蓮：〈沒有掌聲的討海人〉，頁71。

69 杜秀蓮：〈沒有掌聲的討海人〉，頁71。

70 李玉芬等合撰：《台東縣成功鎮志》（臺東縣：臺東縣成功鎮公所，2003年），頁205。

71 廖鴻基：〈後記〉，《最後的海上獵人》，頁339-340。

72 林建隆：《藍水印》（臺北：皇冠出版社，2004年），頁62。

詩人擷取鏢船中最搶眼的「船首」（鏢台）作為描寫的焦點，在這舞台中，船長和副手是最佳主角與配角，而「高跟腳革仔」、「丈六長鏢」則是想要漁獲豐收必備且獨特的道具。鏢台之外，林建隆另有一詩專詠鏢旗魚的漁法：

> 露出水面三寸／妳的尾鰭恰似一片裙裾／我舉起手中的長鏢／
> 決意在浪花之間／像穿梭的蝴蝶／追尋妳流光般的身影
> ——林建隆〈旗魚〉[73]

詩人特寫旗魚的「尾鰭」，縐摺如裙裾之美，而「尾鰭」之所以特別引人注目，除了它的形態特殊外，還因漁人鏢射旗魚時，在追尋牠穿梭如蝴蝶與消逝如流光的身影間，瞄準的多為其「尾鰭」部位。雖然廖鴻基〈丁挽〉曾借海湧伯之口說：「鏢丁挽要正中牠的背脊。魚叉刺入背脊後，丁挽會全身僵硬無力，只能沉沉下潛。」[74]但杜秀蓮的父親卻認為更要講究刺的部位，才能賣到好價錢，曾說道：「旗魚最值錢的部位是賺肚（魚肚），若刺破了賣相就不好。」[75]因此，出鏢時會盡量刺靠近尾鰭的部位，這樣魚身損壞最少，能賣得較高的價錢。

如此獨特的鏢旗魚漁法，難以用先進的科技與技術取代，因而至今鏢魚好手們仍沿用傳統鏢法。儘管如此，鏢魚的漁民們一直以來，仍孜孜矻矻地致力於鏢具、鏢法的「不斷創新」[76]，充分展現其討海

---

73 林建隆：〈旗魚〉，《藍水印》（臺北：皇冠出版社，2004年），頁54。

74 廖鴻基：《討海人》（臺中：晨星出版社，2013年），頁166。

75 杜秀蓮：〈沒有掌聲的討海人〉，頁82。

76 林福蔭〈漁跡（一）〉：「常識：／靠經驗累積／面對善變的天氣／唯有／讓時間考驗自己的耐力／技術：靠不斷創新」。（林福蔭：《詩網中的海洋：船長詩人林福蔭的海洋詩篇》〔基隆：林福蔭，2008年〕，頁61）。

的智慧與毅力。例如八斗子船長詩人林福蔭[77]有〈刺丁挽〉詩提及對此漁法的盤算：

> 乖張哦！／乖張！／要捕牠／恐／困難／必需想個辦法讓其就船／心裡這樣盤算／費了好一番功夫／船／跟著他轉／看準時機／標竿水裡鑽／丁挽奔闖／差點把船底刺穿／人員又喜又慌／最後／老天爺總算幫了忙／花了十幾分鐘／才把那條大旗魚／拉上船
>
> ——林福蔭〈刺丁挽〉[78]

詩人在與丁挽一番追逐之後，心中盤算著對付這個「乖張」傢伙的方法，「必需想個辦法讓其就船」，然而，船，依舊「跟著他轉」，還差點把船底刺穿了。讓丁挽就船，的確是鏢丁挽的訣竅，但如何讓牠就船，或許受限於新詩的體製，林福蔭未作進一步的說明，而杜秀蓮則在文章中具體說明了父親杜萬祥動腦想出的方法是：

> 別人家刺丁挽，是船追著魚跑，阿爸是設法讓旗魚停下來等他。旗魚的游速每小時約120公里，而當時的漁船只有二、三十馬力，當牠發現你在追牠時，根本就追不過牠。這時阿爸就會將捕到的煙仔魚（鰹魚）、飛烏虎（鬼頭刀）切塊當餌，追丁挽時向牠丟去，當魚餌掉進水面時，會有震動的聲波，丁挽會好奇地轉身看魚餌，速度就慢下來，就是要趁這個時機射出

---

77 林福蔭，一九四九年出生於基隆長潭里，從小耳濡目染漁村生活，十五歲開始負擔起全家生計，三十歲當上船長。幼年失學，五十歲時重拾課本，就讀八斗國中補校，也開啟了船長的創作生涯。自二〇〇四年榮獲基隆市文化局海洋文學散文佳作獎起，屢獲獎項。創作包括詩、文、畫、作詞作曲等，主題以海洋為主但不限於海洋。

78 林福蔭：《詩網中的海洋》，頁136-137。

標槍。[79]

他有鑑於旗魚游速太快，根本追牠不過，於是，想到將丁挽愛吃的鰹魚、鬼頭刀當餌，丟到水面，以聲波震動引起牠的好奇心，再趁牠轉身游速變慢時出鏢。林福蔭、杜萬祥對於刺丁挽漁法的盤算，有著英雄所見略同的智慧。

　　然而，關於基隆漁民精進鏢旗魚漁法的研究與智慧書寫，則以杜披雲[80]小說《風雨海上人》的〈鏢船的萌芽〉一章最為詳盡與生動。他從漁具「腳革仔」的材質與漁民鏢台的站姿兩個面向來書寫漁民討海的研究精神。就「腳革仔」材質言，起初是用外輪胎的橡皮：

　　　　漁人看見價格昂貴的旗魚在海中浮游，開始研究捕法，起初在大綑船頭，裝置一人站的短短鏢台，最前端有水平腳踏板，中央釘有四角型無蓋的「鏢繩管仔」。用外輪胎切成比「柴屐耳」約大一倍的橡皮，釘在腳踏板，型同柴屐耳，後來叫做「腳革仔」，雙腳盤穿進，人就會用的站在鏢台最前端。[81]

在鏢台的水平腳踏板上釘上四角型無蓋的外輪胎橡皮，漁人雙腳穿進後較不易落水。但是，這種材質有極大的缺點，於是，漁民便想辦法改進材質：

---

79 杜秀蓮：〈沒有掌聲的討海人〉，頁81-82。
80 杜披雲，一九三一年出生於八斗子，日治時期曾於公學校就讀，學過一點漢文，但未受過正式的中文教育。二次大戰後，讀過一年的水產職業學校後輟學，四十歲之前承襲家業從事捕魚工作，婚後因經濟壓力，在國內漁業漸衰之際，轉做商船船員，到過三十幾個國家。六十歲退休，受雇於鄰近八斗公萬善祠看廟人。沒受過正式的中文教育，卻從閱讀中無師自通，學會遣詞用字，甚至小說的布局和架構，二〇一六年因肺癌過世。
81 杜披雲：《風雨海上人》（基隆：基隆市文化中心，2000年），頁106。

初試爬上設計不週全的鏢台，任何人都同款會駭怕。還是愛等待時間來改進，不過，偏偏有不信邪的人，勇敢上設計不週全的鏢台去嘗試，小湧小浪勉強有辦法站十分、八分鐘，但是腳盤燒熱，疼痛難當，不是起水泡，便是紅一塊、青一塊、凝血發紫，甚至破皮。起初設計的想法，為恐萬一腳革仔斷掉，人隨斷掉同時栽下海中的想法。研究結果，發現用外輪胎質料太硬才會產生疼痛，改用帆布摺三重使用。[82]

腳盤燒熱疼痛，起水泡、破皮，都是因外輪胎橡皮質料太硬所致，「研究」之後，以摺三層的帆布取而代之才獲改善。

另外，就漁民鏢台的站姿言，鏢手在風浪中如何能穩立於鏢台是一大考驗：

在港內敢站在鏢台舉鏢弄姿，一旦出海站起來的姿勢就另當別論了，立姿變成傴僂不敢挺直身軀，不知哪會穿在腳革仔的雙腳，硬要拔出來的感覺。遇到三四級風浪稍向上風挺進，鏢台一向上騰起的同時，便會雄雄頓塌坐在腳踏板，雙手毫無思索趕緊攀住小欄杆，驚到面色青損損連氣都不敢喘，鏢台栽下浪谷的時，更加驚險萬分，膽虛，一個心臟親像吊浮起來的感覺，極其難受。遇到接踵而來的海浪打在船頭，鏢台震彈，心驚肉跳，坐在鏢台冷汗直冒，等到船體稍穩才敢做狗爬下鏢台。漁人本是對這初設計的鏢台都有好奇的心理，個個都興致十足，躍躍欲試之心，看人乘興而上鏢台，敗興做狗爬下鏢台，可比充滿氣的氣球臨時消風，再也提不起興趣。[83]

---

82 杜披雲：《風雨海上人》，頁107。
83 杜披雲：《風雨海上人》，頁106-107。

杜披雲用疊字形容詞「雄雄」、「青損損」，鮮活地描繪了初試者出海後頓塌坐在腳踏板，面色發青的驚險、恐懼之狀。那麼，究竟要用什麼方法才能站穩鏢台？他接著說出未死心的漁人想出的改革之法：

> 像這款驚險恐怖的鏢台，漁人仍然未死心。其中也有人將腳革仔撬掉，改用皮鞋代替腳革仔釘在腳踏板，穿皮鞋結鞋帶，站在鏢台如同落地生根，這可說是真理想的辦法，不驚雙腳有拔出腳革仔被彈下海中之憂，可說是站穩身形了，但是站無十外分鐘的工夫，腳盤麻木不仁，不知腳盤之所在，腳趾之存在。像這款的設計看起來親像非常成功，哪知，猶原無適用。[84]

改用「皮鞋」取代原有的「腳革仔」，可以改善原來站不穩的缺點，但卻又衍生了另一個缺點──站十分鐘左右後，腳盤會麻痺。這次的改革，還是失敗了。然而，杜披雲此時說道：「雖然，在台灣鏢魚史上，經過重重疊疊的挫折與失敗，但是漁人始終不灰心，有不屈不撓的精神，勇往直前，改進再待改進，總有成功的日子來臨，這是自不待言。」[85]對於漁民的毅力與智慧，充滿信心。

就這樣，日復一日的研究、改進，一直到「高跟鞋理論」提出後，如何穩立鏢台的問題終於獲得解決：

> 日子經過一年後，有一位漁人提出寶貴的高論說：「咱大家想創造一套鏢魚的方法，第一，愛站在鏢台能穩住身形，抬頭挺胸，站的姿勢必須自然，才有辦法轉身自如，才有機會瞄準發鏢收其效果。今仔日我忽然想起一般女性穿高跟鞋，姿態自

84 杜披雲：《風雨海上人》，頁108。
85 杜披雲：《風雨海上人》，頁108。

然，抬頭挺胸翹臀好看，人人都有看見。」聽者都感覺哪會用
鏢台與女人的高跟鞋相提並論，不禁都愛笑起來。漁人續道：
「大家以為我在講笑談，那就錯了？我再舉一個相反的比例，
請大家無妨詳細聽看覓，就會知影我的理論是有根據，不是黑
白講的。如果高跟鞋換頭，高跟在前穿下去，人會變成何種姿
態？想想看，是不是人會傴僂著上身，甚至無借拐杖撐住，人
會倒相向（倒仰），在這款重心在後的前提下，硬要挺直身
軀，自然會隨著重心往後仰倒是必然的原理。依我之見，腳踏
板後跟有需要，愛墊高，使腳踏板向前斜著，站起來就會得到
像女性穿高跟鞋，人身自然會抬頭挺胸翹臀。」[86]

這種「高跟鞋理論」的原理就在於「重心的平衡」，其實有其道理，
但聽者的反應卻是嘲笑居多。儘管在接下來的對話過程中，聽眾繼續
以「哄堂大笑」作為每次聽完漁人理論的回應，但漁人仍堅持自己的
論調，並作了一個結論：

> 再用墊高腳踏板的後跟為例：後跟墊高使腳踏板向前斜著，雙
> 腳穿入腳革仔可比穿高跟鞋，重心在腳前。為著平衡重心，上
> 身會用的向前探身去平衡，因為腳踏板猶原向前之故，雙腳無
> 容易拔出腳革仔，等到鏢台下降，重心照常在腳前。這時正好
> 上身會用的恢復抬頭挺胸翹臀的姿態，自由自在站穩鏢台，這
> 就是我的重心理論。信不信由您！[87]

眾人聽後，雖然有些人仍持懷疑態度，但認為有理者以墊高腳踏板的

---

86 杜披雲：《風雨海上人》，頁109-110。
87 杜披雲：《風雨海上人》，頁112。

後跟實際試用，果然如那漁人所料，得以在鏢台保持重心的平衡；翌年，正式的鏢船就出現了。小說不同於一般文學作品，就是因為它不是以「直陳」的手法來表現作者的思想與作品的主題。它是以「側筆」藉故事和人物來表現，有了故事，「方能將人物刻劃得栩栩如生，躍然紙上；因為有好故事，才能使讀者入迷，感人至深」[88]。因此，杜披雲選擇了較能吸引讀者的小說形式，來「寫出鮮有人寫過的以『海』為題，將九名船員的不同生活背景為骨架，串連起漁人與海天對抗，海上生涯的辛酸故事」[89]，就上述漁人海上鏢旗魚的漁船與漁法萌芽的故事而言，他透過人物間生動的對話與表情，來敘述鏢船的發展歷史，以一來一往的語言交流和溝通過程，來開啟人物心理的訊息，間接而靈活地描寫了作者所要傳達的鏢船萌芽進程，以及「高跟鞋理論」的詳細原理，避開了「直陳」方式易流於枯燥的缺點，而收到更好的藝術表現效果。

88 羅盤：《小說創作論》（臺北：東大圖書公司，1990年），頁25-26。
89 杜披雲：〈自序〉，《風雨海上人》，頁8。

圖三　鏢旗魚（刺丁挽）作業情形

（資料來源：https://www.fa.g.v.tw/upl.ad/168/2013020812470776611.pdf，瀏覽日期：2022年4月30日）

四　結語

　　本文針對散文杜秀蓮〈沒有掌聲的討海人〉與許焜山〈尋找被遺忘的討海人〉、小說杜披雲〈鏢船的萌芽〉、新詩林福蔭〈刺丁挽〉等現代文學作品，從漁具的自製、改良與發明，以及漁法的精進兩大面向，探討基隆漁文化書寫研究中較被忽略的議題——漁民的討海智慧。這種從文學的角度所發掘之基隆漁文化特色，能更增感動人心的力量。

　　其中，以杜秀蓮〈沒有掌聲的討海人〉一文最值得注意。杜秀蓮生長於八斗子漁村，雖然本身或有些許或不曾有過漁撈經驗，但卻深

悉「自己土地的故事，必須透過自己來述說的道理」[90]，遂以帶著在地濃郁情感的視角，如實記述了大半輩子從事漁撈作業的父親杜萬祥「如何絞盡腦汁，仿若無中生有的發明製造包括船筏的各種漁撈工具」[91]。杜秀蓮透過父親的回憶、口述，依時間的進展，靈活運用視角，娓娓道出父親自製生財器具「尖頭櫓」、發明棒受網漁具、新創移花接木釣魚法、改良炸魚法、精進刺丁挽漁法的前因後果與心路歷程，再輔以方言語彙的使用，既真實可信、純樸可親，又充滿著作者的孺慕之情。

至於「八斗子漁村文物館」館長許焜山，以口訪沫刺膽好手藍慶輝的方式，真實紀錄其能不斷思考解決討海生涯的不便與困難，持續更新沫刺膽作業的設備，而得以更自由機動且擴大範圍的討海智慧，字裡行間流露出作者意欲傳承在地文化的高度使命感。

林福蔭則以船長詩人的身分發聲，自述鏢刺丁挽時的熱情與「讓其就船」的智慧，可惜，或許受限於新詩的體製，無法詳細說明讓丁挽就船的具體方法。杜披雲本身亦有豐富的討海經驗，本著為鄉土「留一個根以遺後代子孫」[92]的情懷與使命感，透過小說的形式，活用人物的對話與表情，以及溫馨親切的臺語語彙，將原本稍嫌枯燥的鏢船萌芽史與鏢台「高跟鞋理論」，以生動的方式告知讀者，加添我們對漁民研究、改進漁法用心的感動。

杜秀蓮稱讚其父道：「在一般人印象中，大部分有關討海人的描述，不外乎是知識水平低，衣著粗俗，而且還滿口的一字、三字、甚

---

90 汪啟疆：〈海如果會說話，它會想跟人說什麼？〉，廖鴻基編著：《沒有掌聲的討海人──走過八斗子海灣60年》，頁12。

91 廖鴻基：〈代序・海岸書寫〉，廖鴻基編著：《沒有掌聲的討海人──走過八斗子海灣60年》，頁21。

92 杜披雲：〈自序〉，《風雨海上人》，頁8。

至是五字的粗話。我的父親，雖然當了一輩子漁民，但我所看到的討
海人阿爸，他不只以猛力、粗勇的勞力在討生活，還是一位用智慧及
過人毅力的討海勇士。」[93]其實，不只杜秀蓮的父親杜萬祥如此，相
信還有更多不為人知的討海勇士，一直在默默地運用其智慧與毅力討
海；而這些討海的智慧與精神，更對臺灣漁業的發展有著不可磨滅的
貢獻。

---

93 杜秀蓮：〈沒有掌聲的討海人〉，頁114。

參考文獻

一　相關專著

王　拓：《牛肚港的故事》，臺北：王拓，1985年。

王　拓：《金水嬸》，臺北：九歌出版社，2005年。

王　拓：《望君早歸》，臺北：九歌出版社，2001年。

李玉芬等合撰：《台東縣成功鎮志》，臺東縣：臺東縣成功鎮公所，
　　　　2003年。

李國添：《基隆市誌・經濟志・漁業篇》，基隆：基隆市政府，2002年。

杜披雲：《風雨海上人》，基隆：基隆市文化中心，2000年。

杜披雲：《風雨海上人》，基隆：基隆市文化中心，2000年。

東　年：《失蹤的太平洋3號》，臺北：聯合文學出版社，2001年。

東　年：《落雨的小鎮》，臺北：聯經出版事業公司，1985年。

林建隆：《刺歸少年》，臺北：皇冠出版社，2002年。

林建隆：《藍水印》，臺北：皇冠出版社，2004年。

林建隆：《藍水印》，臺北：皇冠出版社，2004年。

林福蔭：《希望的海：船長詩人林福蔭的生命詩篇》，新北市：周大觀
　　　　基金會，2007年。

林福蔭：《詩海：船長林福蔭的海洋與人生詩篇》，基隆：林福蔭，
　　　　2010年。

林福蔭：《詩網中的海洋：船長詩人林福蔭的海洋詩篇》，基隆：林福
　　　　蔭，2008年。

基隆市文獻委員會：《基隆市志・水產篇》，基隆：基隆市政府，1957
　　　　年。

楊　義:《敘事學》,嘉義:南華管理學院,1998年。

廖鴻基:《海洋遊俠》,臺北:印刻文學生活雜誌出版公司,2001年。

廖鴻基:《討海人》,臺中:晨星出版社,2013年。

廖鴻基:《最後的海上獵人》,新北市:聯經出版事業公司,2022年。

廖鴻基編著:《沒有掌聲的討海人——走過八斗子海灣60年》,基隆:海洋大學出版中心,2019年。

劉松樹編纂:《基隆市志·漁業篇》,基隆:基隆市政府,1986年。

鄭明娳:《現代散文構成論》,臺北:大安出版社,1989年。

羅　盤:《小說創作論》,臺北:東大圖書公司,1990年。

關曉榮:《八尺門——再現2%的希望與奮鬥》,臺北:南方家園出版社,2013年。

關曉榮:《八尺門手札》,臺北:臺原出版社,1996年。

二　期刊論文

王韶君:《台灣海洋文學的發展與文化建構(1975～2004)》,臺北:國立臺北教育大學台灣文學研究所碩士論文,2006年6月。

冷芸樺:《戰後基隆文學發展之研究》,臺北:淡江大學中國文學研究所碩士論文,2006年6月。

吳韶純:《臺灣現代海洋文學研究》,高雄:國立高雄師範大學國文教學碩士班碩士論文,2005年。

卓佳芬:《基隆八斗子海洋文化之形塑》,臺北:國立臺灣師範大學臺灣文化及語言文學研究所碩士論文,2007年6月。

高　旗:《基隆漁民民俗研究:以外木山漁村之信仰與禁忌為例》,基隆:國立臺灣海洋大學海洋文化研究所碩士論文,2011年7月。

張高評:〈海洋詩賦與海洋性格——明末清初之臺灣文學〉,《臺灣學研究》第5期,2008年6月。

許焜山：《基隆八斗子漁村的漁業發展與變遷》，基隆：國立臺灣海洋
　　　大學海洋文化研究所碩士論文，2015年1月。

陳胤維：《臺灣當代漁民文學研究》，彰化：國立彰化師範大學臺灣文
　　　學研究所碩士論文，2009年。

蔡怡芳：《基隆八斗子海洋文化特色之研究》，基隆：國立臺灣海洋大
　　　學海洋教育研究所碩士論文，2013年6月。

魏鈺慈：《基隆八斗子的漁民書寫──以王拓《金水嬸》與杜披雲
　　　《風雨海上人》為例》，臺北：國立臺北教育大學臺灣文化
　　　研究所碩士論文，2018年9月。

三　影音資料

「美麗基隆──北坑輪無班──YouTube」（林福蔭船長口述）。

李東陽詩的創作特色與海洋書寫

廖聖芳

國立臺灣海洋大學海洋文化研究所碩士生

摘要

　　李東陽是明代中葉在政治與文壇上有相當成就的政治家兼文學家，其文學理論影響後世研究詩歌流派的論述。關於李東陽的討論大多是在其文學理論和成就上，及其政治生涯為主，皆未提及李東陽詩歌中有關海洋書寫的研究。本論文從李東陽的詩歌創作中，針對其特色和海洋的書寫，研究李東陽海洋意象的表達與呈現。

　　海洋詩書寫在中國文學的傳統上可分為「藉海抒情」、「他界想像」、「才德比喻」、「特殊景象」、「泛海經驗」……等主題。李東陽的海洋詩作雖不多，但其書寫的海洋意象有（一）個人的豪情壯志──大瀛海，其心志如瀛海般的雄壯豪邁；（二）對朋友的思念之情──茫茫的海，友人乘舟楫遠去，別離後相見遙遙無期，如大海茫茫無津；（三）憂國憂民的胸懷──毀滅的海，巨浪滔天，人溺己溺、憂國憂民的胸懷；（四）悟道的豁達──海外仙境，如蓬萊謫仙、海中仙子自由長壽，無拘無束的生活等等；用來探討其人的個性、思想和寫作風格，從胸懷壯志、懷才不遇、官場歷險、安然隱退的心路歷程，頗具研究價值。這是本論文的主要目的，用海洋書寫的意象，來發掘詩人的寫作情感和不易為人所知的內心世界，也用來呈現李東陽海洋詩的價值。

關鍵詞：李東陽、明詩、海洋書寫、海洋意象

一 前言

明太祖廢除宰相制度後使明代中葉形成內閣，又創立「庶吉士」[1]
開政治教育的先河，致使翰林院在明代扮演政治與文學雙重重要的角
色。李東陽於翰林院近三十年後進入內閣，是明代中葉在政治與文壇
上有相當成就的政治家兼文學家，其文學理論影響後世研究詩歌流派
的論述。李東陽是明代中期文壇領袖，其詩歌上承臺閣體，下啟復古
派，在詩歌理論、創作上均有相當的成就，[2]其著作有《懷麓堂集》、
《懷麓堂詩話》。

學界關於李東陽的討論大多是在其文學理論和成就上，指出李東
陽主張的「復古不泥古」、「詩文不同」，在明代有承先啟後的作用，
承襲臺閣體而予以修正，提倡格調、詩文有別，詩必配合音韻，且李
東陽推崇李、杜，承於《滄浪詩話》等理論的有江惜美在〈李東陽詩
論〉討論李東陽的詩及背景；[3]柯惠馨在〈李東陽詩歌理論研究〉透
過李東陽詩歌本質、批評、史觀等概念去分析，[4]吳青蓮的〈李東陽
詩歌研究〉從李東陽的生平事蹟、詩學理論、詩歌創作等作全面性的
研究，明代臺閣體與復古派兩者交界的李東陽其思想、文學觀念及詩

---

1 國家教育研究院教育大辭書，名詞解釋：庶吉士亦稱庶常，《書經・立政》中有庶常
　吉士之語，庶吉士之稱即起於此；中國明、清兩朝時翰林院內短期職位，由科舉進
　士中選擇有潛質者擔任，目的是使其可先於翰林院內學習，之後再授予各種官職，
　情況有如今天的見習生或研究生。國家教育研究院教育大辭書，網址：http://terms.
　naer.edu.tw/detail/1309617/，發布日期：2000年12月。

2 吳青蓮：《李東陽詩歌研究》（臺北：中國文化大學文學院中國文學研究所碩士論文，
　2011年6月），頁1。

3 江惜美：〈李東陽詩論〉，《東方雜誌》（復刊）第20卷第3期（1986年），頁45-49。

4 柯惠馨：《李東陽詩歌理論研究》（新竹：國立新竹教育大學中國文學系碩士論文），
　2012年。

歌理論。[5]另有研究李東陽的文學成就和政治生涯為主，以茶陵派為輔，以李東陽的《懷麓堂集》、《懷麓堂詩話》為核心的張誼如〈李東陽的文學成就及政治生涯——間論明朝中葉的內閣與翰林院〉；[6]連文萍《明代茶陵派詩論研究》主要在前七子和茶陵派的比較，討論明代詩歌的復古、趨新運動等；[7]在簡錦松發表多篇的明代文學研究論文中，李東陽是繼三楊之後的臺閣體領袖；[8]大陸學者廖可斌的《明代文學復古運動研究》，李東陽入閣二十年期間，是茶陵派主導文壇的時期。[9]文獻探討皆未提及李東陽詩歌中有關海洋書寫的研究。本論文從李東陽詩歌創作中，針對其特色和海洋的書寫，研究李東陽海洋意象的表達與呈現。

李東陽（1447-1516）字賓之，祖籍茶陵（今屬湖南），故有李茶陵、李長沙之稱。生於明英宗正統十二年六月九日，卒於武宗正德十一年七月二十日。因其曾祖戍兵籍居京師，定居於北京西涯，乃自號西涯。英宗天順八年（1464），以十八歲考取進士二甲之首，選為庶吉士。次年憲宗成化元年，授編修，參與《英宗實錄》的修纂，約兩年完成《英宗實錄》後陞六品俸。最後官至華蓋殿大學士。卒諡文正，有《懷麓堂集》、《懷麓堂詩話》。武宗朝，李東陽與劉健（1433-1526）、謝遷（1449-1531）共同輔政，天下稱賢相。[10]

5　吳青蓮：《李東陽詩歌研究》，臺北：中國文化大學中國文學研究所碩士論文，2011年6月。

6　張誼如：《李東陽的文學成就及政治生涯——間論明朝中葉的內閣與翰林院》，臺中：東海大學歷史學系碩士論文，1997年。

7　連文萍：《明代茶陵派詩論研究》，臺北縣：東吳大學中文研究所碩士論文，1988年。

8　簡錦松：〈論明代文學思潮中的學古與求真〉，《古典文學》第八集（臺北：臺灣學生書局，1986年4月），頁313-355。簡錦松：〈論明代嘉靖以前之臺閣體文權之下移〉，《古典文學》第九集（臺北：臺灣學生書局，1987年4月），頁289-354。

9　廖可斌：《明代文學復古運動研究》，臺北：商務印書館，2008年11月。

10　〔清〕張廷玉：《明史》（臺北：鼎文書局新校本，1982年），卷一八一，〈列傳六十九〉，「李東陽傳」，頁2127-2128。

　　李東陽生於北京，長於北京，有三次遠遊經驗，第一次是明憲宗
成化八年（1472）回湖南掃墓，一路見聞感想整理為《南行稿》；第
二次是成化十六年（1480），兼任應天府河南鄉試考試官，北返時的
遊歷寫為《北上錄》；第三次是明孝宗弘治十七年（1504），山東曲阜
孔廟重建落成，孝宗命李東陽前往祭告，因而撰成《東祀錄》。而當
時交通靠的是漕運，李東陽所居西涯即是漕運的總碼頭。第一次的路
線，是由北京乘船沿著運河經山東到南京，再由南京沿長江到武昌，
後由武昌乘船經岳陽到長沙，最後到達茶陵。回程經江西、浙江、江
蘇再重經運河回北京，此次南行歷經七個月，所見所聞感觸甚多；第
二次的路線，是在閱完試卷後遊覽南京的名勝古蹟，然後再經揚州、
徐州、德州、通州回北；第三次雖只到山東，但路上親眼目堵民間疾
苦，將其寫成《通達下情》的報告給明孝宗，並為孝宗采納。[11]

　　雖然筆者無法具體證實李東陽此三次遠遊途中，是否親臨大海而
與海洋有實質的接觸，且其有些詩作中所謂的海，實際上是大江、大
河或大湖，例如〈西涯雜詠十二首〉中的〈海子〉[12]指的是其北京祖
居附近德勝門西的積水潭。[13]但其詩作中有〈聞揚州潮漲〉[14]及〈過
錢塘江〉[15]；且於弘治年間天津衛城修葺一新之後，寫下了有名的詩
作〈天津八景〉，其中的〈鎮東晴旭〉、〈百沽平湖〉、〈海門夜月〉，是
李東陽登高望遠，一覽海河與渤海交接處一帶壯麗風光的情景。[16]

　　李東陽寫過不少歌功頌德的詩，但也寫過好些揭露時政黑暗，悲

11　周寅賓點校：《李東陽集》第一卷，（湖南長沙：岳麓書社出版，1984年1月），「前
　　言」，頁2-4。

12　周寅賓點校：《李東陽集》第一卷，頁421。

13　吳青蓮：《李東陽詩歌研究》，頁129-130。

14　周寅賓點校：《李東陽集》第一卷，頁643。

15　周寅賓點校：《李東陽集》第一卷，頁645。

16　周寅賓點校：《李東陽集》第三卷，（長沙：岳麓書社出版，1984年1月），頁68。

嘆流亡載道的詩。李東陽的作品大致可分類為「詠史懷古」、「風光景色」、「弔亡哀輓」、「題畫詠物」、「應酬送行」等詩作[17]，其中有些是藉著海洋書寫來表達內心的情緒或其中心思想。而李東陽詩中的海洋意象，有個人的豪情壯志；也有對朋友的思念之情；也有憂國憂民的胸懷；以及悟道的豁達。

二　李東陽詩的創作特色

李東陽的詩表現了其人生觀、歷史觀、道德觀等，是其中心思想的呈現。而讀書人受儒家思想的陶冶，在其身上得到很好的證明，不是忠君愛國的君臣意識，就是義士良將的英雄主義；或是節婦烈女的貞節情操。[18]引用古代良臣義士的事蹟，述昔諷世以求匡正時局，為主誠諫，實現其政治理想世界。表面上李東陽的政治生涯是順遂的，但實際上夾在外戚與宦官亂政的政治黑暗中求生存，李東陽如何自保和營救同伴，是需要過人的智慧和政治藝術的。《明史》：「瑾既得志，務摧抑縉紳。而焦芳入閣助之虐，老臣、忠直士放逐殆盡。東陽悒悒不得誌，亦委蛇避禍。而焦芳嫉其位己上，日夕構之瑾。先是，東陽奉命編《通鑒纂要》。既成，瑾令人摘筆畫小疵，除謄錄官數人名，欲因以及東陽。東陽大窘，屬芳與張彩為解，乃已。」[19]足見李東陽之才華而遭小人算計，官場之路如履薄冰。故李東陽寄情於詩文，借詩社與同好互相取暖，提出諸多詩歌理論，且在詩文中表達自己的政治理念。

17　吳青蓮：《李東陽詩歌研究》，頁117。

18　吳青蓮：《李東陽詩歌研究》，頁117。

19　《明史》，卷一八一，〈列傳六十九〉，「李東陽傳」，頁2127。

（一）詠史懷古，褒貶是非

　　李東陽的作品常以史為鏡，論其是非功過，主要為鑒古誠今，以傳達其政治思想理念。如：

> 國亡不廢君臣義，莫道祥興是靖康。
> 奔走恥隨燕道路，死生惟著宋冠裳。
> 天南星斗空淪落，水底魚龍欲奮揚。
> 此恨到今猶不極，厓山東下海茫茫。
>
> 　　　　　　　——〈厓山大忠祠四首其一〉[20]

李東陽的〈厓山大忠祠詩四首〉主要是描述「南宋滅亡時，陸秀夫負帝昺投海的壯烈事蹟」、「『祥興』是南宋最後一個皇帝趙昺的年號；『靖康』是北宋最後一個皇帝欽宗的年號；南宋的滅亡並不同於北宋的滅亡，因南宋的君和臣皆表現了可貴的民族氣節」。[21]李東陽憑藉對忠臣良將的憑弔，使其政治理想有所依歸。

　　李東陽的擬古樂府詩之一〈弄潮怨〉：

> 莫弄潮，潮水深弒人；莫射潮，中有孝女魂。
> 魂來父與游，魂去父與沉。潮能弒人身，不能溺人心。
> 潮水有盈縮，人心無古今。
>
> 　　　　　　　——〈弄潮怨〉[22]

20　周寅賓點校：《李東陽集》第一卷，頁356。
21　吳青蓮：《李東陽詩歌研究》，頁123-124。
22　周寅賓點校：《李東陽集》第一卷，頁38。

李東陽借後漢書孝女曹娥的故事，說潮水能溺死人的身體，卻溺不了人的心；雖潮水有漲潮退潮，但人心之所向，從古至今卻無多大差別；以此譬喻人心不是外力強權所能脅迫，而應順應民心。

（二）寄情山水，撫慰心靈

李東陽的仕途分翰林院和內閣兩個時期，從十八歲到四十七歲是翰林院時期，長達三十年的時間都是壓抑的，在政治上不得志，所以就往文學方面發展。在翰林院時期，有絕佳的文學創作及交流環境。[23]「李東陽初入翰林院之時，文壇以『臺閣體』為主流」、「『館閣』官員身負文翰、教育之責，順勢倡導『文以載道』、『道濟天下』的文學風氣」。[24]及至前賢「三楊」致世，太平盛世結束後，李東陽才提出「臺閣」與「山林」並重的新文學理論，並在「京闈同年會」的基礎上，編結豐厚的人脈網絡，同展「用世之志」。[25]在文學史上，後世稱這群翰林菁英為以李東陽為首的「茶陵派」，主張以詩為主的「真性情」，開創純文學的創作理論，改化文人頹風，摒棄歌功頌德、泥古不化、假充理學等，一掃政壇虛偽之風，為政壇帶入一股清流。[26]如：

> 劍戟森嚴虎豹蹲，直從開闢見乾坤。
> 山連列俊趨東海，地擁層城壯北門。
> 萬里朔風須卻避，千年王氣鎮長存。

---

23 柯惠馨：《李東陽詩歌理論研究》，頁52-54。

24 張誼如：《李東陽的文學成就及政治生涯——間論明朝中葉的內閣與翰林院》，頁16、18。

25 張誼如：《李東陽的文學成就及政治生涯——間論明朝中葉的內閣與翰林院》，頁42。

26 張誼如：《李東陽的文學成就及政治生涯——間論明朝中葉的內閣與翰林院》，頁54、56、59。

磨崖擬刻燕然頌，聖德神功未易論。

——〈京都十景‧其三居庸疊翠〉[27]

李東陽並不強調遊山玩水[28]，但因他在仕途上是受壓抑的，尤其在憲宗成化年間至孝宗弘治五年（1492）。[29]所以李東陽適時的寄情於山水，便成為詩人心靈上最大的安慰。除了醉心於眼前的景色，也常心中有所感悟，借景抒情寫下一篇篇雄偉壯闊的山水風景詩。[30]「居庸關地勢險要，是萬里長城上最負盛名的雄關之一，兩側山巒疊翠，溪水流長」[31]，詩人將其雄偉形勢描繪得活靈活現。

李東陽三十年的翰林生涯，前九年只擔任編書校對的工作。對於一個十八歲就考上進士的才子來說，實在是大材小用，但也因為他在同儕之間是最年輕的，為人溫和又謹言慎行，使得東陽不曾因盛名所累，而能廣結善緣，受長者愛護也贏得同輩的尊敬，以至於後來能登上等同宰相的內閣高位，實非一蹴可幾且實至名歸。[32]只是明代政治的黑暗，李東陽也是如履薄冰。偶而寄情山水，李東陽也不免有隱居遁世的想法，不如致仕如閒雲野鶴豈不快哉！如：

暖香和露繞蓬萊，彩仗迎春曉殿開。
北斗舊杓依歲轉，南郊佳氣隔城来。
雲行復道龍隨輦，霧散仙壝日滿台。

---

27 周寅賓點校：《李東陽集》第一卷，頁365。
28 吳青蓮：《李東陽詩歌研究》，頁127。
29 吳青蓮：《李東陽詩歌研究》，頁14-15。
30 吳青蓮：《李東陽詩歌研究》，頁127-128。
31 吳青蓮：《李東陽詩歌研究》，頁132。
32 吳青蓮：《李東陽詩歌研究》，頁13-15。

　　　　不似漢家還五時，甘泉誰羨校書才。

　　　　　　　　　　　　　　——〈立春日車駕詣南郊〉[33]

　　鄉野間的自在暢快，雖無宮廟的衣錦之榮，但有長壽的甘泉，誰還羨慕區區一個滿腹經綸卻不被看重的翰林才子。「校書才」指的就是李東陽本人，所以有自我調侃的意思。與其懷才不遇，倒不如歸隱山林的政治感懷。

　　李東陽詩的創作特色，與其做官五十多年的經歷，政治生涯浮浮沈沈，息息相關。藉詩詠史懷古，褒貶是非，闡述其政治理想；偶而寄情山水，撫慰心靈，抒發其在官場的身不由己，不如致仕來得暢快的政治感懷。

三　李東陽詩的海洋意象

　　海洋詩書寫在中國文學的傳統上可分為「藉海抒情」、「他界想像」、「才德比喻」、「特殊景象」、「泛海經驗」……等主題；[34]而依詩人的性格和際遇，常能發現其詩中暗喻的個人政治理想與人生起伏，藉海來比喻或抒發個人的胸懷。以海的壯闊而言，《莊子》〈秋水〉云：「天下之水莫大於海」；以時空來看海洋，《莊子》〈秋水〉云：「萬川歸之，不知何時止，而不盈；尾閭泄之，不知何時已，而不虛」。戰國時齊國鄒衍（西元前305-前240年）提出「九大州」說，把世界分為八十一州，每九州為一群。中國在「赤縣神州內，又自分為九州，是小九州。而大九州之間有「裨海」環繞隔開。在這之外，還

---

33 周寅賓點校：《李東陽集》第一卷，頁262。

34 吳智雄：〈論魏晉南北朝文學中的海洋書寫〉，《海洋文化學刊》第11期（基隆：國立海洋大學海洋文化研究所，2011年），頁9-34。

有大瀛海將大九州包裹起來。[35]故有「大瀛海」的概念。最早以海洋的巨大與無盡來比喻自我豪情壯志的詩是〔三國魏〕曹操（西元155-220年）的〈觀滄海〉。但大多數詩人在面對浩瀚無垠的大海時，心中感懷的常是憂愁和感傷，人的渺小和歲月匆匆如蒼海之一粟，如〔北宋〕蘇軾（1037-1101）的《前赤壁賦》：「寄蜉蝣於天地，渺蒼海之一粟」。形容自身孤獨、衰老、懷才不遇的喟嘆！有更甚者，便藉神話傳說，將遙遠未知的海洋世界，幻化成逃離避世、寄託理想的所在，如《論語》〈公冶長〉：「孔子曰：『道不行，乘桴浮于海』」，以及從《山海經》描寫的仙境、仙界等特質所衍生出的蓬萊、姑射等仙鄉，和安期生等長生不死的仙人成為逍遙自在的象徵；精衛填海、愚公移山等為百折不撓的代表。海洋的特殊景象如：海潮、海族、海市蜃樓等海上的萬千氣象，詩人們用筆細膩描寫的同時也借景、借物暗喻，使海洋書寫增添多姿多采的面貌。

觀察李東陽詩的海洋書寫意象可歸類為下列：（一）個人的豪情壯志──大瀛海；（二）對朋友的思念之情──茫茫的海；（三）憂國憂民的胸懷──毀滅的海（四）悟道的豁達──海外仙境。

（一）個人的豪情壯志──大瀛海

李東陽自幼聰穎，受其父親李淳（1416-1486）影響四歲時即能運筆寫作大書被視為「神童」，並蒙景帝召見。七歲開始讀書作文，至八歲又蒙景帝召見試講《尚書》大義，可見景帝對其之厚愛，即命東陽入京學。李東陽十六歲在順天府考取舉人，十七歲中進士，十八

---

35 〔漢〕司馬遷，《史記》，（北京：中華書局，1997年）。《史記》〈孟子荀卿列傳〉：「以為儒者所謂中國者，於天下乃八十一分居其一分耳。中國名曰赤縣神州。赤縣神州內自有九州，禹之序九州是也，不得為州數。中國外如赤縣神州者九，乃所謂九州也。於是有裨海環之，人民禽獸莫能相通者，如一區中者，乃為一州。如此者九，乃有大瀛海環其外，天地之際焉。」

歲參加殿試又考取二甲之首，選為庶吉士，故李東陽早負盛名成為同
輩中受矚目的焦點。次年憲宗成化元年，東陽被授編修參與《英宗實
錄》的修纂，從此進入官場開始了長期的翰林院生活。[36]一開始李東
陽只擔任編書校對的工作持續有九年。成化十年（1474）之後李東陽
開始侍講也是九年，期間兼任南京鄉試考試官。成化十九年（1483）
至弘治六年（1493），李東陽任侍講學士十一年。他雖升任了侍講學
士卻只在東宮經筵值班，五六年後才在皇帝的經筵擔任寫講稿和講課
的任務，此一段時期是李東陽在仕途上最感被壓抑的時期。「弘治五
年以前阻抑李東陽當道的應該是劉吉（1427-1493），據《明史‧劉吉
傳》記載：『吉多智數，善附會，自緣飾，銳營私，時為言路所攻』，
等劉吉一致仕，東陽就為講師受到重視」。[37]有詩云：

> 太液池頭春水生，更無風雨只宜晴。
> 鳥飛不動朱旂影，魚躍時驚彩栿聲。
> 天上銀河非舊路，人間瀛海是虛名。
> 何如周圍開靈沼，長與君王樂治平。
>
> ——〈京都十景‧其二太液晴波〉[38]

太液池是中國歷史上皇家園林中常用的湖泊名稱，明清時期是指北京
的太液池，即今日北京北海和中南海。李東陽於春天遊京都十景中的
太液晴波，景物雖美然而「天上銀河非舊路，人間瀛海是虛名」，看
似晴空萬里的銀河不過是表象而已，隨著四季的流轉，能觀看到的星
宿也不相同，好比官場的人事更替；人世的浮浮沉沉也不過短暫的一

---

36 吳青蓮：《李東陽詩歌研究》，頁12-14。
37 吳青蓮：《李東陽詩歌研究》，頁15。
38 周寅賓點校：《李東陽集》第一卷，頁365。

瞬,相較於大海的巨大與無盡,人類的渺小任何功名利祿都無足掛
齒!只盼在有生之年為社稷效力,竭誠為君王治理國家。

　　弘治七年(1494)李東陽四十八歲入內閣,被天下稱為賢相,除
了才德兼備之外,最主要是知遇了明孝宗這樣比較開明的君主,還有
因內閣大學士劉健、謝遷的同心共濟。[39]詩云:

> 高歌曾扣隔江船,楚泛吳游興渺然。
> 山寺夜鐘眠里月,洞庭春水坐中天。
> 翠籠鸚鵡空愁思,碧海鯨魚幾歲年。
> 一語故人三嘆息,始知清廟有朱弦。

——〈春興八首其三〉[40]

可惜明孝宗在位僅十八年,享年三十六歲即去世,所以「碧海鯨魚幾
歲年」應該是感嘆明孝宗的英年早逝吧!只能在皇帝宗廟的音樂中,
紀念這位先帝了。[41]

　　從弘治七年(1493)至弘治十八年(1505),即孝宗皇帝在位時
李東陽入內閣期間,應該是李東陽最意氣風發的時候,五月蓮花盛開
香氣襲人,與太子太保劉公劉大夏(1436-1516)共賞之餘,寫詩以
蓮花比喻君子,頗有孤芳自賞及惺惺相惜的意味。詩云:

> 十分芳氣襲人清,未羨羊蕷更菊英。
> 盡去穠華還古淡,絕無言笑有風情。
> 根含瀛海波濤潤,色藉天家雨露榮。

---

39 柯惠馨:《李東陽詩歌理論研究》,頁53-54。

40 周寅賓點校:《李東陽集》第一卷,頁538。

41 柯惠馨:《李東陽詩歌理論研究》,頁55。

見說中通能外直，此心端合與花盟。

——〈內閣五月蓮花盛開和太子太保劉公韵二首其一〉[42]

從「根含瀛海波濤潤，色藉天家雨露榮」，可看出東陽胸懷大志，適逢孝宗賞識，使他能施展抱負，一展鴻圖。

李東陽因在翰林院期間較長也無政務，故能以詩文集結同好廣結人脈，且都為精英份子，達官貴人。[43]彭閣老彭時（1416-1475）是其前輩，明英宗時期的內閣大臣，李東陽寫詩為他祝壽，也感嘆官場的瞬息萬變，雖為前輩能平安脫離苦海安享老年，像仙人一樣自由自在，而感到高興和羨慕，但是反觀自己雖然升官卻被冰凍在一旁，空有鴻圖大志卻無處可施展。[44]詩云：

吏部銜清帶翰林，路隨仙步轉高深。

人間別有登雲地，天下空勞仰斗心。

瀛海新波添夜雨，玉堂喬木長春陰。

歸來更覺門如水，不受車塵半點侵。

——〈次韵賀彭閣老先生二首其一〉[45]

眼看「瀛海新波添夜雨，玉堂喬木長春陰」，也只能潔身自愛的等待。

---

42 周寅賓點校：《李東陽集》第一卷，頁517。

43 張誼如：《李東陽的文學成就及政治生涯——間論明朝中葉的內閣與翰林院》，頁68。

44 張誼如：《李東陽的文學成就及政治生涯——間論明朝中葉的內閣與翰林院》，頁76-77。

45 周寅賓點校：《李東陽集》第一卷，頁367。

（二）對朋友的思念之情——茫茫的海

　　成化八年（1472），李東陽隨父親省親，途中在江上野泊，而於江上竹園與戴珊（1437-1505）、謝寶慶、彭澤（1459-1529）同飲。[46]東陽與寶慶應為初識，故寫下此首有「相逢何必曾相識」之感的感性詩。萍水相逢卻一見如故，短暫相聚後又將相見無期，離別依依問君將何往，江海的長闊高深才是心靈可以寄託的地方！詩云：

> 　仰止懷先達，相逢即舊知，別離曾有贈，舟楫本無期，
> 　細雨春燈暗，高歌暮角悲，從君問前路，江海得吾師。
> 　　　　　　　　　　——〈宿流河驛遇寶慶謝太守〉[47]

　　謝遷浙江人，字于喬號木齋，是東陽三十多年的同僚與詩友，又同時入閣輔佐皇帝，感情甚篤且個性互補，故能眾望所歸成為賢相。[48]武宗正德元年（1506），寵信宦官劉瑾，「八虎」亂政，謝遷因而辭官，此詩是東陽為其送別時作的。[49]詩云：

> 　官曹入夢還如昨，世路論交半是新。
> 　仄柁欹帆何日定，茫茫塵海正無津。
> 　　　　　　　——〈木齋先生將登舟以詩見寄次韵二首其一〉[50]

東陽想起過去的同事情誼而戀戀不捨，但官場如南柯一夢，新帝即位

46　吳青蓮：《李東陽詩歌研究》，頁28。
47　周寅賓點校：《李東陽集》第一卷，頁620。
48　吳青蓮：《李東陽詩歌研究》，頁34-35。
49　吳青蓮：《李東陽詩歌研究》，頁17。
50　周寅賓點校：《李東陽集》第一卷，頁567。

後今非昔比，眼看好友即將登舟揚帆歸去，人世如茫茫大海，此次一
別不知何時能再相見！詩云：

> 聽漏西堂黯不眠，憶君如在夜燈前。
> 可堪環堵三年病，又上南州萬里船。
> ——〈東山先生有兩廣之命，奉寄一首〉[51]

謝鐸（1435-1510）浙江人，字自鳴，初號方山，後改號方石。
是東陽的同年，即同榜進士、同選庶吉士，志同道合、一見如故。[52]
謝鐸比東陽早辭官家居，但仍常詩書往來。以方石為名的詩是所有詩
友中次數最高的，可見兩人情誼之深。此詩是東陽聽聞謝鐸父親去世
而震驚，夜不成眠便思念起好友方石，因病辭官三年，初癒後又被皇
帝派任南京國子監祭酒，舟楫勞頓。[53]方石一生想閒卻不得閒，想逃
也逃不掉的多災多難的命運！

（三）憂國憂民的胸懷——毀滅的海

李東陽自小家教甚嚴，故其一生廉潔，主要是有良好的家風，特
別其父親常常對他耳提面命，不能貪污，要潔身自愛。[54]再加上其求
學過程都遇到好的老師，尤其因為李東陽年幼又家貧，所以他的老師
都特別照顧他，將他視為己出，供應他伙食。李東陽也看到老師們善
於待人，且常常周濟窮人，耳濡目染下東陽深受影響，故養成悲天憫
人的胸懷。[55]詩云：

---

51 周寅賓點校：《李東陽集》第一卷，頁546。
52 吳青蓮：《李東陽詩歌研究》，頁31。
53 吳青蓮：《李東陽詩歌研究》，頁32。
54 吳青蓮：《李東陽詩歌研究》，頁10。
55 吳青蓮：《李東陽詩歌研究》，頁22-25。

　　　　北風吹浪覆龍舟，溺盡江南二百州。

　　　　東海未填精衛死，西川無路杜鵑愁。

　　　　君臣寵奪三朝共，夷夏興亡萬古讎。

　　　　若遣素王生此後，也須重紀漢春秋。

　　　　　　　　　　——〈厓山大忠祠四首其三〉[56]

強烈的北風吹襲波濤洶湧翻覆了船隻，淹沒了江南二百多州。東海尚
未填平精衛鳥就死了，無路可到四川的西川，杜鵑鳥不停啼叫。君臣
的政治鬥爭如短短的三日，夷夏的興亡如萬古仇恨。若孔子出生在此
時，應該也會將楚漢之爭的歷史重新改寫吧！此詩主要敘述明代的內
憂外患，朝廷若不和睦，便讓邊塞的胡人有可乘之機。君王和臣子都
應三思！

　　李東陽的〈風雨嘆〉氣勢磅礡，大風吹來海水倒灌，接著大浪打
得比山還高，水勢盛大彷彿海裡的巨鯨興風作浪，接著天地間愁雲慘
澹，天昏地暗日月無光，百姓倉皇而逃。三十多年至今未曾有過的慘
烈，人心惶惶呼天搶地，奔走相告逃離險境。連山谷裡的猛獸都嚇得
狂叫；草木皆被連根拔起、被巨浪沖走；水中的沙洲和島嶼都被淹沒
了，人的生命脆弱像鴻毛一下子就消失不見了。事隔至今東陽在江皋
停泊的舟中，披衣坐起整日想像當時的情景，不禁淚濕了衣袖，抬頭
望天仍害怕天穿地漏大雨傾盆。此時不僅思念家鄉更擔憂國家，連年
輕的臉龐都憂愁消瘦了。潼關以西軍隊駐防的地方，胡人吹奏的樂音
飄盪在空氣中。怎麼才能求得停止干戈，不再糟蹋窮苦平民的房舍，
還能吹著輕快的哨音。只可惜世間萬事不能盡如人意，虛度光陰又到
了歲暮的冬天，哎呀！該如何安頓老百姓呢？詩云：

---

56 周寅賓點校：《李東陽集》第一卷，頁357。

　　壬辰七月壬子日，大風東來吹海溢。
　　崢嶸巨浪高比山，水底長鯨作人立。
　　愁雲壓地濕不翻，六合慘淡迷乾坤。
　　陰陽九道錯黑白，烏兔不敢東西奔。
　　里人倉皇神屢變，三十年前未曾見。
　　東村西舍喧呼遍，牒書走報州與縣。
　　山隤谷洶豺虎嗥，萬木盡拔乘波濤。
　　州沈島沒無所逃，頃刻性命輕鴻毛。
　　我方停舟在江皋，披衣踞床夜復晝。
　　忽掩青袍涕沾袖，舉頭觀天恐天漏。
　　此時憂國況思家，不覺紅顏坐彫瘦。
　　潼關以西兵氣多，蘆笳吹塵塵滿河。
　　安得一洗空干戈！不然獨破杜陵屋，
　　猶能不廢嘯與歌。世間萬事不得意，
　　天寒歲暮空蹉跎，嗚呼奈爾蒼生何。

　　　　　　　　　　　　　　——〈風雨嘆〉[57]

　　此詩不僅可以看出李東陽悲天憫人的胸懷，也可看出政治的黑暗，「大風東來吹海溢。崢嶸巨浪高比山，水底長鯨作人立。」暗喻朝中佞臣弄權、興風作浪，使得天子不知民間疾苦、民不聊生；「萬木盡拔乘波濤。州沈島沒無所逃，頃刻性命輕鴻毛」就是影射百姓的生活被那些貪官汙吏踐踏到不堪一擊。李東陽憂國憂民的胸懷一覽無遺！[58]

57　周寅賓點校：《李東陽集》第一卷，頁647-648。
58　吳青蓮：《李東陽詩歌研究》，頁16-17。

（四）悟道的豁達——海外仙境

李東陽在其文學與政治雙重地位到達巔峰之時，仍感到政治環境的惡劣與艱難：

> 弘治十八年孝宗崩，武宗即位（正德元年）寵信宦官劉瑾。……東陽知其不可為，便與另外兩位內閣一起辭官，僅東陽未獲批准留任。……後內閣大學士焦芳與宦官劉瑾同流合汙，陷害忠良。……從正德元年冬至正德五年八月，李東陽保護和營救了一大批官員，其中一人為楊一清。[59]
>
> 正德五年四月安化王朱寘鐇起兵造反，欲奪帝位。武帝下詔楊一清總制軍務，並命張永監其軍。平定朱寘鐇之後，楊、張二人謀誅劉瑾成功。[60]
>
> 正德七年，武宗聽信江彬讒言，調邊軍三千人入衛京師，東陽上疏勸諫甚至「不奉詔」，然而第二天武宗「竟出內降行之」，但仍聽佞臣之言。故李東陽多次堅持要求辭官之後，武帝終於答應他致仕。[61]

從此李東陽閒雲野鶴、兩袖清風，他的詩歌更見豁達和洗鍊。[62]更難能可貴的是「李東陽一生廉潔，從不貪汙、浪費，做官五十多年，除了書籍、文具之外，家徒四壁而無長物，生活經費靠的是自己寫詩寫字的收入，一直到病終，享年七十歲。」[63]詩云：

---

59 吳青蓮：《李東陽詩歌研究》，頁17。
60 吳青蓮：《李東陽詩歌研究》，頁18。
61 吳青蓮：《李東陽詩歌研究》，頁19。
62 吳青蓮：《李東陽詩歌研究》，頁19。
63 吳青蓮：《李東陽詩歌研究》，頁20-21。

買斷溪南十頃煙，還家無復夢朝天。

身如元亮歸田日，詩似東坡過嶺年。

蓬島謫來仙骨在，釣台高處客星懸。

十年未洗紅塵耳，誰聽清風石上弦。

—〈寄庄孔暘二首其一〉[64]

在溪南買了十頃的土地，辭官居家後不再夢見天子。像歸回田園的陶淵明，詩像蘇軾晚年的詩作一樣豁達。遺世獨立的理想，釣台的天空星星明亮。十年來不放下對塵世的眷戀，怎麼會有心情感受清風吹過石頭時，發出悠閒自在的聲響呢！

雖為友人祝賀而作，同時也是東陽對自己的肯定：白髮歸鄉承君恩，功成身退而受人尊敬。自古能夠活到七十歲已屬不易，尤其是經過鄉試、會試、殿試，在官場打滾多年身經百戰的人。想像在海中長生不老的仙子；也想像洛陽獨樂樂的隱士。卻在翰林院任官；也曾在東宮侍講。詩云：

白頭歸老荷君恩，一代勳名眾所尊。

自古年華稀七裘，本朝科甲重三元。

海中仙子長生籙，洛下先生獨樂園。

在見台光映東壁，郎官又侍紫微垣。

—〈少保商先生壽七十〉[65]

由此看出此時的東陽對其人生的境遇，已經豁然通達、了無遺憾了。

---

64 周寅賓點校：《李東陽集》第一卷，頁300。

65 周寅賓點校：《李東陽集》第一卷，頁344。

四 結語

　　李東陽詩的創作特色，藉詩詠史懷古，褒貶是非，闡述其政治理想；偶而寄情山水，撫慰心靈，抒發其在官場的身不由己，不如致仕來得暢快的政治感懷。李東陽的海洋詩作雖不多，約六十幾首，大多數是用引喻象徵手法，寄託個人情志，少數使用直觀摹寫手法描繪海洋的自然與生態。[66]但其書寫的海洋意象有（一）個人的豪情壯志——大瀛海，其心志如瀛海般的雄壯豪邁；（二）對朋友的思念之情——茫茫的海，友人乘舟楫遠去，別離後相見遙遙無期，如大海茫茫無津；（三）憂國憂民的胸懷——毀滅的海，巨浪滔天，人溺己溺、憂國憂民的胸懷；（四）悟道的豁達——海外仙境，如蓬萊謫仙、海中仙子自由長壽，無拘無束的生活等等；是用來探討其人的個性、思想和寫作風格的另一視角，頗具研究價值。這是本論文的主要目的，用海洋書寫的意象，來發掘詩人的寫作情感和不易為人所知之的內心世界。也用來呈現李東陽海洋詩的價值。

---

66 吳智雄：〈論魏晉南北朝文學中的海洋書寫〉，《海洋文化學刊》第11期（基隆：國立海洋大學海洋文化研究所，2011年），頁20。

參考文獻

一　叢書

〔漢〕司馬遷：《史記》，北京：中華書局，1997年。

〔三國〕曹　操：《曹操集》，北京：中華書局，2021年。

〔晉〕郭　璞注：《山海經》，《景印文淵閣四庫全書》臺北：臺灣商
　　　　務印書館，1984年，第1042冊。

〔宋〕蘇　軾著；〔清〕王文誥輯註，孔凡禮點校：《蘇軾詩集》，北
　　　　京：中華書局，1999年。

〔清〕張廷玉：《明史》，臺北：鼎文書局新校本，1982年。

〔清〕王先謙：《莊子集解》，臺北：世界書局，1983年。

周寅賓點校：《李東陽集》第一卷，長沙：岳麓書社，1984年1月。

周寅賓點校：《李東陽集》第三卷，長沙：岳麓書社，1984年1月。

二　專書

廖可斌：《明代文學復古運動研究》，臺北：商務印書館，2008年11月。

三　論文、期刊論文

連文萍：《明代茶陵派詩論研究》，臺北縣：東吳大學中國文學系研究
　　　　所碩士論文，1988年。

張誼如：《李東陽的文學成就及政治生涯——兼論明朝中葉的內閣與
　　　　翰林院》，臺中：東海大學歷史學系碩士論文，1997年。

吳青蓮：《李東陽詩歌研究》，臺北：中國文化大學中國文學研究所碩
　　　　士論文，2011年。

柯惠馨：《李東陽詩歌理論研究》，新竹：國立新竹教育大學中國文學
　　　系碩士論文，2012年。

江惜美：〈李東陽詩論〉，《東方雜誌》（復刊）第20卷第3期，1986
　　　年，頁45-49。

簡錦松：〈論明代文學思潮中的學古與求真〉，《古典文學》，第八集，
　　　臺北：臺灣學生書局，1986年4月，頁313-355。

簡錦松：〈論明代嘉靖以前之臺閣體文權之下移〉，《古典文學》第
　　　集，臺北：臺灣學生書局，1987年4月，頁289-354。

吳智雄：〈論魏晉南北朝文學中的海洋書寫〉，《海洋文化學刊》第11
　　　期，基隆：國立臺灣海洋大學海洋文化研究所，2011年，頁
　　　9-34。

四　其他

網路資料：國家教育研究院教育大辭書，網址：http://terms.naer.edu.
　　　tw/detail/1309617/，發布日期：2000年12月。

文學研究叢書・辭章修辭叢刊 0812A10

章法論叢・第十四輯

主　　編	中華民國章法學會	
	國立臺灣海洋大學海洋文創	
	設計產業學系	
責任編輯	林以邠	

發 行 人　林慶彰

總 經 理　梁錦興

總 編 輯　張晏瑞

編 輯 所　萬卷樓圖書股份有限公司

　　　　　臺北市羅斯福路二段 41 號 6 樓之 3

　　　　　電話 (02)23216565

　　　　　傳真 (02)23218698

發　　行　萬卷樓圖書股份有限公司

　　　　　臺北市羅斯福路二段 41 號 6 樓之 3

　　　　　電話 (02)23216565

　　　　　傳真 (02)23218698

　　　　　電郵 SERVICE@WANJUAN.COM.TW

香港經銷　香港聯合書刊物流有限公司

　　　　　電話 (852)21502100

　　　　　傳真 (852)23560735

ISBN 978-986-478-700-5

2022年5月初版一刷

定價：新臺幣400元

如何購買本書：

1. 劃撥購書，請透過以下郵政劃撥帳號：

　　帳號：15624015

　　戶名：萬卷樓圖書股份有限公司

2. 轉帳購書，請透過以下帳戶

　　合作金庫銀行 古亭分行

　　戶名：萬卷樓圖書股份有限公司

　　帳號：0877717092596

3. 網路購書，請透過萬卷樓網站

　　網址 WWW.WANJUAN.COM.TW

大量購書，請直接聯繫我們，將有專人為

您服務。客服：(02)23216565 分機 610

如有缺頁、破損或裝訂錯誤，請寄回更換

版權所有・翻印必究

Copyright©2022 by WanJuanLou Books CO., Ltd.

All Rights Reserved　　　　Printed in Taiwan

國家圖書館出版品預行編目資料

章法論叢. 第十四輯/中華民國章法學會, 國立

臺灣海洋大學海洋文創設計產業學系主編.--

初版.-- 臺北市：萬卷樓圖書股份有限公司,

2022.05

　　面；　　公分.--(文學研究叢書. 辭章修辭叢

刊；812A10)

ISBN 978-986-478-700-5(平裝)

1.CST: 漢語 2.CST: 作文 3.CST: 文集

802.707　　　　　　　　　　　　111009416